MALAMORTE

Antoine Albertini est le correspondant du *Monde* en Corse et rédacteur pour France 3 Corse. Il est notamment l'auteur de *Malamorte*, des *Invisibles* et de *La Femme sans tête*, un roman fondé sur des faits réels qui est en cours d'adaptation audiovisuelle.

ANTOINE ALBERTINI

Malamorte

ROMAN

LATTÈS

ISBN : 978-2-253-18146-0 – 1re publication LGF

Ce livre est dédié à la mémoire
de Jean-Louis Franceschetti,
carte de rocker N° 0001

1

J'enfonçais sa tête dans la cuvette des toilettes à coups de pied puis je l'agrippais par les cheveux et lui reposais la question. Il bavait et hoquetait, balbutiait des « Pardon » et des « Je vais tout vous dire ».

Mais lorsque je rouvris les yeux, il se tenait toujours dans l'encadrement de la porte, occupé à gratter une croûte sur son coude. Sa femme tentait de se cacher derrière lui, drapée dans une robe de chambre couleur rien du tout. Évidemment, ils n'avaient rien vu, rien entendu. Ni les hurlements de la gosse, ni le fracas des meubles brisés, ni les quatre détonations qui avaient mis un point final au chaos.

« À cause de la télé », recommença le type. La bonne femme acquiesça : « On l'écoute fort. Sans ça, on entend celle du voisin, monsieur l'inspecteur. »

« Inspecteur ».

Seigneur, prends pitié.

Ils barraient la porte de leur appartement miteux, au deuxième étage de cet immeuble miteux semblable à n'importe quel clapier sorti de terre depuis que la fièvre immobilière avait eu raison des derniers lambeaux de conscience de cette île. Au plafond, l'unique néon en état de marche pissait une lumière verdâtre sur leurs silhouettes avachies, leurs mensonges déprimants. Une odeur de chou cuit flottait dans l'atmosphère, mêlée à des relents de détergent.

« C'est triste », fit le type.

« Mais on n'y peut rien », ajouta la femme.

Elle ressemblait à un tas de graisse fourré à la va-vite dans un sac de chair grise. Mauvaises dents déchaussées, mauvaise haleine, mauvais numéro tiré à la grande loterie du destin. Du haut de son mètre quatre-vingt-dix de maigreur hépatique travaillée à la gnôle discount, Monsieur ne valait pas beaucoup mieux. Noués en catogan, ses cheveux gris pendouillaient sur son épaule comme le rat crevé d'un punk au bout du rouleau.

Seigneur, prends *vraiment* pitié.

Leur nom était griffonné en capitales tremblées sur une étiquette d'écolier, scotchée de travers sous la sonnette de leur appartement. On ne devait pas leur rendre beaucoup visite : aucune trace de doigts. Je pouvais imaginer le parcours de Cathy et Jean-Claude Buvert, la cinquantaine, débarqués du Continent quelques années plus tôt pour pointer au chômage ou faire ce qu'ils avaient fait à Orléans ou à Belfort, cuistot pour cantine scolaire, femme de ménage, homme à tout faire, caissière de supermarché, avec aussi peu de raisons de croire au bonheur mais un taux d'ensoleillement plus élevé, ce qui devait rendre leur existence un tantinet moins merdique.

Je fouillai les poches de mon pardessus à la recherche d'une cigarette. La grosse me jeta un regard d'épouvante lorsque je l'allumai sous son nez. Les volutes dansèrent un instant dans la lumière incertaine puis s'effilochèrent et disparurent.

« Oui, la télé. Du coup forcément, on n'a rien vu et rien entendu », hasarda une nouvelle fois le type, du même ton qu'il aurait pris pour annoncer un accès de constipation. J'inspirai une autre bouffée, laissai le tabac carboniser mes poumons. La femme se frotta le nez du plat de la main, rabattit d'un geste machinal les pans de sa robe de chambre puis se mit à hocher la tête en silence, le regard fixé sur le bout de ses pantoufles incrustées de perles en celluloïd authentique.

À l'étage supérieur, la voix d'un présentateur de télé-achat se mit à brailler avant que quelqu'un ne coupe brutalement le son du téléviseur. Une porte s'entrouvrit, se referma dans un claquement de verrou. Un vagissement de nourrisson traversa une cloison.

Je tournai mon regard vers le couloir et son enfilade de portes closes sur les silences des autres voisins, tous frappés par l'épidémie de surdité qui s'était abattue sur la résidence Les Albatros. Même la famille dont l'appartement jouxtait celui des victimes n'avait « rien entendu, juste du remue-ménage quand vos collègues sont arrivés et c'est tout ».

Au bout du corridor, une croix de rubalise jaune « Police Nationale – Zone Interdite » barrait la porte de l'appartement numéro 17. Derrière, soixante mètres carrés de drame majuscule étaient encore maculés de sang, de débris de matière cervicale projetés sur les bouquets fleuris du papier peint. Les techniciens de l'Identité judiciaire avaient même retrouvé deux dents de lait encore fichées sur un fragment de mâchoire ensanglanté, dans les poils d'un tapis de fausse laine écrue.

Je tenais les détails de Fifi Antomarchi, le responsable de la police technique et scientifique, croisé dans le hall de l'immeuble à mon arrivée sur les lieux. En m'apercevant, Fifi avait posé sa mallette sur le carrelage sale, pris tout son temps pour ôter ses gants en latex bleu et essuyer ses mains moites sur un sweat-shirt des Ramones. Puis il avait levé vers moi son visage de fouine criblé de cicatrices d'acné.

« Crois-moi, mon vieux, t'as pas envie de voir ça. On a saisi l'arme, un calibre 12 à canon scié. Trois ou quatre décharges plein pot. L'impact a téléporté la gamine à trois mètres. La mère a pris deux giclées. La première lui a emporté la moitié du bras gauche et elle a ramassé l'autre en pleine paillasse. Elle respirait encore quand les pompiers l'ont emmenée. Bonne chance aux chirurgiens.

— L'homme ?

— En soins intensifs. On a retrouvé la moitié de sa tronche collée au plafond, mais il respire encore. L'important, c'est de participer. »

Fifi avait passé une main sur son visage pour chasser les images de la scène de crime et l'instant d'après, d'une démarche d'automate, il avait disparu à travers le rectangle de lumière blanche découpé par la porte d'entrée de l'immeuble, de retour parmi les vivants.

Fifi n'avait pas tort. Je n'avais aucune envie de voir « ça ». Inutile de pousser la porte de l'appartement 17, résidence Les Albatros, sortie sud de Bastia, pour imaginer les éclaboussures de sang tirant déjà sur le brun, le plâtre arraché du mur et répandu en poudre sur le sol, les échardes de contreplaqué qui avaient volé à travers le vestibule, sans parler de tous les détails qui poussent un flic à transformer un crime en affaire personnelle : un ours en peluche éventré par les plombs de chevrotines, un cadre brisé où Papa et Maman souriaient le jour de leur mariage et, collée à la porte du frigo par un aimant Vache-Qui-Rit, une feuille de papier couverte de dessins naïfs au feutre, un soleil dans le coin, des hachures d'herbe verte, les arbres au feuillage de gribouillis.

Pour les détails morbides, je me contenterais des photos de l'IJ[1]. Après tout, le topo était suffisamment clair pour m'épargner une nouvelle flopée de cauchemars.

Tragédie familiale.

Victimes : Cherkaoui Samia, trente-sept ans, et sa fille Lia, cinq ans d'ici trois semaines.

Auteur désigné : Cherkaoui Mohamed, quarante-trois ans, leur époux et père. Tentative de suicide postérieure aux faits. Entre la vie et la mort à l'hôpital de Bastia.

« Dites, fit l'escogriffe à queue-de-cheval, on en a pour longtemps ? » Dans l'idée que je me faisais d'un monde parfait, deux minutes et quelques gifles auraient suffi. Je laissai tomber ma cigarette à ses pieds et l'écrasai du talon en prenant mon temps, à deux centimètres du paillasson décoré d'un Gros-Minet rigolard souhaitant la bienvenue à des visiteurs qui n'existaient pas.

« Écoutez, monsieur l'inspecteur, on est des gens comme il faut. On n'a de soucis avec personne. La famille, là, on ne les connaît pas. Quand on se croisait dans l'escalier c'était "bonjour-bonsoir", ça va pas plus loin. Même la gamine, on la voyait jamais vu qu'on n'a pas les mêmes horaires. Moi, je suis veilleur de nuit au lycée agricole et ma femme, elle est en arrêt-maladie à cause des nerfs, vous comprenez ? Tout ça, ça lui fait du mal. » La bonne

1. Identité judiciaire.

femme parut outrée de voir ses pathologies intimes ainsi exposées devant un inconnu, flic de surcroît. Le type lui posa la main sur l'épaule. « Cette affaire, ça a duré quoi ? Trente secondes, pas plus. Ce sont vos collègues qui nous ont dit ça. Nous, on écoutait fort la télé parce que le voisin met la sienne à fond vu qu'il est sourd comme un pot et que, de toute façon, il nous emmerde parce qu'on n'est pas d'ici. Alors, on n'en sait rien, nous, de ce qui s'est passé chez les... Dans la famille du 17. On n'en sait rien et puis, honnêtement, je vous le dis : on veut pas savoir non plus. Vous comprenez, c'était des... Comment dire... »

Il se tut, le temps pour le malaise de se fabriquer un petit nid douillet entre eux et moi.

« Des quoi ? Des Arabes ? Des bougnoules ?

— J'ai pas dit ça, fit le type.

— C'est juste. Vous ne l'avez pas dit. »

La minuterie du couloir s'éteignit. L'homme fit un pas de côté, étendit le bras vers l'interrupteur.

« La femme, demanda la grosse... Elle est... »

Je me grattai l'arrière du crâne sans répondre à son moignon de question.

« Je vais vous demander de bien vouloir rester à notre disposition.

— Ça veut dire quoi ? interrogea l'homme.

— Ça veut dire que vous ne quittez pas la ville. Ni l'île, évidemment. D'autres policiers passeront dans la journée prendre votre déposition.

— C'est quoi, ça encore ? fit la femme.

— Mes collègues vont vous poser à peu près les mêmes questions que moi et vous répéterez le même tissu de conneries. Ils noteront tout ça sur un procès-verbal, vous signerez et ils s'en iront.

— On est obligés ? »

Je songeai un instant à leur expédier par voie postale une photo de la petite Lia, la vision de son corps de porcelaine allongé sur l'inox glacial de la salle d'autopsie, une miniature aux côtes cisaillées à la pince, ouvertes sur l'amas rose et gris de ses viscères, une jolie petite chose percée de plombs par une décharge de fusil de chasse, appartement 17, à onze mètres et quarante-quatre centimètres très précisément de leurs « Rien vu, rien entendu ».

Je pris congé d'un hochement de tête. Alors que je m'éloignais vers l'escalier de service, la porte se referma sur une engueulade en sourdine.

L'immeuble faisait partie d'un ensemble baptisé « lotissement résidentiel Les Albatros » dans une île où, de mémoire d'ornithologue, on n'avait jamais aperçu le moindre volatile de cette espèce. Il était situé à quatre kilomètres du premier rivage, au beau milieu d'un paysage qui résumait assez bien le genre de futur auquel aspirait désormais la population locale. Autour des Albatros, une série de ronds-points à l'utilité douteuse distribuait des avenues semées d'entrepôts et de métastases pavillonnaires, un restaurant de chaîne d'autoroute voisinant avec un magasin spécialisé en matériel de tuning, une salle de sport et un hypermarché où, chaque samedi après-midi, l'autochtone poussait un caddie rempli à ras bord de produits surgelés, de fringues de marque et d'écrans plats payés à crédit.

On accédait au lotissement en empruntant l'une de ces avenues qui quittait la nationale, se perdait dans un dédale de hangars flambant neufs et débouchait sur une ancienne pâture où avait poussé un considérable lot d'immeubles d'habitation.

Un panneau marquait l'entrée de la « résidence de standing sécurisée ». Il était surmonté d'une sculpture métallique évidée symbolisant un oiseau saisi en plein vol, ses ailes disproportionnées déployées de part et d'autre d'une colonne parée de fausses pierres sèches en matériau composite. Le bâtiment A prenait la forme d'un pavé de béton édifié sur trois étages enduits de crépi marronnasse. Chaque étage était divisé en une dizaine d'appartements dont certains donnaient sur une terrasse courant le long de la façade et protégée des regards par des rideaux de canisses. Un second immeuble était accolé au premier à angle droit. De dimensions plus réduites, deux étages seulement, le bâtiment B était considérablement plus dégradé. La moitié de la façade du premier étage était zébrée de lézardes et l'un des balcons fléchissait sous son propre poids.

Les Cherkaoui avaient emménagé aux Albatros trois ans auparavant. D'après les premiers éléments récoltés par l'équipage de Police-Secours arrivé sur les lieux, ils avaient formé une famille unie par une petite success story à l'échelle locale. Le père de famille dirigeait une entreprise de BTP florissante. On n'avait aucune trace de lui avant sa régularisation en novembre 2007 mais on pouvait imaginer le parcours habituel des trimards marocains : débarqué dans un port avec deux cabas en plastique pour seuls bagages et la vie pourrie de tous les sans-papiers, logé dans les gourbis loués à prix d'or par les marchands de sommeil et galérant avant l'aube sur des chantiers du bâtiment, de manœuvre à maçon puis à chef d'équipe, contremaître et enfin chef de chantier, s'élevant dans la hiérarchie de l'esclavage en économisant chaque centime. Un beau jour, sans doute, grâce à un patron compréhensif, il avait dû obtenir ses papiers. Mariage en 2011, naissance de Lia en 2013. Samia, sa femme, bossait dans une crèche privée où elle donnait toute satisfaction, au point d'avoir été désignée pour gérer une équipe de six gardes d'enfants à temps plein – « une femme épatante », avait sangloté la directrice de la crèche lorsque je l'avais appelée deux heures plus tôt.

À présent, des aiguilles de perfusion, des tubes, des sondes fouillaient le corps de la « femme épatante » et son âme errait dans un Purgatoire de sédatifs assez puissants pour assommer un Minotaure bourré d'amphétamines. « Pronostic vital *très* engagé », avait dit le médecin des pompiers en emportant son corps sur le brancard à roulettes.

Une goutte s'écrasa sur ma chaussure. Puis une autre. Après un été de six mois, novembre avait rappliqué ses tonnerres et ses orages. Depuis quinze jours, des trombes d'eau de fin du monde alternaient avec un crachin continuel qui brouillait le paysage. Les marchands de souvenirs avaient remballé leurs présentoirs de cartes postales. Même les troupeaux de retraités qui prenaient la ville d'assaut à l'arrière-saison avaient disparu, terrés dans les chambres d'hôtel ou rapatriés sur le Continent avec promesse de remboursement sur justificatif. Les intempéries avaient rendu l'île à ses angoisses hivernales, ces longs mois où la pire des malédictions nous tombait dessus : nous retrouver seuls avec nous-mêmes, prêts à laisser parler nos instincts cannibales, à nous entre-dévorer à la première occasion.

Au pied de l'immeuble, un jeune policier en tenue faisait le pied de grue, le nez enfoui dans le col relevé de son blouson. Il m'interrogea du regard et parut soulagé du geste distrait que je lui adressai. En allumant une nouvelle cigarette, je l'observai trottiner vers la voiture où l'attendait un collègue, un vieux sous-brigadier que tout le monde surnommait Pompon. Derrière le pare-brise, les mains des deux flics s'agitèrent en un salut machinal au moment où la voiture fit demi-tour dans un crissement de graviers, direction le commissariat pour le café de la pause, qui durerait sans doute le reste de la journée.

Je m'étais à peine installé au volant de ma guimbarde que le numéro de permanence du commissariat s'afficha sur l'écran de mon téléphone.

« Raconte-moi des choses douces. »

À l'autre bout du fil, la voix étouffa un ricanement.

« Tu repasseras, mon pote. La bonne femme a claqué. À l'instant. »

2

Pour contempler mon avenir de flic, je n'avais qu'à me retourner. Il gisait quelque part entre les années 1998 et 1999, à une époque où j'avais refusé de choisir entre deux versions du désordre et donné un sérieux coup de barre à ma carrière, cap sur les récifs des commissions de discipline de la Police nationale. Ma ligne de vie professionnelle s'était brisée entre ces deux dates, dans le tumulte de circonstances qui laissaient le champ libre à l'interprétation : un suicide professionnel pour les uns, l'irréfutable preuve de mon arrogance pour les autres et, sur ma propre échelle des valeurs, le seul moyen de me raser chaque matin face au miroir sans dégueuler.

À l'époque, j'étais un jeune flic assez prometteur, avec de bons réflexes et une notation correcte. Après une première affectation à traquer les dealers zaïrois à Bobigny, j'avais fait un bout de chemin à la brigade des stups, le saint des saints, juste ce qu'il fallait pour me tailler une solide réputation de chien de chasse et récolter une blessure au bras en serrant un gros poisson spécialisé dans les go-fast entre le 93 et Amsterdam. Après sept ans passés sur le Continent, j'avais appris qu'un poste se libérait à la PJ de Bastia, dans la ville où j'avais grandi, sur une île qui méritait d'être purifiée des salopards qui débarquaient un beau matin dans une boutique, enfonçaient le canon d'un 11,43 dans la nuque d'un père de famille et se mettaient à lui chuchoter au creux de l'oreille : « Vingt mille. Tous les mois. Dans une seule enveloppe. »

Ma demande de mutation fut acceptée après quelques péripéties administratives et j'avais quitté le 36 au lendemain d'un pot de départ mémorable qui s'était soldé par deux fenêtres traversées de balles blindées et une gueule de bois XXL. J'avais posé mes valises dans l'appartement de famille, désert depuis des années, avec quelques mois pour reprendre mes marques et une méchante envie de faire mes preuves.

Je n'avais pas mis longtemps à comprendre que mes priorités ne coïncidaient pas tout à fait avec celles du ministère de l'Intérieur. Quelques semaines après mon arrivée, on m'avait demandé d'oublier un tuyau sur un braqueur en cavale suspecté d'avoir abattu un patron de café. Le truand avait un casier long comme le bras et sa victime laissait derrière elle une veuve et des jumeaux de neuf ans mais le dossier n'intéressait que moyennement les hautes sphères et on m'avait gentiment suggéré de transmettre la procédure à un autre service, qui l'avait enterré très proprement avec les condoléances de la maison poulaga.

L'histoire avait fait le tour du commissariat. Elle avait rappelé aux anciens l'affaire du Rapport, une enquête de trois cents pages menée par un petit commissaire sur les connexions financières de la Battue, la plus solide équipe du grand banditisme local. Brasseries, clubs de foot en Corse et sur le Continent, sociétés en Italie, en Espagne, en Afrique de l'Ouest et au Nicaragua : tout était décortiqué, les prête-noms, les sociétés offshore, les circuits de blanchiment. Le rapport était passé de main en main comme une patate bouillante, des huiles régionales aux conseillers de Beauvau qui l'avaient renvoyé à ceux de la Chancellerie, lesquels l'adressèrent avec leurs meilleures pensées au procureur général, qui le réexpédia au procureur de Bastia. Aux dernières nouvelles, le dossier calait une armoire bancale dans un placard fermé à double tour au fond du palais de justice de Bastia. Et le jeune commissaire fouineur occupait ses journées à siroter du punch créole quelque part sous les tropiques.

Quelques vieux de la vieille m'avaient mis en garde : en faire le minimum avec les voyous constituait la garantie d'une carrière sans accroc. Eux aussi avaient fini par renoncer après avoir subi les mêmes avertissements de leurs supérieurs, les mêmes prétextes, les mêmes excuses : l'argent sale était blanchi depuis longtemps, il fallait seulement se contenter de maintenir les mafieux aux frontières de la vie civilisée, ne pas braquer leurs amis politiques et surtout, se concentrer sur le terrorisme, la catapulte à promotions internes.

Tout était là. Dégringoler une équipe d'ados pour un pétard lancé dans le jardin potager d'un gendarme rapportait davantage que l'élucidation de quinze meurtres liés au Milieu et le ministère ne se privait pas de faire savoir qu'il fournirait tout le nécessaire pour traquer les indépendantistes, des budgets exceptionnels et des écoutes plus ou moins légales, des bagnoles banalisées, une flotte de sous-m'[1], des renforts d'unités spéciales

1. Pour « sous-marin ». Dans le jargon de la police, les véhicules banalisés qui servent aux filatures et aux planques.

– il suffisait de demander. À chaque réunion, les objectifs étaient répétés : les terroristes, les cagoulés, les excités qui paradent dans la nature avec des M16 et des lance-roquettes. Le reste ? On verrait plus tard, une fois rétabli l'ordre républicain. C'est parce qu'on avait appris aux flics à regarder ailleurs que le crime organisé avait pu prospérer, que la Battue s'était imposée comme la plus redoutable équipe du grand banditisme européen pendant trente ans.

Mais les crânes d'œuf de la place Beauvau ne crottaient jamais leurs pompes italiennes sur les chemins creux de cette île, aussi instables que des sables mouvants. Dans un mouvement perpétuel, les attentats succédaient aux arrestations en série et les chefs indépendantistes emprisonnés étaient remplacés au pied levé par de nouveaux venus que l'on finissait par jeter dans les mêmes cellules que leurs prédécesseurs, lesquels marchandaient en secret avec les émissaires ministériels. Les plasticages continuaient à illuminer les nuits de l'île, les flics défonçaient les portes à l'aube et les menottes se refermaient sur les poignets des suspects, le cycle se perpétuait comme une mécanique huilée qui tournait à vide. De temps en temps, quand les plastiqueurs dépassaient les bornes et lâchaient une rafale sur la façade d'une gendarmerie, un ministre entouré de gardes de corps déboulait pour un tour de piste, serrait quelques mains sous l'œil des caméras, donnait des coups de menton, promettait le développement, la paix, le respect de la loi, ajoutait une pincée de millions puis remontait dans son avion et disparaissait d'un coup d'aile jusqu'au prochain coup de sang.

Je commençai à apprendre ma leçon lorsque d'autres que moi avaient décidé de mon sort par une pluvieuse soirée d'hiver, à l'instant précis où une silhouette s'était effondrée dans la nuit à deux pas d'un théâtre d'Ajaccio où l'on donnait le concerto pour violon de Mendelssohn. Quelques secondes avant d'être abattu, l'homme, vêtu d'un manteau en alpaga bleu marine, remontait la rue qui menait au théâtre, pressant le pas pour rejoindre son épouse qui l'attendait confortablement installée dans le fauteuil 41, au troisième rang de l'orchestre, une place de choix réservée aux invités officiels.

Absorbé par ses pensées et les tracas d'un dossier qu'il devait impérativement boucler le lendemain, l'homme n'avait prêté aucune attention aux bruits mouillés des pas dans son dos, au cliquetis métallique d'une culasse de pistolet automatique MASG1 actionnée par des mains gantées de soie noire. Avant même qu'il n'ait réalisé le danger, son crâne avait explosé sous les impacts de trois ogives de 9 mm tirées à bout touchant.

Lorsque le premier témoin, un électricien d'une cinquantaine d'années, avait osé s'approcher du cadavre, il n'avait remarqué ni les deux hommes qui se hâtaient vers le bas de la rue, ni la blondeur factice des boucles rebiquant sous leurs casquettes, ni la voiture qui avait brutalement freiné à leur approche et dans laquelle ils s'étaient engouffrés sans adresser un mot au chauffeur. Mais il avait immédiatement reconnu l'homme étendu sur le trottoir. Il avait composé le numéro d'urgence de la police sur son portable et péniblement articulé : « Je crois qu'on a tiré sur le préfet. »

Les suites de l'assassinat du préfet Jean-Charles Marnier appartenaient déjà à l'histoire immédiate de cette île. Elles avaient tout balayé sur leur passage, moi compris.

Les groupes indépendantistes armés annoncèrent une trêve illimitée de leurs « opérations militaires », ce qui signifiait que les plasticages continueraient sans être revendiqués officiellement. Les caïds locaux jurèrent qu'ils étaient étrangers à la mort du préfet et balancèrent deux ou trois noms de nationalistes qui gênaient leurs affaires. Les politicards condamnèrent « l'acte odieux » en se gardant bien d'accuser qui que ce soit et se jetèrent des poignées de cendres au visage en veillant à ce que leurs communiqués d'indignation soient publiés à la virgule près dans la presse locale. Au milieu de cette comédie, l'État s'était attelé à la tâche qu'il maîtrisait le mieux : frapper avec la finesse d'un éléphant bourré lâché dans une boutique d'antiquités. Par avions, par ferries, des dizaines de flics furent expédiés dans l'île, avec de sales manières et une fâcheuse tendance à considérer n'importe quel Corse comme un suspect – surtout leurs propres collègues. Une *Task Force* rassemblant la fine fleur de la Police nationale fut confiée aux bons soins du contrôleur général des services actifs René Fécher, bombardé grand manitou de l'opération mains propres. C'est à ce moment précis que tout avait dérapé.

Fécher était un policier à l'accent chantant qui traînait dans son sillage un fameux lot de casseroles, ce qui ne l'avait pas freiné dans sa course vers la direction centrale de la Police judiciaire. Le pouvoir l'aimait comme un fils chéri et le ministre de l'Intérieur avait annoncé sur toutes les ondes que le pays outragé tenait avec lui « l'homme qu'il faut là où il faut » pour venger le malheureux préfet. Moyennant quoi, la première mesure de Fécher consista à prendre ses quartiers au troisième étage d'un luxueux hôtel du golfe d'Ajaccio, confortablement installé dans la « suite romaine » avec fresques murales et vue sur la grande bleue. La troupe, elle, avait été priée de prendre ses quartiers dans deux casernes de CRS pourvues de douches collectives et de blattes invasives avec des petits coupons bleus pour accéder à la cantoche. En quelques jours, Fécher avait obtenu le scalp du patron de la Police judiciaire locale, écarté sans ménagement de l'enquête sur la mort du préfet Marnier pour cause d'insularité.

Puis il avait fait main basse sur l'ensemble des forces de l'ordre, virant les gendarmes de la procédure, de même que tous les flics qui refusaient de faire allégeance. Rien ne lui résistait. Les politiques lui mangeaient dans la main, les journalistes des rédactions parisiennes attendaient leur tour pour dîner en sa compagnie aux meilleures tables de l'île, savourant ses anecdotes et ses méridionales intonations entre un flan à la châtaigne et le verre de digestif à la myrte « offert par la maison ». Fécher réclama la mise au rancart des policiers corses au-dessus du grade de capitaine, l'attribution prioritaire de tous les véhicules disponibles à ses hommes puis, sur ses préconisations, le cinquième étage du commissariat de Bastia fut privatisé pour les effectifs de sa *Task Force* comme le carré VIP d'une boîte de nuit, avec clés sécurisées et codes d'accès cryptés modifiés trois fois par semaine. La mascarade avait pu commencer pour de bon.

Les premières portes avaient été défoncées à coups de rangers alors que le cadavre du préfet Marnier était encore tiède, des nuées de flics et de CRS avaient essaimé à travers l'île, bourdonnant dans les ruelles, sur les routes de montagne, dans des villages isolés où des vieillards se retrouvaient menottés sans autre forme de procès, des femmes menacées de revoir leurs bébés dans quinze ans si elles s'obstinaient à se taire. Des suspects désignés par la rumeur se retrouvaient avec la porte de leur appartement sur le dos, cernés de flingues et de hurlements vengeurs, puis jetés au fond d'un cachot d'une prison de haute sécurité à mille bornes de chez eux parce qu'on avait trouvé dans la boîte à gants de leur voiture un vieux tract indépendantiste.

L'île s'était retrouvée sens dessus dessous, traversée par des décharges de haine qui ne semblaient émouvoir ni les belles âmes des ministères ni les éditorialistes. Mais à vue de nez, au ras de la réalité, le sabbat policier se payait en mois de prison, en gardes à vue, en brutalités et en sournoiseries bien dégueulasses, en interminables détentions, en lettres de cachet dûment signées, tamponnées, et enfermées dans le coffre-fort du secret d'État en attendant que la lumière soit.

Pendant ce temps, les flics locaux avaient été sommés de choisir leur camp. Ceux qui n'acceptaient pas les nouvelles règles devaient se contenter de fermer leur gueule en regardant brûler Babylone. J'aurais pu jouer l'idiot utile, le régional de l'étape au garde-à-vous. J'aurais pu prendre du galon et faire mon trou en creusant celui des autres, avec promotion à la clé et billet en première classe pour les grades supérieurs de la Police nationale. Mais j'avais grandi dans ces quartiers où des voitures banalisées déboulaient à l'aube, où l'on arrêtait le cousin du beau-frère d'un suspect parce qu'il chantait dans un groupe de polyphonies ou avait critiqué les bavures de mes collègues au comptoir d'un bar.

Un beau matin, ma carrière avait bifurqué toute seule, la réflexion de trop dans l'ascenseur du commissariat alors que deux policiers de la *Task Force* sirotaient leur café en gerbant sur « cette île de merde et ses habitants de merde ». Lorsque la porte s'était ouverte deux étages plus haut, le premier couinait, les mains en coupe autour de son nez fracturé pendant que j'essayais d'éviter la riposte du second, coudes au corps, balançant des crochets au hasard en espérant qu'un coup finirait par lui exploser la rate. La bagarre avait débordé dans le couloir, les cris avaient attiré d'autres flics, les insultes s'étaient mises à pleuvoir en même temps que les premiers coups entre policiers, arcades sourcilières fendues à coups de crosse de Manurhin, nez pétés, mâchoires cassées.

La hiérarchie avait fait de son mieux pour étouffer l'affaire mais « La rixe entre policiers au commissariat de Bastia » avait fait les gros titres. Quinze jours plus tard, le temps pour les Bœufs[1] de ficeler leur rapport, je me retrouvai assis sur une chaise plantée au beau milieu de la salle de réception de la préfecture spécialement aménagée en tribunal d'exception. Quelques poulets m'avaient soutenu mais même un flic à la dure comme Lou Girardi, une légende locale de la police, avait échoué à me sauver la mise. Les débats face à la

1. « Bœufs » pour « bœufs-carottes », surnom donné aux fonctionnaires de la Police des polices.

commission de discipline n'excédèrent pas un quart d'heure. On me demanda si j'avais des précisions à apporter aux déclarations recueillies par la Police des polices et, n'ayant rien à ajouter ni à retrancher, je fus autorisé à prendre congé.

Dix jours après l'épisode, je reçus ma mutation d'office. Le bureau où j'étais désormais prié d'exercer mes talents occupait la surface d'un cagibi dans une aile du commissariat de Bastia, une sorte de no man's land qui s'étendait sur un couloir du premier étage. Des lianes de fils électriques dénudés pendaient du plafond et les murs n'avaient jamais connu le moindre coup de pinceau faute de crédits pour achever les travaux. Un vieux bureau métallique gris à caissons et une armoire en fer constituaient le mobilier de la pièce. Le seul luxe de l'endroit tenait à une meurtrière horizontale qui permettait de jeter un coup d'œil sur la rue située à l'arrière du commissariat.

Officiellement, mon nouveau service s'intitulait BHS, pour « bureau des homicides simples » et j'étais le seul policier à y être affecté. Mais de mémoire de flic, personne n'avait jamais utilisé cette expression. Puisque les affaires que j'y traitais valaient peau de balle et que ma mutation dans ce cloaque avait tout d'un enterrement de première classe, mes collègues avaient pris l'habitude de désigner le BHS par les trois mots peints au pochoir au-dessus d'un extincteur hors d'usage fixé à côté de l'entrée de mon bureau.

« Issue de Secours ».

3

C'est sur mon bureau qu'échouent les dossiers dont personne ne veut, les cadavres qui ne feraient pas lever un sourcil à un gratte-papier des chiens écrasés, les victimes des crimes d'après boire, les vies gâchées pour un pastis de trop ou les coups du mari qu'on ne supportait plus, les destins confondus dans la même misère crasse, dans la came, les jalousies morbides au fond d'un taudis en bordure de nationale.

Du crime, mes clients ne fournissent que l'écume, une pulsion de mort concentrée dans un espace-temps infiniment réduit, satisfaite au moment même où elle éclot. À la surface des choses, la fatalité s'occupe de faire le boulot à ma place, balaie les analyses psychologiques et réduit l'explication de la violence à sa portion congrue.

Petit a, le saoulard avait un casier.

Petit b, une énième embrouille au énième comptoir de la soirée.

Petit c, un fusil de chasse chargé au double zéro magnum qui traîne dans le coffre du 4×4.

Équation résolue.

Dans neuf cas sur dix, les circonstances se chargent de ficeler les procédures à ma place parce que le coupable a pété les plombs devant trente témoins ou saturé de menaces de mort le répondeur téléphonique de sa victime avant de la larder de coups de couteau dans la gorge, le thorax, l'abdomen et les parties génitales. Les meurtriers et victimes dont j'ai la charge se recrutent parmi les poivrots, les demeurés, les parents bourreaux, les violeurs, les débiteurs acculés qui soldent leurs comptes en tabassant leur créancier à coups de marteau, les infanticides shootés aux benzodiazépines, tous ceux qui n'ont pas réfléchi ou qui regrettent, se dégottent les meilleures excuses du monde, le passé, l'avenir, la foutue politique du gouvernement, ceux qui restent persuadés, même menottés et jetés dans un fourgon cellulaire en route vers la prison de Borgu, que ça n'arrive qu'aux autres.

Parfois, l'un d'eux a l'infinie bonté de m'épargner la moindre enquête. Il tète le canon d'un pistolet d'alarme trafiqué pour tirer du .22 long rifle ou se taillade l'intérieur des cuisses jusqu'à l'artère fémorale et je finis par retrouver un cadavre coincé derrière un frigo rouillé dans une décharge publique ou vidé de son sang dans la baignoire d'une chambre de motel pouilleuse du côté de la zone industrielle.

C'est ça que ma hiérarchie appelle les Homicides simples et c'est là tout le problème. Rien n'est jamais simple. Monsieur Machin a beau avoir pressé sept fois la détente sous une caméra de surveillance, Monsieur Truc a beau avoir planté un couteau à huîtres dans l'œil de son amant en plein réveillon de la Saint-Sylvestre, rien n'est simple, y compris lorsque l'élucidation du crime se résume en deux lignes de procès-verbal : « Je reconnais les faits mais cet enculé de sa race me devait de l'argent», «Elle avait un bonhomme, tu comprends?», «Ce salopard, monsieur, il m'a battu toute ma putain d'enfance».

Rien n'est simple parce que, derrière le rideau des aveux, une voix intérieure raconte toujours une autre histoire, un enchaînement illogique de causes et de conséquences, la réminiscence d'un parfum, le souvenir vaporeux d'un espoir déçu.

On se trouve assis derrière un bureau, l'âme perdue dans une brume de tabac. Une lampe posée entre un verre à moutarde transformé en cendrier et trois gobelets de café vides éclaire à peine la silhouette prostrée de l'autre côté du bureau. Cette silhouette est celle d'une femme à l'orée de la cinquantaine que la beauté a dû frôler autrefois. Elle est vêtue d'une parka d'une couleur indéfinie, avec une capuche ornée d'une fausse fourrure synthétique. Ses cheveux sont emmêlés, son nez rougi. Le matin même, à six heures pétantes, cette femme a ouvert la porte de son appartement au rez-de-chaussée d'un immeuble anonyme sur la route du cap Corse, a regardé sans étonnement la carte tricolore brandie sous son nez, s'est habillée sans prononcer un mot puis a pris place dans la voiture des collègues en demandant «Les menottes, c'est nécessaire?». Puis elle est passée sous le portique de détection de métal du commissariat, a attendu qu'on lui tienne la porte d'un bureau obscur, au fond d'un couloir en ruines, s'est assise poliment, a accepté le café dégueulasse qu'un planton est allé chercher.

Cette femme que la beauté a dû seulement frôler sait que les témoins l'ont reconnue, ont noté le numéro de sa plaque d'immatriculation au moment où elle faisait marche arrière pour la troisième fois sur le corps de son amant de vingt-trois ans. Elle sait que quelqu'un l'a forcément entraperçue ouvrir sa portière et cracher sur le corps désarticulé avant de démarrer en trombe.

Elle sait tout ça, elle ne songe même pas à nier.

Alors, cette femme se met à raconter son enfer intime. Sans verser une larme, elle explique comment son amant, presque l'âge de son fils – « Un coup de cœur, monsieur, un vrai coup de cœur » –, l'a réduite à néant. Avec quelle minutie il s'est appliqué à la mettre sur la paille en vidant les deux comptes bancaires alimentés consciencieusement pour payer les études de son fils. Elle n'essaie pas d'apitoyer sur son sort, ne tente pas de minimiser les faits. Elle ne rechigne même pas à montrer les textos salaces qu'il la forçait à lui envoyer en la menaçant de rompre si elle ne s'exécutait pas sur-le-champ, ni ses photos en porte-jarretelles bon marché que Monsieur Coup-de-cœur faisait mater à ses copains dans les boîtes de nuit où il flambait le fric qu'il lui soutirait. À mesure que l'audition progresse et qu'elle s'enfonce dans le marécage de sa propre déchéance, cette femme que la beauté a seulement frôlée ne pleure toujours pas. Elle sort parfois un mouchoir en papier de sa poche, s'en tamponne le nez et poursuit le récit de sa chute.

Il l'appelait « grosse vache ».

La filmait avec son téléphone portable.

Une fois, dans un texto, il lui a promis de « tout balancer sur Internet » s'il n'obtenait pas une rallonge pour un nouveau week-end de beuverie : « 200 €, salloppe ! »

Oui, un beau matin, elle a guetté son amant sur le parking, devant chez lui, avant qu'il ne parte pour son jogging matinal du dimanche. Oui, elle l'a suivi sur deux kilomètres, l'a percuté à pleine vitesse avant de lui rouler dessus par trois fois et couvrir son cadavre de crachats. Oui, elle a remarqué les voitures arrivant en sens inverse, les témoins arrêtés sur le bas-côté qui l'observaient le téléphone déjà collé à l'oreille.

Oui, elle sait qu'elle va se retrouver en prison, projetée dans un univers hanté de toxicos et de psychotiques, de putes malades, de gouines féroces déphasées par les tranquillisants. Elle sait tout ça mais elle ne parvient pas à oublier son « coup de cœur ». Elle le dit, le répète en touchant sa poitrine d'une paire de doigts maigres aux ongles rongés de remords : « Il est là, monsieur. » Et ce qu'elle redoute plus que tout, bien plus que sa vie privée étalée devant les jurés d'une cour d'assises, plus encore que le regard d'un fils élevé seule en se saignant aux quatre veines, tient à cela : par sa propre faute, elle vivra ce qui lui reste à vivre sans passer une nuit, rien qu'une nuit dans les bras de son « coup de cœur ».

Voilà l'histoire de cette femme que la beauté a seulement frôlée.

Même au bureau des homicides simples, rien n'est simple.

4

Pour la troisième fois en vingt minutes, Sandra Gomez, secrétaire de direction de la société Mc Btp Pro, s'excusa d'un geste de la main, le visage enfoui dans un mouchoir en papier. Elle renifla, parvint péniblement à articuler « Une minute, s'il vous plaît » et se remit à pleurer.

L'entreprise de Mohamed Cherkaoui, enregistrée au RCS le lundi 14 septembre 2009, était située dans la zone industrielle de Biguglia, à une petite dizaine de kilomètres au sud de Bastia, coincée entre le vaste dépôt d'une importante scierie de la région et un complexe commercial qui regroupait un atelier de réparation de motos, un grossiste en produits alimentaires et une société de location d'engins de chantier. Au départ de la nationale, une route secondaire menait au bord de mer sur environ cinq cents mètres, coupée par un chemin goudronné qui longeait un terrain vague et plusieurs bâtiments industriels. Le siège de Mc Btp Pro se trouvait à l'écart, un petit édifice de plain-pied, bien entretenu, composé d'une pièce principale occupée par Sandra Gomez, d'une salle de réunion de dimensions assez modestes, d'une kitchenette et du bureau de Mohamed Cherkaoui.

Punaisées à un panneau de liège, des photos illustraient la réussite de l'ancien galérien, à califourchon sur un jet-ski dans le golfe de Santa Ghjulia ou posant fièrement à Méribel en compagnie d'une flopée de visages souriants parmi lesquels je reconnus celui d'un élu local et d'un chef d'entreprise très en vue. Sur une photo mal cadrée, Cherkaoui tenait une coupe de champagne d'une main, faisait le V de la victoire de l'autre, dans la tribune présidentielle du stade de Furiani après un match amical Bastia-Casablanca. Sur une autre, les yeux rougis par le flash, il relevait le menton au côté du consul du Maroc devant un faisceau de drapeaux marocain, corse, français et européen, vêtu d'un complet à 1 200 euros.

À première vue, la salle de réunion ne devait pas servir très souvent. La pièce principale, en revanche, dont le bureau de Mlle Gomez occupait un angle, était tapissée d'étagères où s'alignaient des dossiers multicolores impeccablement rangés. En les parcourant du regard, on pouvait deviner les principaux clients de la boîte de Mohamed Cherkaoui : des entrepreneurs et des promoteurs immobiliers avec pignon sur rue et carnets de commandes bien remplis.

À travers la fenêtre qui donnait sur une cour intérieure cernée d'un double rideau de grillage, quatre hommes en tenues de chantier, jeans, godillots de sécurité et gros blousons à bandes réfléchissantes, se tenaient sous l'auvent d'un hangar. L'un d'entre eux portait un casque en plastique renforcé placé à l'envers sur son crâne, la visière pointant vers sa nuque. Les mains enfoncées dans les poches d'un pantalon de treillis gris foncé maculé de taches de boue, il paraissait ne prêter aucune attention à la discussion animée de ses trois collègues.

« Je vous demande pardon, reprit Sandra Gomez. Depuis deux jours, je n'arrive pas à me calmer. Personne ne comprend ce qui a pu se passer. Momo, je veux dire M. Cherkaoui, n'est pas toujours facile, d'accord. Surtout ces derniers mois… Mais de là à faire une telle chose. Personne ne comprend.

— Vous pourriez me dire un mot sur la situation de la boîte ?

— Rien de particulier. Les commandes commençaient à baisser, comme pour tout le monde. Nous avons connu quelques ennuis de trésorerie. Regardez les classeurs, la première rangée. Les jaunes. Ils sont beaucoup moins nombreux que les rouges, voyez ? Parce que les jaunes rassemblent les contrats depuis 2016. C'est beaucoup plus dur, depuis 2016. Les chantiers sont au ralenti et c'est difficile de trouver des commandes importantes. »

Ni la comptabilité de Mohamed Cherkaoui ni sa documentation administrative ne fournissaient d'explication rationnelle à son coup de folie. Le chiffre d'affaires de la société Mc Btp Pro n'avait cessé de progresser entre 2010, un an après sa création, et 2016, date à laquelle les contrats semblaient s'être progressivement taris. Mais ce que la secrétaire qualifiait de « trou d'air » n'avait rien d'étonnant. Les deux milliards et des poussières du programme exceptionnel d'investissement lancé par le gouvernement dix ans auparavant avaient été dévorés et, après une période de fièvre immobilière, le secteur traversait de sérieuses difficultés. Certains projets d'envergure restaient à l'état d'œuvres inachevées, immenses mastodontes de béton brut hérissés de ferraille, posés au bord de routes qui ne menaient nulle part à la périphérie de Bastia ou d'Ajaccio. Quelques aigrefins s'en étaient mis plein les poches au passage, sans compter une poignée d'élus, de fonctionnaires et les habituels intermédiaires occultes que la justice ne se pressait pas trop pour épingler.

La paperasse soigneusement archivée permettait au moins de se faire une petite idée de la montée en puissance de Mc Btp Pro. De petits chantiers d'abord, des marchés sous-traités par quelques grosses boîtes locales, puis des missions plus importantes et, pour terminer, de très belles affaires comme le projet de deux cents logements prévu à vingt bornes au sud de Bastia, qui mobilisait la fine fleur du BTP local.

Sorti de nulle part, Cherkaoui s'était taillé, à force de travail, une réputation de spécialiste des missions impossibles, remplaçant au pied levé n'importe quel artisan défaillant, trimant en personne tôt le matin et tard le soir sur les chantiers, acceptant tous les contrats même s'il fallait se taper 80 bornes sur une route de montagne en lacets pour bâtir la petite bicoque d'un couple de retraités.

« C'est comme ça qu'il a pu se développer, vous savez, dit la secrétaire en posant devant moi une liasse de relevés bancaires. C'est quelqu'un de très courageux. Peut-être un peu soupe au lait mais très courageux. »

Puis elle s'excusa, décrocha son téléphone.

J'en profitai pour faire un tour dans la cour.

Les quatre ouvriers n'avaient pas bougé. Protégés de la pluie sous la toiture du hangar qui servait de remise à une partie du matériel, trois d'entre eux poursuivaient leur discussion tandis que le quatrième restait à l'écart.

Je m'approchai du trio.

Le plus jeune se tourna vers moi. Il avait des yeux bleu très clair, un visage fin et dur aux joues couvertes d'un chaume de barbe blonde, presque blanche, qui faisait penser à des échardes plantées dans sa peau très pâle. Les flammes sombres d'un tatouage s'échappaient du col de son pull zippé et venaient lécher sa gorge. Les mains enfoncées dans les poches d'un jean sale, il désigna d'un coup de menton la fenêtre derrière laquelle Sandra Gomez se mouchait.

« Qu'est-ce qu'elle a raconté comme conneries, elle ?

— Vous êtes ? »

Il jeta un coup d'œil par-dessus son épaule, en direction des trois autres types. Ils ne lui rendirent pas son regard.

« Et vous ?

— Le chef de la fanfare municipale. Je dois répéter ma question ? »

Sa mâchoire se contracta.

« Je suis le couillon que notre bien-aimé patron Mohamed-Cherkaoui-l'Arabe-Qui-Réussit fait trimer sans payer depuis deux mois. Et maintenant qu'il va probablement crever, et c'est tout ce qu'il mérite, je fais à nouveau partie de la grande famille des chômeurs. »

Il désigna la triplette d'ouvriers d'un geste du pouce.

« Et ces trois cocus, pareil.

— Calme-toi, murmura le premier ouvrier, un gros type barbu.

— Tu dérailles complètement, Sté », dit le second, un type avec un accent portugais.

La scène ne semblait toujours pas concerner le troisième.

« Stéphane comment ?

— Marcelli. Stéphane Marcelli. »

Le nom alluma un voyant rouge quelque part dans ma mémoire. Instinct de flic, méninges en surmultiplié pour scanner le passé récent. Il pouvait avoir trente ans, trente-cinq au maximum, et paraissait plus endurci qu'un petit rouleur de mécaniques soi-disant floué par son patron. Il n'avait témoigné aucune empathie à l'endroit de la femme et de la fille de Cherkaoui et il semblait inspirer de la crainte aux deux autres. J'étais à peu près certain d'avoir entendu ce nom quelque part, « défavorablement connu des services ».

« Vous cassez pas la tête, reprit-il en me fixant. L'affaire Zamboni. »

Je fouillai mes souvenirs quelques instants puis fis le lien. Nathan Zamboni, casse-couilles de première bourre abonné aux coups foireux, entrait et sortait de taule au gré d'une carrière de truand de seconde zone lorsque l'embrouille de trop l'avait expédié auprès de son Créateur par une nuit de juillet 2014, dans le cap Corse. Un bal de village, un geste malheureux sur le cul de la fiancée d'une petite frappe locale et Zamboni avait reçu une avalanche de coups de poing américain sur la gueule avant que les armoires à glace du comité des fêtes ne l'exfiltrent et s'en retournent tenir le comptoir. Les mêmes l'avaient retrouvé au petit matin près du container à ordures situé à la sortie du village. Officiellement, Zamboni avait succombé à plusieurs coups portés à la tempe. La petite frappe s'appelait Stéphane Marcelli et avait forcé son destin et un barrage de gendarmes en s'offrant une cavale minable, soixante-douze heures d'errance sur les routes secondaires du cap Corse avant qu'un promeneur ne le repère endormi à l'intérieur d'un caveau familial du côté de Luri. Grâce à un avocat merdique, il avait écopé de six ans pour coups et blessures volontaires sans intention de donner la mort.

Le barbu brisa le silence.

« On nous payait plus trop. C'était compliqué.

— Compliqué de nous verser notre putain de salaire, faut croire, répondit Marcelli. Mais pour le reste…

— Laisse tomber, fit le second ouvrier au barbu. Quand il est comme ça, c'est plus la peine de rien. »

Marcelli se retourna vers ses acolytes.

« Si tu as une mentalité d'esclave, Da Silva, c'est ton problème. Ça fait des semaines que je tire la langue pendant que le patron se mange l'argent de la boîte. »

« Monsieur Marcelli, êtes-vous toujours soumis à un contrôle judiciaire ? »

Il fit « oui » de la tête, son regard clair perdu quelque part au-delà du rideau de pluie.

« Bien. Merci de votre coopération, messieurs. Voici ma carte, au cas où vous auriez des précisions à apporter. Juste une question : votre collègue est toujours comme ça ? »

Le quatrième ouvrier s'était éloigné pendant notre échange. Il était désormais occupé à donner de petits coups de pied dans le pneu d'une mini-pelle mécanique.

« Lui ? fit, le barbu. C'est Jojo. Il est un peu débile. Mohamed l'a trouvé en train de dormir derrière le hangar de Maïsetti, un peu plus loin sur la route. Il lui a fait des papiers et, depuis, Jojo rend des petits services.

— Il sait pas trop ce qu'il va devenir parce qu'il habite ici, reprit Da Silva. Nous, on trouvera toujours. Mais si la boîte elle ferme…

— Il vit sur place ?

— Dans le mobile-home que vous voyez à gauche du hangar.

— Putain de taré », dit Marcelli en tournant les talons.

Je remerciai les deux autres et regagnai le bâtiment. À l'intérieur, Sandra Gomez était effondrée, le visage enfoui dans l'épaule d'une inconnue. J'étais sur le point de refermer la porte en m'excusant lorsque l'inconnue leva ses yeux mouillés vers moi.

5

À cette heure de la journée, la vaste salle de la brasserie était désertée par sa clientèle habituelle, des entrepreneurs, quelques agents d'assurance et des cadres travaillant dans les grandes surfaces voisines. L'endroit était connu pour ses additions aussi salées que les plats, confectionnés à la chaîne dans une immense cuisine où la seule tâche du personnel consistait à réchauffer des barquettes surgelées livrées le matin même. Sonia Mattei adressa un geste amical à la jeune serveuse vêtue d'une ample chemise de satin blanche et d'un pantalon en cuir noir. La serveuse s'approcha de notre table et prit la commande, un café « très allongé » pour moi, un cappuccino pour Sonia.

C'était une belle femme approchant la quarantaine, au teint mat, aux yeux vert d'eau sous une frange noire de cheveux raides comme des baguettes. La peau trop tendue sur ses pommettes et la forme affinée de son regard trahissaient le passage du bistouri. Mais ces retouches n'atténuaient en rien le charme de ses lèvres pleines, sa mâchoire dessinée et sa voix rauque de fumeuse invétérée.

Elle s'aperçut que je la scrutais et ramena une mèche de cheveux derrière son oreille.

« Chacun ses craintes, pas vrai ? Moi, c'est le temps.

— Je n'ai rien dit. »

Elle laissa échapper un rire minuscule, presque un soupir : « Ça n'a pas d'importance. »

Un haut-parleur diffusait une compilation de musique lounge. La serveuse avait disparu dans les profondeurs de la salle de restaurant. De loin en loin, on pouvait entendre le cliquetis de couverts entrechoqués. Je bus une gorgée de café.

« C'est curieux, de se retrouver dans de telles circonstances, finit-elle par dire.

— Tu n'es pas précisément la personne que je m'attendais à rencontrer chez Cherkaoui.

— Tu t'attendais à y trouver qui ?

— Personne, justement. Je débarque et c'est comme si la société continuait à tourner normalement, avec la secrétaire qui classe les papiers et les ouvriers qui attendent des consignes qui ne viendront plus. Tu ne trouves pas ça curieux ?

— Depuis que je bosse dans ce milieu, rien ne me paraît curieux. Je crois avoir tout vu.

— Je peux te demander ce que tu y faisais ? Chez Cherkaoui, je veux dire.

— C'est le policier ou l'ex, qui veut savoir ?

— Ni l'un ni l'autre. Je suis surpris, c'est tout. »

Elle sourit de nouveau. Puis ses lèvres se mirent à trembler. Elle chercha du regard son sac à main, elle en tira un paquet de mouchoirs jetables, se tamponna les yeux, respira profondément.

« Qu'est-ce qui a pu se passer ?

— Personne ne sait vraiment ce qui se passe dans la tête d'un type qui flingue sa gamine et sa femme à bout portant à coups de chevrotine. »

Elle opina, la bouche déformée par une moue d'incompréhension. Son maquillage coulait déjà. Elle se leva en s'excusant et prit la direction des toilettes. Je m'en voulus aussitôt. Sonia était une survivante et moi, un salaud trop endurci.

Son histoire se confondait avec celle d'une photo publiée par la presse en 1988, le cliché d'une gamine cramponnée au cercueil de son père au milieu d'une marée humaine vêtue de noir. Trois jours plus tôt, un commando cagoulé de quatre hommes avait fait irruption en plein dîner familial chez les Mattei, sur les hauteurs de Bastia. Une rafale de pistolet mitrailleur avait coupé en deux Paul-Toussaint Mattei, dit « Saul », conseiller ministériel et homme d'influence qui avait fait fortune dans le commerce de matières premières en Afrique de l'Ouest. Son assassinat était resté sans coupable et l'enfance de Sonia, hantée par le souvenir du corps désarticulé de son père gisant dans une mare de sang au milieu de leur salle à manger.

La suite n'avait été qu'une interminable dégringolade. La mère de Sonia, passablement dépressive, était devenue accro aux cachetons et Sonia s'était mise à taper dans le stock, passant des antidépresseurs au shit, du shit à l'héroïne. À seize ans, elle traînait déjà un passé de junkie, de voleuse à la petite semaine et de fugueuse invétérée. À dix-neuf, elle s'était fait la belle d'une clinique suisse pour se fixer à Marseille où la nuit l'avait dévorée et recrachée sous la forme d'une toxicomane déjantée, moitié mascotte de boîte de nuit, moitié paillasse à vieux beaux gavés de monnaie. Elle avait quitté Marseille, était revenue en Corse persuadée d'y trouver le chemin de la rédemption, s'y était perdue davantage. Après avoir migré à Ajaccio, elle avait soudainement disparu et personne n'avait plus entendu parler d'elle. La rumeur avait désigné l'intervention d'un gourou spécialisé dans les cas désespérés, on avait aussi entendu dire qu'elle était morte jusqu'à ce qu'elle refasse surface, belle femme revenue d'un séjour prolongé chez les zombies aux veines crevées. Son visage dévasté par les excès de came et d'alcool avait repris une apparence à peu près normale, remodelé par un chirurgien assez talentueux pour effacer les traces de son œuvre.

Remise, Sonia n'avait pas perdu de temps à faire fructifier le patrimoine familial laissé en friche depuis la mort de son père, un lot de terrains en bord de mer dont sa mère avait hérité à une époque où ils valaient moins qu'une poignée de figues. Elle en avait vendu une partie, patiemment attendu que le reste prenne de la valeur et s'était lancée dans une florissante carrière de promoteur immobilier. Un petit miracle.

Nos existences s'étaient télescopées six ans plus tôt à l'occasion d'une soirée de charité organisée dans une galerie d'art du centre-ville, transformée depuis en boutique de souvenirs bon marché. Ma présence était seulement motivée par la perspective d'un buffet gratuit et bien garni en bouteilles. À l'époque, je ne cherchais déjà plus à combler le trou béant dans ma poitrine. Je me contentais de me saouler méthodiquement en faisant de mon mieux pour tenir le coup sans risquer de planter définitivement ce qui n'était plus une carrière. Nous avions sympathisé en faisant assaut de vacheries sur les autres invités puis nous avions dilapidé ce qui nous restait d'énergie sur la banquette arrière de sa berline de luxe. Avec le temps, nous avions appris à nous apprivoiser jusqu'à partager une vague histoire, quelques mois ponctués de simulacres de brouilles censés nous convaincre que nous vivions une vraie romance, avec crises de larmes et brutales réconciliations dans la chair. Un soir, alors que nous dînions dans un restaurant de fruits de mer posé sur l'étang d'Urbinu, notre conversation s'était brutalement interrompue dans la touffeur d'une nuit d'été. À la fin du repas, un silence pesant s'était chargé de faire les aveux à notre place et nous avions annulé la réservation dans un hôtel de la région pour remonter à tombeau ouvert en direction de Bastia, sans comprendre le sentiment de soulagement que nous éprouvions. Elle m'avait déposé chez moi avec un sourire en forme d'excuse et la promesse de « garder le contact ». Depuis, je ne l'avais jamais revue.

De retour des toilettes, Sonia fit signe à la serveuse et commanda un nouveau cappuccino, ébouriffa sa frange d'un geste expert.

« Je te prie de m'excuser, dit-elle. Je crois qu'on ne s'y fait jamais.

— À quoi ?

— À toute cette violence.

— Tu connaissais bien Cherkaoui ?

— Depuis plus de dix ans. Don-Jean Santini me l'a présenté six mois avant de mourir. D'une certaine manière, je pense qu'il voulait que Mohamed veille sur moi.

— Tu m'as toujours donné l'impression de t'occuper très bien de tes affaires toute seule. »

Ses doigts jouèrent sur sa tasse.

« Lorsque je suis revenue ici, après ma sale période, rien n'a été facile. Maman était au fond, vraiment mal en point. Elle ne s'est jamais vraiment relevée de ce qui nous est arrivé. J'étais juste une ex-toxico trop fragile. Don-Jean m'a mis le pied à l'étrier. Il ne s'est pas pardonné, avec toutes ses relations, de n'avoir jamais réussi à savoir ce qui a pu arriver à papa. Il m'a présenté Mohamed, qui bossait déjà sur ses chantiers et un peu chez lui, aussi. Au black. C'est un champion pour les murs en pierre sèche, presque un artiste.

— Et tu l'as fait bosser.

— Il m'a surtout guidée. C'est un univers d'hommes et Mohamed les connaissait tous, les patrons sérieux, les ouvriers à embaucher et qui faisait quoi. Sans lui, je n'aurais jamais bouclé mon premier chantier. C'est pour ça que je l'ai aidé à mon tour à monter sa propre boîte.

— Qui fonctionnait plutôt pas mal.

— Très bien, même. C'est ce que j'aime, chez lui. Il ne lâche rien. Il est capable de bosser avec une lampe à pétrole jusqu'au milieu de la nuit pour rendre un chantier à temps. Lui et moi avons pas mal de points en commun. Nous sommes passés par des centaines de galères et nous avons fini par surmonter toute cette merde.

— Tu as une idée de sa vie ? Je veux dire : sa vie d'avant. »

Sonia prit une longue inspiration.

« Il en parlait peu. Il est arrivé ici très jeune, une main devant, une main derrière. Il a commencé à trimer dans les champs de clémentiniers de la plaine Orientale puis il a compris qu'il ne s'en sortirait jamais, que l'argent qu'il gagnait ne suffirait pas à faire vivre sa famille au pays. Après ça, il a fait comme pas mal de Marocains. À quatre heures du matin, il s'est installé sous un porche de la place d'Armes, à la citadelle, et il a attendu que les camionnettes des entrepreneurs passent faire leur marché. Un chantier, un autre, encore un autre. En quelques années, il a réussi à s'établir à son compte et gagner très correctement sa vie.

— Grâce à toi.

— Tu parles. Je lui ai prêté 20 000 euros qu'il m'a rendus au centime près avec six mois d'avance sur l'échéance. Le plus drôle, c'est que j'ai refusé qu'il me les rembourse. Avec une partie de l'argent, il m'a offert une bague splendide. »

La serveuse refit son apparition. Elle coupa la musique, manière polie de nous signifier qu'il était temps de déguerpir.

« As-tu une idée de…

— Non. Qui peut prévoir une horreur pareille ? Momo aimait sa femme. Il aimait la petite. Je suis sa marraine et… »

Sonia détourna le regard vers le fond de la salle. Sa poitrine se souleva deux fois. Ses doigts se mirent à triturer une serviette en papier.

« Mohamed avait la belle vie, plus belle qu'il ne l'aurait jamais imaginée. Il a tout gâché et personne ne comprend pourquoi.

— Si j'ai bien saisi, les affaires ne tournaient pas si bien que ça. Les employés de Cherkaoui ne sont plus payés depuis deux mois.

— Merci François Massa.

— Massa ? L'entrepreneur ? »

Sonia lissa la serviette en papier. Rajusta une nouvelle fois sa frange.

« Je ne crois pas que ça ait grand intérêt.

— Pour moi, si.

— C'est tragiquement banal. Au départ, Mohamed travaillait pas mal avec moi. Puis j'ai décroché mon premier gros contrat. La résidence Mare è monti, ça te parle ?

— Le complexe de luxe sur le cordon lagunaire.

— Massa et moi étions associés sur ce projet. Je lui ai présenté Mohamed. Ils se sont très bien entendus. Ça ne me posait aucun problème au début mais, petit à petit, Momo a commencé à prendre ses distances. Je ne comprenais pas pourquoi. Il me battait froid, ne répondait plus à mes appels même lorsque j'avais du boulot à lui proposer. »

Elle fit une pause.

« Je continuais à voir Samia et la petite. Je prenais Lia chez moi, le week-end, pour que Mohamed et Samia puissent avoir un peu de temps à eux. J'aimais beaucoup Samia. Elle est arrivée ici à quatorze ans pour rejoindre son père. Elle a commencé comme femme de ménage, à frotter les sols de la moitié des sièges d'administration. Elle a même travaillé à la préfecture. Le soir, elle nettoyait les bureaux déserts du service des étrangers qui lui refusait ses titres de séjour. Avant même de rencontrer Mohamed, elle avait pris des cours du soir. Une association l'a aidée à obtenir des papiers. Je l'ai fait embaucher dans la crèche gérée par ma cousine, à Furiani.

— Pour en revenir à Massa…

— Je travaillais avec lui depuis quelques années et

il ne m'avait jamais déçue. C'est un homme hautain mais un bon professionnel et un bosseur acharné. Il m'a enflée sur un chantier que nous devions mener ensemble et je lui ai dit mes quatre vérités sur sa manière de faire. J'ai porté l'affaire devant le tribunal administratif et j'ai gagné. Il ne l'a pas digéré. Trois semaines après la décision de la justice, le siège de ma boîte a sauté. Pas un gros truc, juste de quoi me faire peur. Même les démineurs ont dit que la charge était bidon. Du travail d'amateur, quelques vitres brisées et mon bureau foutu en l'air. Comme je comptais le remplacer…

— Tu penses que Massa est mêlé à l'attentat ?

— Je n'ai aucune preuve.

— Et Cherkaoui, dans tout ça ?

— Massa lui a simplement fait miroiter une vie de cocagne. Il l'a maintenu sous perfusion à coups de commandes et de chantiers. De quoi perdre la boule. C'est ce que Momo a fait, d'ailleurs. L'argent rentrait tous les mois, pas des millions mais suffisamment pour qu'un ancien travailleur clandestin commence à se voir plus beau qu'il n'est. Il a acheté un appart aux Albatros, réglé cash – pas le meilleur choix entre toi et moi. Puis il y a eu les sorties en bateau avec François et ses amis, les vacances au ski, une semaine à Bali par-ci, trois jours à Marrakech par-là… Mohamed s'est vraiment mis à déconner. Il jetait son fric par les fenêtres, sautait sur tout ce qui bougeait, la moindre pétasse croisée en soirée, sa secrétaire.

— Gomez ?

— Elle était folle de lui. Il aurait pu lui demander n'importe quoi.

— Tout ça s'est passé à quelle époque ?

— Vers la fin 2013, début 2014. Lorsque Massa et lui se sont vraiment liés. Il ne voulait pas le décevoir, il acceptait n'importe quel chantier, travaillait comme un fou. Pour tenir le coup, il prenait cette saloperie.

— Coke ?

— Tu en prends parce que tu crois devenir plus performant mais en réalité, tu l'es moins, beaucoup moins. Du coup, tu en reprends en espérant que ça t'aidera juste à retrouver un état normal. Jusqu'à la dose d'après. »

Elle se tut. La pointe de sa langue darda entre ses dents.

« Un beau jour, reprit-elle, Massa a arrêté de payer. Plus de commandes, plus de contrats.

— Pour quelles raisons ?

— Peut-être que Mohamed lui avait suffisamment servi ou qu'il a trouvé mieux. François Massa est un animal à sang froid. Il ne connaît que les affaires. Le reste, l'amitié, l'amour, ça lui échappe. Et Mohamed avait vraiment cru qu'il était devenu son ami. »

Elle me regarda.

« Les hommes, dit-elle, ça aime bien se raconter des histoires. »

Je continuai à lui poser des questions, elle me répondit du mieux qu'elle put. Puis les lumières du plafond s'éteignirent. La serveuse attendait assise sur un tabouret, un long manteau noir sur les épaules, son sac à main en bandoulière. Sonia me demanda si je voulais bien la raccompagner à sa voiture.

À supposer que les choses prennent de la valeur avec le temps, mon appartement ressemblait à ma vie : il faisait mentir la loi du marché. Il y a bien longtemps, il avait constitué le rez-de-chaussée d'un hôtel particulier, la Casa Ceccaldi, du nom d'une famille émigrée au Venezuela pour y faire fortune dans l'exploitation de bananeraies. Les Ceccaldi étaient revenus en Corse à la fin du XIXe siècle, avaient fait construire la bâtisse et y avaient donné les plus élégantes réceptions, des fêtes où se pressait la bonne société, des armateurs et des conseillers à la cour d'appel et des colonels en grande tenue. La lignée des Ceccaldi s'était éteinte avec le départ de ses derniers représentants pour le Continent, où leurs descendants n'avaient pas mis vingt ans à oublier leurs racines et vendre leur bien à la découpe pour pouvoir continuer à vivre au-dessus de leurs moyens à Paris. Mon père l'avait acheté en pleine période d'aveuglement, au moment où il avait commencé à confondre les comptes de sa petite agence de voyages avec les siens et s'était lié d'amitié avec ce que la ville comptait de personnalités en vue, radieux à l'idée de faire mentir le déterminisme familial en échappant à une petite vie de cafetier dans un village paumé de Balagne. Ses affaires avaient marché, du moins pendant quelques années, il s'était vu dans la peau d'un chef d'entreprise puis tout s'était écroulé et nous nous étions retrouvés sans un rond, prisonniers d'une demeure magnifique qui n'abritait plus que des souvenirs. Ma mère avait consacré le reste de ses jours à maintenir notre maison debout sans autres moyens que sa volonté de ne pas voir sombrer notre univers. Mon père s'était abîmé dans la haine de soi et des autres et avait fini par mourir dans le fauteuil club en tissu jaune canari où il passait ses journées à confire dans sa propre rancœur. Il avait cinquante-sept ans. Trois ans plus tard, un coup de fil des urgences de Bastia m'avait averti du décès de ma mère alors que je me trouvais à Paris, très occupé par mon rôle de jeune flic sans peur et sans reproches. « Le cœur a subitement lâché, il n'y a rien eu à faire », avait dit la voix avant de raccrocher.

Lorsque mes parents me l'avaient légué avant de se suivre dans la tombe, ce foutu appartement était encore une splendeur de deux cents mètres carrés dont les hauts plafonds ornés de moulures, les fenêtres en ogive protégées par des volets génois et une vaste terrasse ouvrant sur les toits de lauze de la ville témoignaient du charme des vieilles demeures patriciennes. Il comptait sept pièces, dont une grande cuisine et un séjour somptueux où les notables du coin se réchauffaient autrefois devant une imposante cheminée au linteau de marbre gravé d'une tête de Maure. Ma chambre d'enfant ouvrait sur la Méditerranée, celle de mes parents était plus vaste que la plupart des apparts où vivaient mes copains d'école et deux interminables couloirs couverts de fresques figurant d'antiques batailles navales traversaient l'appartement du nord au sud.

À présent, la peinture taupe du double salon se couvrait de craquelures et les radiateurs en fonte de la cuisine avaient lâché depuis longtemps. Les lourdes tentures de velours carmin avaient disparu, les peintures murales des couloirs s'effaçaient sous une lèpre humide. Pratiquement toutes les pièces étaient vides à l'exception de ma chambre, occupée par un lit, une table basse et un banc de musculation aux montants attaqués par la rouille. J'avais entassé dans le séjour les reliques du naufrage, un immense canapé dont plusieurs pieds tenaient grâce à du ruban adhésif de déménageur, une table basse et, seule concession à ma solitude, un écran plat de la surface d'une table de ping-pong récupéré auprès d'un camarade de classe devenu docker à Marseille.

Ce soir-là, après avoir quitté Sonia sur le serment de nous revoir « bientôt », je me calai dans le fond du canapé défoncé et allumai la télévision, un paquet de clopes et un pack de Colomba bien au frais dans un bac en plastique rempli de glaçons à portée de main.

Lorsque le crépitement de la pluie me réveilla sur le coup des quatre heures du matin, le téléviseur projetait contre le mur du salon les images désordonnées d'une dispute entre jeunes gens au bord d'une piscine.

Le cauchemar était revenu.

6

Une couche de moisi ourlait les bords de la cafetière. À l'intérieur croupissait un liquide brun à la surface irisée de gras. Impossible de me rappeler la fois où j'avais fait couler ce café. Le paquet d'arabica discount était vide, comme mon réfrigérateur. Je fouillai le placard à la recherche d'une dosette de boisson soluble « goût café » fauchée au comptoir d'un snack au cours d'une équipée nocturne.

Un souffle glacé s'engouffrait à travers les montants disjoints de la fenêtre de la cuisine. Depuis la veille, le vent gonflait la pluie en bourrasques et la météo n'annonçait aucune amélioration avant plusieurs jours. Je frissonnai en versant la poudre lyophilisée dans un mug au dessin à moitié effacé par les lavages successifs. La tête d'une chimère de Mickey Mouse et Nicolas Sarkozy me souhaitait un « b n peti éjeuner » toutes dents dehors, ce qui paraissait assez mal engagé.

L'eau du robinet coula un moment avant de se réchauffer. J'en remplis directement le mug, allumai ma première cigarette de la journée après avoir tourné le bouton de la radio sur la fréquence de RCFM. Le goût de la boisson hésitait entre une décoction de chicorée périmée et une lampée de liquide vaisselle, avec la pointe d'amertume qui permettait sans doute au fabricant de justifier la formule « goût café » inscrite en grosses lettres jaunes sur la dosette.

Le flash info de la radio régionale était largement consacré à la « tuerie des Albatros ». Rien de neuf, n'était la voix de la grosse du couloir qui semblait avoir retrouvé la mémoire : « Des gens très bien vraiment. Nous avons eu beaucoup de peine. C'est terrible, terrible. »

Je terminai le venin soluble en grimaçant, pris une douche puis, après avoir passé un col roulé noir sur un jean qui avait connu des jours meilleurs, j'enfilai mon pardessus gris sur un veston et poussai la porte de mon appartement.

Dehors, les lignes de crête étaient invisibles, dévorées par une masse nuageuse à l'aspect de coton souillé d'où émergeait l'antenne-relais de télévision plantée au sommet du Pignu. En me protégeant des rafales de vent, je pris la ruelle pentue qui rejoignait le centre-ville. Dix minutes plus tard, au moment où je rejoignais le boulevard Paoli, la pluie se mit à tomber dru, de grosses gouttes lourdes et sales chargées du poison que les ferries crachaient au-dessus de la ville en panaches noirs.

Je poursuivis mon chemin en m'abritant sous les stores des boutiques désertes et, parvenu au milieu de la rue César-Campinchi, poussai la porte du Rancho, à peine salué par le patron, un colosse chauve de soixante-dix ans, un ancien commando marine encore capable d'étrangler un bœuf à mains nues. Je commandai un café « très léger » en faisant de mon mieux pour ignorer sa mimique de mépris puis je jetai un œil sur le *Corse-Matin* du jour posé sur le comptoir à l'intention des clients. En page 5, un court papier évoquait la « Vive émotion à la résidence Les Albatros après le drame » : « Les résidents du lotissement soulignent unanimement le climat de bonne entente qui règne d'ordinaire aux Albatros, un quartier tranquille et fleuri où les nombreux commerces de proximité et la placette permettent, selon Yvette, cinquante-quatre ans, "de se retrouver presque comme au village". La tragédie qui a frappé la famille C., respectée et parfaitement intégrée, ne laisse personne indifférent. » Suivait la brève interview d'un « responsable associatif », appelant on ne sait pourquoi « à la retenue des pouvoirs publics et des citoyens dans une affaire aussi grave afin d'éviter d'odieux amalgames ». Je reposai le journal sur le comptoir, laissai le serveur acariâtre à ses idées noires et ressortis dans la rue où les premiers passants rasaient les murs en guettant la prochaine saucée.

Rien de neuf ne m'attendait au bureau à l'exception d'une blague au bon goût typique de commissariat. Sur la porte des Homicides simples, un petit farceur avait placardé la photocopie d'un article de presse consacré au « Boum du business funéraire ». Le croque-mort de la photo entretenait une vague ressemblance avec moi, ce qui avait probablement poussé l'afficheur anonyme à cercler son visage monochrome d'un rond au marqueur rouge surmonté de trois points d'exclamation.

La matinée s'étira péniblement jusqu'à l'heure du déjeuner, sans autre événement notable qu'un bref esclandre lorsque le chef de la BAC passa en trombe dans le couloir, hurlant que les véhicules banalisés de son service n'étaient plus banalisés pour personne, que tous les truands de la ville connaissaient par cœur les plaques d'immatriculation et qu'il ordonnerait bientôt à ses gars de ne plus assurer aucune patrouille tant que le parc automobile n'aurait pas été renouvelé. Ses jurons se perdirent dans les étages supérieurs et le silence retomba, troublé de loin en loin par une porte claquée trop fort et le piaillement d'une sonnerie de téléphone.

Vers l'heure du déjeuner, je quittai le commissariat pour m'installer à la table d'un boui-boui situé à deux pas. L'entrecôte sauce forestière avait la saveur d'un morceau de cuir trempé dans du lait caillé et le prétendu «exquis petit baba façon Mère-Grand» ressemblait à une éponge oubliée au fond d'un seau de cognac de contrebande. Je commandai un digestif. Puis un autre. Au quatrième, le gnome patibulaire qui faisait office de serveur m'informa que je devais payer et vider les lieux, «Parce que j'ai une vie, oh.»

Je réglai le montant de l'addition, laissai en évidence cinq centimes sur la table et sortis sous la pluie. En essayant de me convaincre que je cherchais à m'abriter de l'averse, je fis vingt mètres et poussai la porte du premier bar.

Les pires cuites ne préviennent pas, les verres enchaînés aussi facilement que des pensées vagabondes, un premier qui fouette les sens, le second pour sentir la brûlure de l'alcool cautériser une plaie ouverte quelque part en soi, le troisième pour se convaincre qu'on est encore capable de dompter ses démons et tous les autres ensuite, servis par un barman zélé, une dose, encore une dose et une dose de plus jusqu'à ce que l'alcool finisse par tout submerger.

Les gens de ma sorte sont capables de sentir le souffle

de l'Adversaire dans chaque gorgée mais rien ne peut les détourner de cette certitude : ne croire en rien est une malédiction que seule la boisson permet de conjurer. Elle nous fournit un exorcisme, une planche de salut, l'assurance du vertige et celle du malaise, une illusion si puissante qu'elle se suffit à elle-même. À certains moments, l'ivresse parvient même à nous persuader que nous sortirons indemnes des blessures que nous nous infligeons.

Foutaises.

J'avais suffisamment côtoyé mes semblables pour comprendre que rien ni personne ne peut nous arracher à la haine que nous éprouvons envers nous-mêmes. Il était trop tard pour moi, de toute manière. Je m'étais abîmé au point de ne plus permettre à quiconque de me reconnaître, moi le premier.

Les heures qui suivirent furent englouties dans un magma de souvenirs confus. Je me souvins seulement être retourné déjà bien entamé au bureau avec, dans la poche de mon imper, une flasque de Label 5 achetée au Spar de l'avenue Émile-Sari. La bouteille vidée, j'avais mis les voiles pour me réfugier au Bar Jojo où j'avais bu mon content jusqu'à l'heure de l'apéritif. Puis j'avais migré au Terminus, en face de la préfecture, au Penalty, au Corsica Bar et dans d'autres rades autour de la place du Marché et du Vieux Port. Au Point Zéro, un type édenté vêtu d'un jogging rouge sang m'avait proposé un 9 mm « comme ils ont le GIGN » contre une tournée de pastis ; au Régal, une ancienne tapineuse m'assura qu'elle avait passé une nuit avec Eddie Mitchell « juste avant sa mort » ; plus tard encore, je m'étais retrouvé embrigadé dans les rangs d'une équipe de soiffards dont le capitaine se prétendait pilote de Canadair bien qu'il fût plutôt connu comme un expert en fraudes à la pension d'invalidité. Lui et sa bande me poussèrent dans un bar à filles décati où le parfum capiteux d'une demi-douzaine de putes esquintées ne suffisait pas à masquer l'odeur de sueur rance qui collait aux murs.

Après quelques verres de cocktails coupés au jus de citron, le comptoir s'était soudainement animé : une courte bagarre suivie d'une tonitruante réconciliation entre pugilistes. Une fille en minishort à paillettes et talons de quinze centimètres avait dégobillé sur la minuscule piste de danse aménagée près des chiottes en voulant démontrer ses talents de pole dancer et, pour finir, un quarteron de gamins éméchés fit son apparition sur le coup des cinq heures du matin en exigeant de la tenancière qu'elle passe un CD de rap à la sono, ce qui déclencha une nouvelle rixe émaillée de coups portés au petit bonheur, de jeux de jambes chancelants et de jurons ahanés sous les applaudissements jusqu'à ce qu'une voix offre de payer le petit déjeuner et signe la fin des hostilités.

À l'aube, après avoir avalé un café et un croissant mal décongelé dans une station-service à la sortie de la ville, je m'étais effondré sur mon lit sans me déshabiller, les bras cramponnés au traversin pour éviter de tanguer avec les murs.

La sonnerie du téléphone se confondait avec un rêve indécis. Je roulais sur une autoroute déserte, parfaitement serein. Une voiture de police sortie d'une série télé américaine me doublait en faisant hurler son gyrophare. J'étendis mollement la main vers la table de chevet, fis tomber le portable en tâtonnant à sa recherche. Tandis que je me penchais pour récupérer l'appareil au pied du lit, les souvenirs de la veille affluèrent brutalement vers mon cerveau. Le décor se mit à vaciller.

Huit appels en absence.

La permanence du commissariat.

J'appuyai sur la touche « Rappel ». À l'autre bout du fil, un accent pyrénéen m'annonça que je devais me « grouiller le cul » et rappeler fissa Rochac, le commissaire adjoint, mon seul contact avec la hiérarchie. Je bredouillai un remerciement, le collègue gloussa avant de raccrocher.

Le temps de joindre le commissaire, j'avais dessaoulé.

7

La scène de crime était accessible par deux itinéraires. Le premier suivait le tracé d'un sentier de randonnée menant aux anciennes glacières génoises par les crêtes. Depuis la place de l'église de Cardo, sur les hauteurs de Bastia, on empruntait un chemin de balade bien connu des familles de la région. Chaque dimanche, des dizaines de randonneurs grimpaient vers les ruines où les Génois stockaient la glace récoltée sur les sommets pendant l'hiver avant de l'acheminer à dos de mulet vers Bastia aux premières chaleurs du printemps.

L'autre trajet longeait la route de Saint-Florent sur une dizaine de kilomètres. Avant d'arriver au col de Teghime, une piste cahoteuse s'enfonçait à flanc de montagne dans l'intérieur des terres le long d'une vieille route abandonnée. Elle coupait le premier sentier à mi-chemin. De cette façon, on pouvait gagner une demi-heure d'ascension.

En priant pour que ma Saxo brinquebalante ne lâche pas, je pris la route de Saint-Florent puis le chemin de terre. Après quelques centaines de mètres, j'arrivai sur une aire à peu près dégagée qui faisait office de parking à ciel ouvert. À bord d'une voiture de patrouille garée sous un chêne au tronc noirci, un jeune adjoint de sécurité parcourait les pages du dernier *France Football*, assis du côté passager.

Je cognai à la vitre.

« Ils sont où ? »

Le gosse sursauta. Il baissa la fenêtre de quelques centimètres.

« Vous êtes ?

— Homicides simples.

— Hein ?

— Le taulier, l'équipage de Police-Secours, ils sont où ?

— Ah. Euh… »

Il bégaya, parut fournir un effort surhumain pour se souvenir des raisons qui l'avaient conduit à faire le poireau au milieu de nulle part, un dimanche de grisaille pluvieuse. Il articula : « Là-haut. Avec… Ils sont là-haut. Tous. » Et il pointa un doigt vers la montagne qui dressait sa masse noire entre le ciel et nous.

Rejoindre ce « là-haut » indéfini impliquait de quitter la piste pour crapahuter vers l'ouest sur un sentier à peine balisé qui grimpait le long d'une côte en pente raide bordée d'un maquis profond. Je regardai le jeune gars puis le sommet de la montagne puis mes chaussures bon marché. Le petit flic se replongea dans la lecture de son magazine en m'accordant moins d'attention qu'à une merde de chien.

La pluie avait transformé le chemin en une succession d'ornières remplies de boue. Les cailloux arrachés du sol par les intempéries roulaient sous mes semelles, des racines se tordaient en travers du chemin. Deux cents mètres plus haut, une piste plus large continuait sur cinquante mètres et débouchait à son tour au milieu d'un vaste affleurement d'une roche grise luisante de pluie.

Sous les bourrasques, le maquis ondulait comme le flanc d'un gigantesque animal en train de s'ébrouer. Malgré la température glaciale et le vent qui s'était levé, ma chemise collait à mon dos. J'essayai de contourner la dalle rocheuse en suivant un passage sur le côté droit, à l'endroit où une maigre végétation recouvrait le sol, mais je glissai, ma tête heurta le sol et les nuages virèrent au pourpre puis au noir, mon estomac se contracta et je crachai un filet de bile chargé d'alcool. La jambe droite de mon pantalon était déchirée sur trente centimètres. Des picotements électrisaient mon tibia. Je parvins à m'asseoir, me penchai sur l'écorchure. Le sang imbibait déjà le tissu du pantalon dont les bords déchiquetés étaient couverts d'une croûte de terre noire incrustée de minuscules gravillons. Je me relevai péniblement, me remis en route en claudiquant comme un infirme. Au bout d'une dizaine de minutes, le vent m'apporta les premiers éclats de voix et j'aperçus la tache bleue d'un uniforme à travers une trouée dans le maquis. Le chemin fit bientôt un coude, juste avant de se dédoubler. La première partie continuait à longer un précipice, l'autre grimpait vers la ligne de crête. À cet endroit, le chemin s'élargissait en une piste praticable. Sur le côté droit, au creux d'une saignée, apparaissait une énorme canalisation. Elle s'enfonçait sous terre, resurgissait plus bas dans la vallée en serpentant vers un réservoir d'eau, semblable au fossile d'un lombric géant.

Le groupe de flics titubait sous les assauts du vent. Trois d'entre eux, une partie de l'équipage de permanence qui avait reçu l'appel d'un randonneur, étaient en tenue. L'autre, en civil, était le commissaire Jean-Louis Rochac, qui chapeautait le bureau des homicides simples. À quelques mètres, un couple en vêtements de trekking rouge et bleu essayait de se protéger de la pluie fine.

Rochac, silhouette replète et duvet de cheveux roux, tourna la tête à mon arrivée.

« Qu'est-ce que…

— Rien. Une chute, plus bas.

— Vous êtes blessé ?

— Non. Où est-elle ? »

Il indiqua un point situé au milieu de la pente. Ses paroles se perdirent, emportées par un coup de vent.

Je fis quelques pas, saluai de la tête les flics en tenue. Derrière moi, la voix du commissaire m'ordonna une nouvelle fois de ne pas « polluer » la scène de crime. Au bord de la piste, à gauche, le maquis laissait entrevoir le corps allongé sur le dos, les jambes repliées d'un seul côté d'après un angle étrange. Je retournai près du commissaire. Il approcha son visage de mon oreille pour couvrir les mugissements du vent.

« L'alerte a été donnée par le couple. On va les auditionner mais vous devriez aller leur parler pour les premiers éléments. Vous êtes de permanence homicides mais vu le contexte, la PJ récupérera certainement le dossier. »

Je rebroussai chemin et demandai à Piazza, le plus âgé des trois flics, ce qu'il avait pu voir. Celui-ci risqua un regard vers ses collègues, puis un autre en direction de Rochac. Sa figure était rouge, barrée d'une épaisse moustache grise. De la sueur coulait sur ses tempes. Il avait ouvert le col de son blouson malgré la pluie. Une broussaille de poils blancs en dépassait. Il força sa voix.

« On est arrivés sur les lieux aux environs de treize heures vingt et…

— Je ne te demande pas un rapport, Piazza. Tu as vu quoi ? »

Rochac fit un pas vers nous. Il sortit les mains des poches de sa parka, la tête enfoncée dans ses épaules. Lui aussi criait pour couvrir les mugissements du vent.

« Le sous-brigadier a pu voir la victime. Apparemment, elle a été étranglée. C'est bien ça, Piazza ?

— J'en sais trop rien mais on dirait, hurla Piazza. Elle a une sorte de trace foncée autour du cou. »

Une rafale fit chanceler le vieux flic puis il retrouva son équilibre. « Ils l'ont traînée sur le côté de la piste, le maquis est foulé par là-bas. Il y a aussi des branches cassées. Ils ne se sont pas donné trop de mal parce que franchement, en deux pas on y est. D'ailleurs… »

Il chercha ses mots. « D'ailleurs, elle a son pantalon… Comment dire… Ils lui ont baissé son pantalon. Sa culotte aussi. Je crois qu'ils l'ont abusée. »

Rochac baissa le regard vers ses chaussures. Ses lèvres mimèrent le mot : « violée ».

« J'avais compris, criai-je à mon tour. Les mecs de l'Identité judiciaire arrivent quand ?

— Ils sont en route.

— Et les témoins ? »

Je montrai les deux randonneurs, raides comme des statues posées au bord du sentier. Le commissaire s'avança, leur fit signe d'approcher. L'homme se décida le premier. Il pouvait avoir dans les soixante-dix ans, ses cheveux étaient blancs et ses vêtements de randonnée coûteux. J'optai pour un haut fonctionnaire affecté dans l'île en fin de carrière ou un vacancier fortuné qui avait bravé le mauvais temps pour une promenade dominicale. Après une hésitation, sa femme, petite chose maigre perdue dans une parka rouge trop grande, le suivit. Elle me tendit une main minuscule.

Le vent nous obligeait à nous tenir les uns près des autres, en cercle rapproché, l'oreille tendue vers les mots emportés dans la tourmente.

« Vous avez vu quelque chose à part le cadavre ?

— Oui. C'est ce que nous avons déjà dit à vos collègues.

— C'est-à-dire ?

— Eh bien, il n'y avait pas grand monde aujourd'hui. À cause du temps, n'est-ce pas. Nous n'avons croisé qu'une famille, des habitués comme nous. Je crois qu'ils sont du même coin que mon épouse.

— Continentaux ?

— Oui, qu'est-ce que ça change ?

— Rien. Donc : une famille ?

— Des gens que nous avons déjà vus ici, un jeune couple avec des enfants grands comme ça, peut-être de six à huit ans. »

« Déjà vus ici » : le témoin connaissait les lieux. Il décrivit précisément la famille, la couleur de chaussures de marche des parents, du bonnet « bleu avec un liseré orange » du père et la marque d'un paquet de biscuits à la confiture que tenait « celle qui devait être la cadette parce qu'elle était plus petite que les autres enfants ».

Le commissaire intervint : « Oui, excusez mais... Parlez-nous plutôt de l'homme. »

Le randonneur acquiesça.

« Nous étions en train de redescendre des anciennes glacières lorsque nous sommes arrivés en haut de la pente. C'est là que nous l'avons croisé. Un jeune homme vêtu en treillis.

— Un berger ?

— Non, il portait un équipement particulier. Plutôt un genre de militaire. »

Je me tournai vers le commissaire. Il écarta les bras dans un geste d'impuissance.

« Quand je dis un genre de militaire, reprit le randonneur, il me semble bien que c'était un militaire, en fait.

— Pourquoi ? »

Une rafale de vent l'interrompit. Il attendit une accalmie puis continua :

« Sa tenue et ses rangers. Il portait un énorme sac à dos recouvert d'une espèce de housse camouflée.

— Comment était-il, physiquement ?

— Cheveux très courts, légèrement plus ras sur les côtés. Brun. Affûté.

— Vous voulez dire costaud ?

— Il m'a semblé. Nous l'avons rencontré à peu près à cette distance d'ici en haut de la pente. Nous descendions, il montait. Malgré le dénivelé, il n'était même pas essoufflé. J'en ai déduit que c'était un militaire habitué à, voyez-vous… à crapahuter, n'est-ce pas.

— Un militaire… »

Le commissaire laissa échapper une plainte.

Je regardai la femme :

« Vous lui avez parlé ?

— Mon mari… »

Il la coupa en lui posant délicatement la main sur le bras.

« Nous nous sommes à peine croisés. Il nous a simplement dit qu'il était en manœuvres. Et perdu.

— Perdu ?

— Il cherchait les camarades de son escadron. »

La femme opina.

« Exactement. Escadron.

— Et vous avez pensé qu'il était militaire ?

— Il en avait tout l'air. Un gars jeune, solide, habillé en tenue camouflée de la tête aux pieds avec un sac à dos… »

À son tour, la femme interrompit le mari :

« … Avec une gaine par-dessus. Vous savez, comme ces soldats qu'on voit dans les reportages sur l'Afghanistan…

— Et c'est tout ce qu'il vous a dit ?

— Je crois bien.

— Vous croyez ?

— Ça n'a pas duré plus de dix secondes. Quand nous avons pris la pente, c'est là que…

— Vous l'avez trouvée ?

— Exactement. »

La femme leva son poing devant sa bouche. Le bras de son mari entoura son épaule. Il éleva la voix pour se faire entendre : « Nous en avons pour combien de temps, à attendre ? Ma femme et moi sommes un peu secoués et… »

Le tonnerre roula sur les crêtes et le ciel lâcha sans prévenir une pluie si dense que le sol se transforma aussitôt en marécage. Depuis son céleste trône, Dieu s'esclaffait en nous pissant à la gueule.

8

Lorsque j'avais été désigné pour occuper le bureau des homicides simples, un vieux collègue du nom de Jean Flori m'avait prévenu : « Porte toujours une cravate. » Seize années durant, Jeannot avait traîné sa dégaine de héron et sa barbe finement taillée à la brigade criminelle, au 36, quai des Orfèvres. Autant dire qu'il savait de quoi il parlait. Il végétait désormais dans un service administratif du commissariat de Bastia, revenu parmi les siens tirer la paire d'années qui le séparait de la retraite. Ce n'était pas le genre de flic à ressasser des souvenirs d'ancien combattant mais il n'avait jamais oublié ses principes d'« avant ». « Crois-moi, m'avait-il dit, pour les proches de la victime, une cravate fait une sacrée différence entre un flic et un policier. Même avec le genre de clients que tu te farcis, ça compte. »

J'avais eu l'occasion de vérifier la pertinence de ce conseil un paquet de fois mais, dans le cas de la victime retrouvée sur le sentier des Glacières, tout effort vestimentaire était inutile. À l'exception d'un frère plus âgé installé à Nice, qu'elle n'avait plus vu depuis des années, Paola Mosconi ne comptait pas de famille ou d'amis, rien qui puisse s'approcher de vagues relations humaines. Dans cette île où les arbres généalogiques étendent leurs branches sur des générations, cette solitude la désignait comme une curiosité locale : même le patron de l'épicerie fine située en face de son portail ne se souvenait pas avoir échangé avec elle plus d'une trentaine de mots en dix ans.

Paola Mosconi avait quarante-sept ans, n'était ni belle ni moche, n'avait pratiquement jamais travaillé. Selon les services fiscaux, elle avait vécu d'une rente laissée par ses parents à leur mort. Elle avait grandi sur le Continent en suivant les affectations successives d'un père officier supérieur dans la Coloniale, était revenue s'installer dans l'île une vingtaine d'années auparavant après un échec amoureux – « un fils de pute qui l'a forcée à avorter avant de disparaître sans laisser d'adresse », dixit le frangin niçois. Elle ne fréquentait aucune salle de sport, ne faisait partie d'aucune association caritative.

Dès que son identité avait pu être établie, la police technique et scientifique avait effectué des prélèvements à son domicile. À ma demande, Rochac m'avait rejoint le lendemain devant la porte de son deux-pièces propret de la rue Napoléon, une artère piétonne jalonnée de boutiques de déco et de prêt-à-porter.

L'entrée empestait la javel, comme la salle à manger où une collection de dizaines de chats en porcelaine occupait les étagères d'une petite bibliothèque, un buffet, un guéridon et le dessus d'un antique téléviseur aux flancs rebondis.

Dans le placard de la salle de bains, les serviettes de toilette étaient pliées aux mêmes dimensions et empilées selon un dégradé de couleur du plus clair au plus foncé. Le lavabo était immaculé, comme le cabinet de toilettes et le bidet. Un rideau de douche en plastique mauve avait été déployé le long d'une tringle rafistolée avec du scotch waterproof de la même teinte que la fausse faïence bleu azur.

On trouvait dans la cuisine une petite table et une chaise, un poste à transistor posé sur un plan de travail aussi propre que le reste de l'appartement et, dans le réfrigérateur, une boîte de thon entamée la veille, deux pommes dans un sac translucide et trois yaourts nature. Un calendrier aimanté à la porte du réfrigérateur indiquait que la victime avait prévu de refaire le plein de commissions le samedi suivant, soit le lendemain de la date de péremption figurant sur les pots de yaourt.

Les dimensions de sa chambre ne devaient pas excéder deux mètres sur trois, à peine de quoi caser un lit à une place couvert d'un édredon aux motifs vaguement africains, tendu sur le matelas sans un pli. Contre le mur, une penderie imitation bois renfermait des culottes blanches d'une marque identique, repassées, pliées, posées l'une sur l'autre de manière à ce qu'aucun fil, pas le plus petit morceau d'étoffe ne dépasse. Outre les sous-vêtements, l'armoire contenait cinq chemisiers blancs, un noir, deux pantalons gris, trois jeans et une collection impressionnante de bas de jogging dégriffés, à quoi s'ajoutaient une doudoune semblable à celle qu'elle portait au moment de sa mort, un manteau en matière synthétique, une veste de tailleur bleu marine et un blouson en daim clair orné de pièces de cuir. Tous les vêtements étaient suspendus en bon ordre à des cintres métalliques.

« Elle était à la mode d'il y a une quinzaine d'années », observa tristement le commissaire Rochac. Pendant une demi-heure, il promena sa silhouette grassouillette dans le petit appartement, s'attardant devant l'étagère basse où quelques livres à la tranche intacte retraçaient le goût de Paola Mosconi pour la littérature qui plaît à tout le monde. Un bandeau de prix littéraire entourait encore la couverture de deux ou trois bouquins. Les autres, guère plus d'une dizaine, paraissaient avoir été commandés sur des magazines télé, leurs reliures vertes et carmin décorées d'enluminures aux titres inconnus bien alignées.

Lorsqu'il fut évident que les lieux ne nous apprendraient rien que nous ne sachions déjà sur Paola Mosconi, que les regards fixes des chats de porcelaine commencèrent à nous mettre mal à l'aise, Rochac décida de sa voix sans intonation : « On n'a qu'à y aller, hein. Parce que là… »

Après avoir quitté le commissaire, je regagnai l'hôtel de police où je récupérai ma voiture, direction le centre hospitalier. Je garai la Saxo à l'arrière du bâtiment, près de l'entrée des urgences, et coupai par le parking pour rejoindre la morgue en empruntant l'escalier extérieur. Je ne croisai personne dans les couloirs au carrelage douteux. L'odeur de produits pharmaceutiques me prit à la gorge à mesure que je me rapprochai de la salle d'autopsie. Je saluai le planton en tenue qui se récurait le nez devant la porte à double battant, le temps d'apercevoir à travers le hublot le médecin qui tirait un drap blanc sur la dépouille de Paola Mosconi.

Elle était allongée sur la table en inox, ses seins flasques reposant sur un ventre maigre couturé de fils de chirurgien. Une ligne sombre se dessinait autour de sa gorge. Sa bouche était ouverte et ses yeux fixaient la lumière éclatante du plafonnier. Au beau milieu de cette salle d'autopsie vide, elle semblait aussi solitaire dans la mort qu'elle l'avait été au long de son existence.

Juchés sur les hauts tabourets de la salle de repos de la morgue, le légiste et moi faisions de notre mieux pour avaler le café trop fort préparé par une infirmière du service. « À réveiller les morts », avait finement plaisanté la jeune femme en posant les gobelets fumants devant nous. Le légiste avait levé les sourcils puis tiré un mouchoir en tissu de la poche de sa blouse. « Rhume des foins, dit-il. Saloperie. »

Il était petit, très sec, avec des joues creuses et des lèvres pincées. La couleur indéchiffrable de ses yeux lui donnait un air absent, son accent chantait légèrement d'intonations méridionales. Passé le délai imposé par la politesse et une brève discussion à propos d'une vieille affaire de SDF poignardé et balancé vivant dans le port de Bastia, il entra dans le vif du sujet en chaussant de fines lunettes à monture métallique pour consulter ses notes.

« Bien. Je vous fais grâce de l'examen interne : cœur de trois cent quarante grammes d'aspect normal, foie banalement rose-rougeâtre, etc. Je ne vous apprends rien en vous annonçant – en vous confirmant, plutôt – qu'elle a été étranglée. Bien. La strangulation a été effectuée à l'aide d'une cordelette, probablement tressée si j'en juge par les minuscules marques entrecroisées qu'on peut noter sur le cou. Pour ce qui est des constatations de base, les choses sont assez claires : atteinte du larynx au niveau du cartilage thyroïde, traces du lien au niveau sous-hyoïdien, pas de zone vide du sillon, c'est-à-dire aucune présence de nœud et donc un positionnement du lien pratiquement complet, horizontal et situé plutôt bas sur le cou. Un cas d'école : les lésions sont profondes et étroites. Bien. Pour le reste, pas de coups, pas d'autre traumatisme, les membres sont intacts à part les plaies mineures occasionnées par la traction du corps sur le sol. »

Il parcourut ses notes en silence.

« Ces dermabrasions sont très légères, quelques égratignures sur les membres inférieurs. C'est à peu près tout ce qu'on a sur ce chapitre. En revanche, elle s'est débattue, c'est certain.

— Pourquoi ? »

Le légiste avala une gorgée de café puis essuya une goutte qui avait coulé sur son menton.

« Pardon. Pourquoi ? Parce que "ecchymoses cervicales digitiformes". En clair, elle a tenté de retirer le lien. Pas longtemps mais avec suffisamment de force pour laisser la marque de ses doigts sur sa propre peau. J'ai aussi trouvé des traces d'excoriation sur les tissus du cou et j'ai prélevé ce que je pense être de petits fragments d'ongles mais je parierais que ce sont probablement les siens. Elle a lutté, capitaine. Elle ne s'est pas laissé faire.

— Vous êtes certain que ces marques n'ont pas été laissées par l'auteur ?

— Je ne pense pas. Ce mec, ou *ces* mecs, savaient très bien ce qu'ils faisaient. D'après ce que m'ont dit les gens de l'IJ, il n'y avait pratiquement aucune trace de lutte à proximité et les seuls indices, si l'on peut dire, tiennent à quelques branches brisées lorsque le corps a été traîné à l'abri. Quand je dis à l'abri, à en juger par les photos de l'IJ…

— Il ne s'est pas donné beaucoup de mal, en effet. Il l'a cachée à un mètre du bord du chemin. Quatre-vingt-dix-huit centimètres exactement.

— Ce bonhomme a eu la main heureuse, il maîtrise son sujet. D'abord, il avait prévu du matériel, il avait prémédité son coup.

— La cordelette.

— Exact. On peut aussi étrangler quelqu'un à mains nues, ça ne pose aucun problème d'ordre technique mais il s'agit d'un procédé plus complexe, beaucoup plus sujet aux aléas, une agonie plus lente, des possibilités de se débattre démultipliées, vous voyez le tableau. Bien. Même dans le cas d'un petit gabarit comme… »

Il jeta un coup d'oeil au dossier – « Comme cette pauvre Mosconi, Paola » – puis il crispa ses mains autour d'un cou invisible et resserra lentement ses doigts.

« Voyez-vous, capitaine, si vous étranglez quelqu'un avec vos mains, vous devez exercer une pression continue sur la gorge. Bien. C'est justement cela qui est difficile, le fait de pouvoir maintenir sa prise assez longtemps pour provoquer une anoxie cérébrale. Pendant ce temps-là, que fait la victime ? Elle se débat. À moins d'être droguée ou maintenue par un complice, évidemment. Les analyses toxicologiques nous répondront sur le premier point mais je n'y crois pas trop. Quant à une éventuelle complicité, visiblement, ça ne cadre pas avec les premiers témoignages. De toute façon c'est assez rare dans ce genre de dossier. Dans un contexte d'agression semblable, la victime trouve parfois assez de ressources pour se défendre mais aussi pour hurler, même si c'est assez compliqué à ce stade… Vous me suivez ? Bien. Dans notre cas, c'est formellement exclu. Tout est allé très vite. Du bon travail, si j'ose dire. Vu le positionnement du sillon laissé par le lien, il se tenait derrière elle. Elle a pu lutter quelques secondes mais les lésions sont profondes, il a dû serrer comme un forcené pour la choquer au maximum et terminer son affaire.

— Son affaire ?

— Votre collègue en tenue, celui qui est arrivé le premier sur les lieux, ne s'est pas trompé. Elle a été violée.

— Était-elle déjà inconsciente ? »

Le légiste parut hésiter. Il passa de nouveau son mouchoir sous son nez.

« La strangulation et le viol, dit-il, ont été réalisés de manière pratiquement concomitante. D'un point de vue médico-légal, il m'est difficile de déterminer de manière précise et sans possibilité d'être contredit que la victime ait été étranglée, puis violée. Toutefois, si l'on prend en compte les paramètres objectifs du dossier, le fait qu'il ait préparé son coup, qu'il ait agi avec beaucoup de sang-froid, qu'il ait pu le faire sans être repéré alors que des randonneurs prenaient l'air à proximité, il est probable – je dis bien : seulement *probable* – qu'il se soit assuré de sa mort avant de… »

Le joli minois de l'infirmière apparut à la porte : « Alors, Messieurs, ce jus ? assez corsé ? »

J'appelai Rochac pour lui rendre compte des maigres avancées de l'enquête mais il se trouvait en déplacement à Ajaccio. Sa secrétaire m'informa qu'il avait cherché à me joindre sans succès pour me demander de remettre mes premières constatations dans l'affaire Paola Mosconi au groupe crime de la PJ. « Vous n'avez pris le dossier que parce que vous étiez de permanence, n'est-ce pas ? » avait-elle ajouté perfidement, histoire de me renvoyer à mes sordides petits meurtres entre prolétaires.

Je la remerciai et passai un coup de fil à l'hôpital où un toubib m'indiqua que le patient Cherkaoui était toujours plongé dans un coma artificiel. Puis je quittai le commissariat.

Ma boîte aux lettres dégorgeait des habituels prospectus des grandes surfaces. Je pris une longue douche brûlante, me mis à traîner dans la maison en caleçon et en robe de chambre, une canette de Colomba à la main. Je cherchai un bon moment une musique appropriée sur mon portable, optai pour du Tchaïkovsky, traversai le premier couloir, errai un instant dans le salon avant de poursuivre ma route à travers le second couloir vers la salle de bains. Je pissai un coup en éclusant ma bière, refis le chemin en sens inverse pour ouvrir une nouvelle canette.

Deux cents mètres carrés remplis d'une absence.

Quatre ans, sept mois et neuf jours qu'elle n'avait plus donné signe de vie.

9

Le procureur Allary faisait les cent pas dans son bureau, les poings sur les hanches. Les flics, les gendarmes et le personnel du palais de justice l'avaient surnommé « Zébulon » depuis son arrivée en Corse six mois plus tôt.

« Manquait plus que ça. On s'attaque aux dames, ici ? C'est nouveau ?

— Pas vraiment », répondit Lou Girardi, les mains au fond des poches de son pantalon, le dos appuyé à la haute fenêtre du bureau du procureur.

En sa qualité de chef du groupe crim, Lou avait été convié à la petite réunion improvisée au premier étage de l'aile est du palais de justice de Bastia, majestueux igloo de marbre et de pierre où Jean-Pierre Allary avait pris ses fonctions avec la ferme intention de quitter la Corse aussi vite que possible et ne pas faire trop de vagues d'ici là. La découverte du corps de Paola Mosconi ne faisait pas partie de ses plans à moyen terme.

Romain Dormoy, le pimpant chef de l'antenne de police judiciaire de Bastia et adjoint du grand patron d'Ajaccio, avait posé la moitié d'une fesse maigre sur le coin du bureau appuyé au mur, côté fenêtre, près de Lou. Rochac et moi nous tenions de l'autre côté de la pièce, enfoncés dans deux fauteuils à roulettes que la secrétaire d'Allary avait apportés en soufflant sans qu'aucun de nous n'esquisse un geste pour la soulager de son fardeau.

Le procureur pérorait. Je fixais Lou. Lou fixait le proc. Ce pouvait être le septième ou le huitième qu'il côtoyait en l'espace de vingt ans et le vieux flic avait appris à ne pas trop s'attacher à leurs tocades, leurs coups de gueule et leurs faux-semblants. Peu d'entre eux avaient trouvé grâce à ses yeux. Burnier, le prédécesseur d'Allary, avait été un brave type un peu falot mais il avait fait le job. Briot, un connard arrogant qui avait occupé plusieurs postes prestigieux après son passage dans l'île, avait été le pire. La Chancellerie l'avait rapatrié en catimini après la révélation par *Le Monde* d'un enregistrement clandestin effectué au cours d'une réunion au palais de justice d'Aix. Le procureur Briot y confessait ses intentions de « casser du Corse » face à un auditoire médusé. Le garde des Sceaux avait rapatrié fissa son poulain en apprenant que même les flics locaux, le plus sérieusement du monde, songeaient à lui organiser un feu d'artifice à la mode locale, avec livraison de bouteilles de gaz à domicile par une nuit sans lune. Lou Girardi, en dépit du dégoût que lui inspirait le magistrat, avait désamorcé la situation : il suffisait qu'apparaisse sa silhouette massive et sa moustache de bandit mexicain pour mettre tout le monde d'accord.

Briot avait pris un avion et regagné le continent, escorté par Lou en personne. Il se disait que, pendant le trajet, le vieux flic avait expliqué au proc ce qu'il ferait avec ses couilles et un secateur s'il le croisait encore une seule fois.

Lou était un fils de berger auquel la vie avait offert le même choix qu'à tous les gosses nés pauvres dans la Corse des années 50 : se contenter du peu qu'il avait ou s'exiler pour espérer un avenir meilleur. À dix-sept ans, il s'était engagé dans l'infanterie de marine ; à vingt et un, il arpentait les trottoirs de Paris sous l'uniforme d'un îlotier sans grandes perspectives ; à vingt-cinq, il était un pilier de l'Antigang, où son mépris du danger lui avait fait gagner ses galons en même temps qu'un sobriquet évocateur, « Le Sanglier ». La suite de sa carrière avait épousé les soubresauts de l'histoire du grand banditisme français et, pendant un bref passage aux Renseignements généraux qui ne lui avait pas laissé un impérissable souvenir, ceux des relations tumultueuses entre l'île et la Mère patrie. Après quinze ans passés sur le Continent, Lou avait fini par retrouver son île. À Ajaccio d'abord, puis à Bastia, affecté depuis plus de dix ans au groupe crim dont il avait fini par prendre les commandes, une longévité de Mathusalem à ce poste.

À soixante et un ans, le vieux Lou aurait pu goûter les délices de la retraite depuis des lustres mais, avec sa femme Suzanne, son boulot était sa seule raison de vivre, entretenue par trois séances de boxe anglaise et une petite quarantaine de bornes avalées baskets aux pieds chaque semaine. Même le début de bide qui bombait sous ses blousons de cuir de poulet à l'ancienne ne parvenait pas à rendre son allure moins puissante, ni moins dangereuse.

Mais les états de service de Lou intéressaient autant le procureur Allary que sa première chemise. Après avoir arpenté son bureau pendant cinq bonnes minutes, il toussota dans son poing et, sans s'adresser à personne, demanda :

« Bon, un point rapide sur cette…

— Paola Mosconi, répondit Lou. Le capitaine va vous en dire plus. »

Allary se retourna vers Rochac, puis vers moi. Il ne parut remarquer ma présence qu'à cet instant.

« Et vous êtes ?

— Responsable du BHS, le bureau des homicides simples, dit Rochac à ma place.

— Ah oui. Les Issues de secours, c'est ça ? Comment le dossier a-t-il pu atterrir chez vous ? On n'est pas sur du soûlard de bal musette, là. Quel est le con qui a…

— Le capitaine était de permanence dimanche », l'interrompit Rochac.

Puis il me fit signe de poursuivre.

« Paola Mosconi, quanrante-sept ans, célibataire, a été retrouvée sur le sentier des Glacières par un couple de randonneurs vers midi dix, dimanche. Elle était vêtue…

— Oui, bon, coupa le proc. J'ai eu le télex et les détails. Avançons.

— Pour le moment, peu d'éléments. Elle habitait seule. Son unique proche connu est un frère qu'elle n'a pas vu depuis des années et qui réside à Nice. Il est ici pour s'occuper des obsèques.

— On fait sa téléphonie, intervint Girardi. Mais ça a l'air maigre. Mes gars ont tapé aux portes des voisins. Des vieux, surtout. Et un jeune couple. Lui, petit casier pour coups et blessures, une bagarre de bar. Rien de méchant.

— Un alibi ?

— Le week-end à l'hosto avec sa femme. Leur gosse

de huit mois a fait une poussée de fièvre. Les urgences confirment les avoir reçus samedi soir vers neuf heures. Il n'a quitté l'hôpital qu'une fois, dimanche vers huit heures du matin, pour aller se changer. Il était de retour sur le coup des neuf heures.

— Cette Moschino…

— Mosconi.

— C'est pareil. Cette Mosconi : des ennuis particuliers, un problème avec quelqu'un ?

— À ce stade de l'enquête, rien, fit Lou Girardi. Rien du tout.

— Et violée, évidemment. Le préfet m'a appelé ce matin. J'avais vraiment besoin de ça.

— Personne n'a besoin de ça, monsieur, rectifia Lou.

— D'un coup de fil du préfet à six heures trente ? Non, en effet. »

L'espace d'une fraction de seconde, je crus que Lou allait bondir de son coin de fenêtre pour attraper le proc par la cravate et le balancer du premier étage. Ses yeux papillonnèrent derrière les verres fumés de ses lunettes de vue, il se reprit aussitôt et me désigna du menton.

« Après en avoir discuté avec le commissaire Rochac, nous souhaitons que le capitaine reste chargé de l'affaire.

— Lui ?

— Lui, confirma Rochac.

— Sans vous faire offense, capitaine, ce n'est pas…

— Le capitaine ici présent était sur place dimanche, l'interrompit Lou. Il a mené les premières constatations. Mon service est surchargé et nous devons taper dans deux jours. Grosse opération. La tuerie de Vescovato. C'est bouclé et j'ai besoin de monde.

— Bien, abdiqua le proc. Bien.

— Le groupe crim continuera à superviser la procédure, précisa Girardi. Et je veillerai à épauler le capitaine. On mettra les moyens qu'il faut. J'ai juste besoin de quelques jours. »

Rochac prit la parole.

« Le capitaine est également chargé de l'enquête sur le dossier Cherkaoui mais, de ce côté, c'est pratiquement bâché.

— À propos de ce Cherouiki, demanda Allary en remontant sa ceinture : du nouveau ? Je veux que ça déroule. Le préfet aussi, d'ailleurs.

— Mohamed Cherkaoui se trouve toujours en soins intensifs au centre hospitalier, monsieur. Les médecins se montrent moins réservés, le pronostic vital n'est plus engagé mais il reste très amoché.

— Même pas foutu d'en finir proprement, observa le proc en secouant la tête. On sait pourquoi il a fondu les plombs ?

— D'après les premiers éléments, une situation financière compliquée après des années fastes. Il a commencé à dévisser il y a un peu plus d'un an. Deux équipages de Police-Secours se sont déplacés au domicile des Cherkaoui le mois dernier après plusieurs appels des voisins pour des disputes violentes entre lui et sa femme. Sur place, ils ont pu constater que Samia Cherkaoui ne portait aucune trace de coups. Elle a refusé de porter plainte, d'ailleurs.

— Depuis quand ça suffit à transformer quelqu'un en assassin ? J'ai raté un épisode ?

— Il y a un an ou deux, les contrats ont commencé à se faire plus rares. Cherkaoui travaillait beaucoup avec la S.A. Massa et les papiers de sa boîte montrent que, ces derniers temps, Massa avait coupé le robinet.

— Qui est ce Massia ?

— Massa, rectifia Dormoy.

— C'est la même chose. Donc ?

— François Massa est le plus gros entrepreneur de la région, lâcha Lou Girardi. BTP, commerce de gros et des activités dans la gestion de déchets du côté de Nice. Un frère élu à l'assemblée de Corse, une sœur dans le secteur du luxe à Paris. Il est également soupçonné de liens avec la Battue.

— Tiens, ils ne sont pas morts, ceux-là ? demanda le proc. On m'avait parlé de, comment déjà ? Ah oui : de l'histoire ancienne. »

Lou tourna lentement son regard vers Dormoy. Le faux cuir du fauteuil de Rochac crissa. Le commissaire transpirait. Une puanteur doucereuse se répandit à travers la pièce. Chacun fit de son mieux pour ne pas lui adresser la moindre remarque.

Le proc fit trois pas puis rajusta une nouvelle fois sa ceinture.

« Bon. Si ce Machin Cherouaki s'en remet, il passera aux assises. Je veux que le dossier soit en béton, le genre de béton dont on fait les cellules où des connards comme lui pourrissent pendant trente ans. Évidemment j'ouvre une information judiciaire pour passer ce sinistre dossier à ce crétin de Fresnay, à l'étage du dessus. »

Il se tourna vers moi.

« Entre-temps, capitaine, passez une visite de courtoisie à ce Massio et bâchez-moi ce tralala, qu'on en finisse. On reste sur un double homicide commis par un type aux abois. Autre chose ? »

Rochac se leva de son fauteuil. Il essuya ses mains sur son pantalon. Allary remercia tout le monde. Girardi fit signe à Dormoy de le précéder en sortant du bureau.

« Une minute de plus, marmonna-t-il, et j'étranglais ce con avec sa ceinture. »

Dormoy gloussa.

10

L'expérience m'a enseigné que, passé un certain nombre de bières, n'importe qui peut devenir un ami. Cette nuit-là, j'avais arrêté de compter après le onzième demi tandis que Janek Malinsky s'était payé le luxe de poursuivre la beuverie jusqu'à l'aube, qui nous avait surpris assis sur les rochers du quai des Martyrs à communier silencieusement dans la fraternité éthylique des éclopés. Sa joue était enflée, mon cerveau en compote.

C'était au début de l'été, trois ou quatre ans auparavant, une époque où l'abstinence m'apparaissait comme un continent lointain. Le disque rose du soleil émergeait de l'horizon, projetant des millions d'éclats dorés sur le velours bleu de la Méditerranée. Une brise de sud-est poussait vers les montagnes des nuages plats et mauves comme des flaques de guimauve fondue. Une escadrille de mouettes lançait ses cris au-dessus du dernier chalutier en activité, celui du vieux Calabrais Beppe, qui rentrait du large.

Assis sur un rocher, Janek massait du bout des doigts sa pommette endolorie à l'endroit où un coup de poing avait fait éclore un hématome bleu foncé frangé de noir. En regardant droit devant lui, il me racontait d'une voix empâtée la découverte des cadavres déchiquetés par les chiens des rues lorsque sa section était entrée dans Kolwezi. Il parlait de la puanteur de la mort, de la charogne abandonnée au soleil africain qui cuisait les corps noirs et les corps blancs, enfants et adultes mêlés, mitraillés à bout portant par les Katangais.

Janek était déserteur de son foyer parce que sa « bourgeoise » lui avait « cassé les couilles ». La veille, il avait délaissé les rares bars de Calvi où la présence des paras de la Légion était tolérée pour une virée en solo dans les vieux quartiers de Bastia. J'avais fait sa connaissance au comptoir du Flex, dont le proprio nous avait foutus dehors quand il était devenu évident que Janek entendait faire profiter la clientèle de ses exploits sous le béret vert. Nous avions migré de bar en bar, observant une halte dans presque tous les établissements encore ouverts, à l'Odéon, au Mortimer et à la Casetta, au Bar des Amis, au Chalumeau, pour finir titubants au comptoir de l'Isula, un assommoir de la place du Marché. Une bagarre n'avait pas tardé à éclater avec une bande de jet-setters bourrés de cocaïne. Quelques baffes, deux coups de pied maladroits et le serveur, un maigrelet à nuque longue, avait mis un terme à l'incident en exhibant le museau trapu d'un .357 magnum sous le nez de Janek.

Nous étions sortis du bar à reculons et dix minutes plus tard, le visage caressé par la brise marine, les confidences du sous-off scellaient ce qui ressemblait à une vague amitié fondée sur le plus petit dénominateur commun, l'ivresse.

De ce point de vue, Janek s'en tirait mieux que moi. Ses trente-trois années de service dans la Légion étrangère l'avaient au moins préservé de la dégradation physique, en plus de le doter d'un métabolisme capable d'absorber une dose d'alcool suffisante pour terrasser le dieu des poivrots en personne. Il avait grandi à Kobylnowice, une bourgade industrielle de l'est de la Pologne où la vie pouvait être douce à condition de s'habituer à bouffer du poisson pêché dans les rivières les plus polluées d'Europe et survivre à des hivers où « la morve, elle gèle directement dans ton nez ».

À seize ans, poussé par un oncle prêtre, Janek avait fui son pays pour traverser l'Europe à pied et échouer à Marseille, où il avait signé pour cinq ans après avoir falsifié ses papiers. Six mois plus tard, il sautait dans la fournaise de Kolwezi. Depuis, il avait couru le monde du Liban à l'Afghanistan, récolté quelques blessures et pas mal de désillusions sur le genre humain avant d'en prendre son parti et se contenter d'un univers réduit aux dimensions du camp Raffalli, à Calvi, un monde clos sur lui-même où, chaque matin sans cesse recommencé, il retrouvait le piquet de garde en grande tenue au poste de police à l'entrée de la caserne, la journée rythmée par les dix bornes de course à pied, l'appel à la soupe, les corvées et, pour finir, une ou deux mousses éclusées au foyer de la compagnie avant de regagner le petit appartement qu'il partageait avec son épouse, une ancienne assistante sociale aux armées.

Janek avait une tête de garnement posée sur un corps massif, les yeux gris et des cheveux ras et blancs. C'était une boule de nerfs zézayante au langage farci d'argot légionnaire, d'arabe, de russe, de vietnamien et de langues inconnues débitées dans un accent indéchiffrable ponctué de jurons. Janek était grossier, pouvait se montrer inutilement brutal, ne tolérait aucune entorse à la ponctualité. Mais il était franc, direct, et s'était révélé sacrément malin quand il avait fallu me sortir d'un guêpier mortel, deux ans plus tôt, une sinistre histoire de gosse fugueur et de mensonges enfouis six pieds sous la conscience d'une riche famille de la région.

Si quelqu'un pouvait me renseigner en toute discrétion sur la présence de militaires près du sentier des anciennes glacières le jour du meurtre de Paola Mosconi, c'était lui.

J'étais arrivé en avance à notre rendez-vous, à la cafétéria d'un centre commercial situé à l'entrée de Calvi. Le crachin sué par des nuages couleur d'étain vieilli s'était mué en une averse dense. Des flaques s'étaient formées dans les trous de l'asphalte fatigué, les gouttes frappaient le sol trempé en faisant jaillir des éclaboussures semblables à des impacts de balles entre les pas pressés de mères de famille chargées de cabas, traînant d'un air résigné leur marmaille emmitouflée d'épaisses doudounes bariolées. D'ici peu, tout ce petit monde retrouverait sa maisonnette dans un centre résidentiel, allumerait la télé et passerait à autre chose en évitant de penser aux échéances du crédit revolving contracté pour s'offrir une bagnole plus grosse que celle des voisins.

Je buvais un café en me demandant ce qui avait bien pu merder dans cette île. Nous nous agglutinions comme des insectes dans des lotissements semblables à n'importe quelle zone pavillonnaire du Continent, nous nous croisions dans les rayons des mêmes enseignes de supermarchés, nous suivions aveuglément les modes, les tendances, les prévisions, obstinément à la pointe du changement. Et malgré cela, nous continuions à nous persuader qu'une part de nous-mêmes subsistait sous une forme ou une autre, quelques vagues traditions, un ou deux rituels, une messe en latin et un couplet de formules de politesse dans notre vieille langue. Si nos propres mythes étaient cotés en bourse, nous serions tous milliardaires.

Je poireautais depuis vingt minutes à la table la plus proche de la baie vitrée qui donnait sur le parking de l'hypermarché quand la berline framboise de Janek se gara près de la sortie sud. À travers la vitre, j'observai le légionnaire, vêtu d'un blouson de pilote en cuir bleu marine, moulinant de ses bras courts tandis que son visage se crispait, emporté dans une dispute avec un interlocuteur invisible. Puis il ôta l'oreillette de son portable d'un geste rageur, la balança sur le tableau de bord et claqua la portière avant de traverser le parking au pas de course, le dos courbé sous l'averse.

Il tira une chaise et défit la fermeture éclair de son blouson. Puis, d'un geste adressé au comptoir, réclama un café.

« Normalement, je bois plus le café à cette heure-ci mais là, je sens ton affaire il va me casser les couilles.

— C'était qui ?

— La bourgeoise. Elle m'emmerde pour des conneries. *Tu fais les courses, tu rapportes ceci et cela.* Laisse tomber. »

Le serveur posa une tasse de café sur la table. Dans un coin de la salle, un téléviseur accroché à un bras télescopique fixé au mur dégueulait un clip bourré de filles en bikini et de motos rutilantes, dernière bouillabaisse r'n'b en date. Assis sous l'écran plat, un ado acnéique en jogging blanc remplissait des liasses de tickets de paris sportifs.

Janek fit une grimace après la première gorgée de café : « Putain, ce poison… » Il rajouta un sucre, touilla frénétiquement.

« Bon. Tu voulais quoi ? Quand tu dis *pas au téléphone*, c'est les emmerdes à 100 %.

— J'ai besoin d'un renseignement. Quelque chose sur vos manœuvres. »

Il ricana. « Les *manœuvres*. Bon Dieu, c'est les civils ils parlent comme ça. Les *manœuvres*… Comme si on est au temps de Napoléon.

— Un homicide, Janek. Je préfère ne pas trop en dire pour le moment parce que je ne suis certain de rien. Mais j'ai besoin d'un coup de main. »

Le sous-off se raidit.

« *Homicide*, c'est ce que tu dis pour *meurtre* ? »

Je fis « oui » de la tête.

« Tu veux savoir quoi ?

— Est-ce que des gens de chez vous étaient… »

J'hésitai un instant avant de reprendre : « Est-ce que des légionnaires se trouvaient en manœuvre dans la région de Bastia il y a une petite semaine ? »

Il cala son dos sur la chaise, les mains posées à plat sur la table. Me jeta un regard par en dessous.

« Parce qu'une femme a été tuée. Et violée, aussi. D'après deux témoins, un militaire en tenue de combat rôdait près des lieux du crime, un type en treillis camouflé avec un sac à dos couvert d'une housse, le genre d'équipement qu'on voit dans les reportages sur la guerre en Afghanistan. »

Janek ne remua pas un cil mais les muscles de sa mâchoire se contractèrent. Au fond de la salle, une chaise racla le sol carrelé. L'ado se levait, son sac sur l'épaule, les tickets à la main.

« Je n'accuse personne. Je veux juste savoir si des mecs à vous jouaient à la guerre dans les montagnes la semaine dernière. C'est une simple vérification. Pour fermer des portes. »

Janek remua doucement la tête et se retourna vers le comptoir pour commander un nouveau café avant de constater que le serveur s'était éclipsé. Le légionnaire resta un instant le bras suspendu, balaya la salle du regard et abandonna son idée.

« Les gus, ils ont dit quoi ?

— Les témoins ? Ils ont parlé d'un homme seul. En treillis camouflé. Il portait un gros sac à dos recouvert d'une sorte de housse.

— Camouflée aussi ?

— Oui. »

Il grogna.

« Pas bon, ça.

— Je ne sais pas quoi te dire. »

Il attendit un court moment puis se leva brusquement et piqua droit vers le comptoir. « Bordel, il y a quelqu'un pour servir le putain de café ou quoi ? »

La tête chevelue du serveur apparut comme par miracle dans l'encadrement de la porte et on entendit un rire étouffé derrière lui. Une parka violette surmontée d'une tignasse blonde s'éloigna. Le serveur fit un signe à la jeune femme et regagna le comptoir, la mine sombre.

Janek récupéra son café sur le zinc, fouilla ses poches et régla pour nous deux. Il revint s'asseoir face à moi.

« Tu penses c'est peut-être un légionnaire ?

— Pas la moindre idée. Mais je ne ferais pas correctement mon boulot si je ne te posais pas la question.

— Rien il est officiel, non ?

— Absolument rien.

— Et si un légionnaire il est mouillé…

— On avisera en temps utiles. Je m'engage à te tenir au courant mais je te demande de ne pas gérer l'affaire à ta sauce. Ni à celle de la Légion. »

Il gloussa, d'un air résigné : « Même ça, il est plus possible. À la Légion maintenant, c'est les intellectuels de gauche ils commandent. »

Je me gardai de lui faire observer que nos définitions respectives de la notion d'« intellectuel de gauche » devaient sensiblement différer. La tasse de café fumait entre ses doigts. Il la porta à ses lèvres, but sans me quitter du regard et la reposa devant lui.

« Bianchelli. Tu te souviens ? »

L'affaire des bergeries de Bianchelli avait précipité le départ d'une partie de la Légion étrangère au début des années 80. Deux soldats rendus à moitié fous par les vexations subies dans un camp disciplinaire avaient déserté puis sauvagement abattu deux frères, des chevriers installés aux bergeries de Bianchelli, à mille huit cents mètres d'altitude. Les murs de l'île s'étaient couverts de graffitis hostiles à la Légion, le FLNC avait menacé de s'en prendre aux militaires. Près de vingt mille personnes s'étaient pressées aux funérailles. Toute la Corse avait veillé et prié pour les victimes, des chansons avaient été composées à leur mémoire. Pendant des mois, la Légion avait fait profil bas et plusieurs légionnaires agressés avaient été priés de ne pas porter plainte.

Janek reprit : « Ça a chié dans les ventilos mais l'honneur de la Légion, il a été lavé, pas vrai ? Ça, personne il se souvient. Comme d'habitude. »

À l'époque, les bérets verts avaient organisé une gigantesque battue, descendant en rappel dans des crevasses inaccessibles, sillonnant le maquis comme une meute de chiens de chasse. Le premier déserteur avait été découvert quelques jours plus tard, assis sous un chêne. Sa tête avait disparu, emportée par trois balles de fusil de guerre. Conclusion officielle : suicide. Le second ne fut jamais retrouvé mais beaucoup croyaient détenir une explication plausible à ce sujet. Il y était souvent question de murènes rassasiées de chair humaine au large de la base nautique de la Légion, dans la baie de Calvi.

La petite cuiller de Janek tintait contre le rebord de sa tasse à café. Les néons aveuglants de la cafétéria se mirent à clignoter, on entendit brusquement une rumeur d'étonnement venue des allées du supermarché et le barman leva les yeux au plafond en cherchant un signe venu du ciel. Un coup de tonnerre fit trembler l'air, la lumière se retrouva coupée et le téléviseur ferma sa gueule. La seconde d'après, les néons grésillaient à nouveau et chaque chose reprit sa place, la salle vide, les tables bon marché cernées de chaises en alu, les pubs pour SMS surtaxés vomies du téléviseur entre deux chansons interchangeables.

Janek reposa la petite cuiller, passa les mains sur son front puis examina attentivement ses ongles. Il soupira.

« Tu dis c'était quand, le crime ?

— Dans la journée de mardi.

— Où ça exactement ?
— Sur le sentier des Glacières. Juste au-dessus de la ville.
— Vers les crêtes ? San Martinu, ce coin-là ?
— Là-haut, oui.
— Bon. »
J'hésitai quelques secondes.
« Tu peux jeter un œil ?
— Y a pas d'œil à jeter, bordel. Des gars de chez nous ils s'entraînaient là-bas la semaine dernière. Quatrième compagnie. Les spécialistes du sabotage. »

11

C'est en regagnant Bastia que j'appris la nouvelle. Cherkaoui était sorti du coma. « Toujours mal barré mais presque conscient », avait précisé le médecin à Rochac, venu aux nouvelles. Le commissaire m'avait aussitôt appelé.

« Vous en pensez quoi ?

— Qu'on ne peut pas prendre le risque de l'auditionner dans cet état. Il est encore trop dans les vapes. »

Rochac m'interrogea sur le cas Paola Mosconi. Je passai sous silence mon entrevue avec Janek. Il balbutia quelques considérations sur le temps pourri puis raccrocha. Je pouvais l'imaginer seul dans son étroit bureau du quatrième étage, flanqué de sa secrétaire acariâtre, occupé à se demander à quel stade de sa carrière il avait bien pu rater une marche.

Après un café à peine buvable, je fouillai dans l'immense placard qui occupait un pan de mur de ma chambre, vestige d'une vie à deux que je m'efforçai d'oublier. Sur la plus haute étagère, je dénichai enfin la parka, enroulée sur elle-même en boudin et fourrée dans un sac poubelle de cent litres. Un autre sac contenait une paire de chaussures de marche aux lacets aussi raides que des morceaux de fil de fer. Je complétai ma tenue par un pull en laine polaire qui sentait le moisi. J'essayai le tout en oubliant que j'avais probablement perdu quinze kilos de muscles depuis l'époque où nous quittions Bastia tôt le dimanche matin pour aller explorer les environs, grimper à flanc de montagne jusqu'aux vieilles chapelles romanes et, parfois, pousser le temps d'un week-end vers les sites archéologiques de l'extrême-sud. Je me coiffai d'un bonnet, me munis d'un revolver .38 Special tombé du camion que je conservais chez moi à toutes fins utiles, d'une boussole, d'une carte IGN de la région et d'une lampe de poche. Puis je démarrai la Saxo.

La voûte lépreuse du ciel filtrait la lumière d'un jour déjà pressé d'en finir. Depuis la veille, les averses laissaient espérer, le temps de brèves accalmies, des éclaircies qui ne venaient pas. Le temps du trajet, je me surpris à penser à Sonia Mattei, aux souvenirs que notre rencontre avait réveillés, ses crises de jalousie feinte, ses éclats de rire, ses soudaines fringales de bonbons et ses sautes d'humeur, la violence qu'elle réclamait lorsque nous faisions l'amour et ses longs silences retournés contre elle-même…

Après quinze minutes de route, je garai ma guimbarde sur la place de l'Église de Cardo, point de départ du sentier des Glacières. La montée qui y menait suivait une pente légère qui longeait un joli morceau de terrain dominé par une imposante villa de style toscan puis s'engouffrait sous un tunnel végétal. Deux cents mètres plus loin, le sentier commençait son ascension vers la ligne de crête. La balade était agréable malgré la météo. Le sentier empruntait d'abord un ancien escalier de pierre puis traversait un paysage de maquis épais, d'arbustes et d'oliviers sauvages dont les branches s'étiraient au-dessus du chemin. Plus loin, une sorte de clairière posée au bord d'un précipice et délimitée par un cercle de pierre aménagé en belvédère découvrait une vue plongeante sur le fond de la vallée où les premiers toits gris de la ville se laissaient deviner dans la brume.

À partir de cet endroit, la pente devenait plus raide et le paysage plus austère. Des branchages d'arbustes calcinés dans le grand incendie de l'an passé transperçaient les buissons d'arbousiers et de genévriers. Des troncs squelettiques et craquelés semblaient veiller sur le chemin encombré de racines tordues. À l'exception de deux jeunes gens vêtus de blousons en Gore-Tex et de fuseaux de trekking qui me dépassèrent à la poursuite d'un mystérieux record, je ne croisai personne.

Après une demi-heure de marche, un raidillon grimpait vers le méplat rocheux où je m'étais étalé trois jours plus tôt. Cent mètres plus haut, passée une clairière cernée de chênes, il débouchait à l'endroit où le couple de randonneurs avait découvert le corps de Paola Mosconi. Entre les cailloux du sentier, je remarquai des arbouses écrasées semblables à des gouttes de sang frais.

La scène de crime ne révéla rien de plus. Sans flics penchés autour du cadavre, sans témoins, sans le commissaire Rochac se balançant d'un pied à l'autre, l'endroit ressemblait à ce qu'il était, un coin de maquis paumé et lavé par le déluge. Plus rien ne permettait de distinguer l'endroit où Paola Mosconi avait été traînée comme un sac, étranglée et violée au milieu de ce nulle part très abouti, à contre-pente d'un sentier ouvert dans le maquis comme une balafre. Je restai là un moment, à regarder autour de moi en scrutant désespérément le sol à la recherche d'un indice qui aurait pu nous échapper trois jours plus tôt. Puis je me remis en route.

Vers la fin du sentier, quelques centaines de mètres avant d'atteindre les anciennes glacières, le chemin s'incurvait pour longer une paroi de schiste couverte d'une mousse vert tendre. De l'autre côté, le maquis plongeait vers une vallée encaissée semée d'éboulis rocheux qui trouaient la végétation de taches claires. Au pied de la paroi, d'énormes blocs de pierre formaient un promontoire d'où il était possible d'embrasser la ville en contrebas, les nouveaux quartiers résidentiels grignotant les contreforts des montagnes au nord, les ferries à quai dans le port de commerce et la mer décorée de minuscules rides blanches jusqu'à l'horizon, où d'immenses nuages planaient au-dessus de l'île d'Elbe.

Je défis mon sac, avançai avec précaution jusqu'au rocher le plus proche du précipice et m'assis, les bras passés autour de mes jambes relevées, respirant le parfum des cistes porté par le vent. Loin vers le sud, au-dessus d'un horizon fondu dans l'acier de la mer, le flanc des nuages palpitait d'orages.

Je déroulai ma capuche pour la rabattre sur mon crâne, ouvris le sac à la recherche d'une barre énergétique. Le vent se mit à gronder en s'engouffrant dans le couloir rocheux formé par les crêtes. Laissant derrière moi les odeurs de maquis et les promesses d'averses, je repris la marche.

Le chemin épousait les flancs de la montagne et menait à un pré verdoyant appuyé, à l'ouest, sur de la roche brune et incliné, vers l'est, jusqu'à un à-pic de maquis et de rocaille. Au milieu du pré, on trouvait les ruines des glacières.

À première vue, on aurait pu croire à une ancienne bergerie posée sur un rectangle de verdure, vestige du temps où les vallées résonnaient des sifflements des bergers, du tintement des cloches accrochées au cou de leurs chèvres. Mais l'intérieur des ruines révélait une architecture élaborée avec son toit en encorbellement, ses tuiles de lauzes et deux puits destinés à recueillir la neige acheminée à dos d'hommes depuis les sommets avoisinants. La neige était tassée dans ces fosses et le vent faisait le reste. Il y a des siècles, il se précipitait sur les glacières par un jeu d'ouvertures pratiquées dans les murs et la transformait en glace, qu'une couverture de fougères isolait au long de l'hiver. Au printemps, la glace était découpée, protégée du soleil par des poignées d'herbes sèches et chargée dans de gros paniers à dos de mulet jusqu'à la ville. De nos jours, il suffisait de passer un coup de fil à Corse Glaçons et on était livré une heure plus tard.

Je m'assis au pied du mur des glacières, à l'endroit où une saillie du toit me protégeait de la pluie. Un couple fit son apparition au bout du chemin, vers le début du sentier qui rejoignait le cap Corse. Le jeune homme et la jeune femme me saluèrent d'un signe de tête, semblèrent hésiter à faire halte et décidèrent de poursuivre leur route en disparaissant derrière le premier coude de la piste.

Je passai une bonne demi-heure à réfléchir, le dos appuyé au mur de pierre, à imaginer la vie au temps des Génois, les ouvriers descendant au fond des puits pour scier des blocs de neige durcie, leurs mains crevassées d'engelures hissant les pains de glace sur les bâts des mulets avant de courir se réchauffer auprès du grand feu allumé à quelques mètres.

Une corneille apparut dans un battement d'aile contre le vent, piqua droit vers le sol, remonta le courant d'air et plongea de nouveau comme si elle avait subitement décidé d'en finir avec sa vie d'oiseau en percutant la roche à pleine vitesse. Au dernier moment, l'oiseau vira vers le fond de la vallée en lançant un dernier cri.

La fin d'après-midi approchait, le ciel s'obscurcissait, les ombres gagnaient en intensité. De part et d'autre du sentier, on ne distinguait plus que les branches mortes dressées vers le ciel à travers les bosquets de ronces et les racines tordues, à mes pieds, ressemblaient à des couleuvres pétrifiées. Une fois franchi le passage le plus ardu de la descente, je retrouvai le bosquet de chênes près d'une petite fontaine que je n'avais pas remarquée à l'aller. Elle était taillée dans une roche moussue, surmontée d'une statuette de la Vierge aux couleurs bleues fanées et crachotait un filet d'eau glacée. Sous la statuette votive, on pouvait lire la date de sa construction. 1858.

Lorsque je m'approchai pour tremper mes lèvres dans l'eau fraîche, j'aperçus la bergerie dont la silhouette affaissée se détachait sur le fond vert et ocre de la petite clairière. J'ouvris mon sac à la recherche de la carte IGN, la déployai à grand mal et, m'abîmant les yeux dans la pénombre, tentai de retrouver la bergerie sur les lignes de côtes. À la différence de la fontaine, elle n'était signalée nulle part. En jetant un coup d'œil à ma montre, je composai le numéro du responsable de l'Identité judiciaire. À la cinquième sonnerie, une voix à l'accent métallique me répondit.

« Permanence PTS, j'écoute.

— Salut, le BHS, à l'appareil. Tu m'entends ?

— Mal. Qui est-ce ?

— Les Homicides simples.

— Oh, les Issues de Secours. Que me vaut l'honneur ? »

Va te faire foutre.

« L'homicide Mosconi. Paola Mosconi. Vous avez fait des recherches dans les environs ?

— Je t'entends hyper mal. Les environs d'où ?

— De l'évêché. Et de l'école municipale de musique.

— Je ne comprends pas.

— Autour de la scène de crime. Est-ce que vous avez ratissé la scène de crime ?

— C'est pour ça que tu m'appelles ? »

La voix ne me laissa pas le temps de répondre.

« Évidemment qu'on a traité les environs. Il n'y avait rien. C'est dans le rapport. Tu m'entends ?

— Est-ce que vous avez poussé jusqu'à l'ancienne bergerie ?

— Quoi ? »

L'ironie avait disparu de la voix.

« De quelle bergerie tu parles ? Y a une bergerie dans le coin ?

— Juste au-dessus, à cinquante mètres. »

À l'autre bout du fil, le collègue étouffa un juron.

« Bon, il y a une bergerie pas loin. Et alors ? »

La communication fut coupée.

En fait de bergerie, il s'agissait d'une casetta, une petite maison à peine plus grande qu'un abri de jardin qui servait autrefois de refuge aux bergers du coin surpris par l'orage. Ses murs tenaient encore droit mais le toit avait souffert. Ses lauzes brisées et les poutres qui le soutenaient perçaient le côté ouest de la façade et la porte avait disparu. Côté nord, une barrière de planches affaissées délimitait un ancien enclos.

Je sortis la petite Maglite de la poche de ma parka et promenai le faisceau sur la scène en contournant prudemment la casetta. L'odeur se fit sentir au bout de quelques pas, reconnaissable entre toutes. Trois mètres plus loin, le cône de lumière de la lampe de poche captura l'image du cadavre.

La vache n'était pas morte depuis quinze jours, largement de quoi laisser aux bêtes du maquis le soin de l'équarrir. Ses os avaient été nettoyés, ses yeux gobés. Ses côtes perçaient des lambeaux de peau et le cuir brun de son ventre crevé portait des traces de morsures, plus claires à l'endroit où les mâchoires des renards avaient fouillé ses entrailles.

Le vent se mit à baratter le maquis. La température chuta brutalement. Une rafale emporta avec elle l'odeur de la putréfaction. Je relevai sur mon nez le col de mon blouson, promenai le pinceau de la Maglite sur la charogne solitaire pour en révéler chaque détail, le crâne blanchi, les orbites creuses, les monstrueuses dents. Une des cornes était brisée, l'autre fichée en terre.

Entre les pattes brisées de la vache, la lampe accrocha un éclat métallique.

12

Les suites de l'enquête sur l'assassinat d'une femme sur les hauteurs de Bastia. La victime, Paola Mosconi, était inconnue des services de police. La Police judiciaire examine son passé, apparemment sans histoire, des investigations minutieuses sur lesquelles rien ne filtre pour le moment. Jean-Pierre Allary, le procureur de la République, pourrait tenir une conférence de presse dans les jours qui viennent...

J'éteignis la radio et me servis un café. Rien n'avait filtré. Les résultats des premières analyses se faisaient attendre et, pour être honnête, je n'en espérais pas grand-chose. J'espérais avoir fait le bon choix en laissant la plaque d'identification militaire sur place, près de la vache crevée, après l'avoir photographiée sous tous les angles avec mon téléphone portable. J'aurais peut-être dû respecter la procédure, rappeler le bonhomme de l'Identification judiciaire, ne pas m'approcher de la plaque et laisser le travail des experts suivre son cours, mais j'aurais pris le risque de voir une armada de collègues débouler avec leurs gros sabots au camp Raffalli et mettre la moitié de la Légion en garde à vue, sans compter les dégâts collatéraux, les gros titres de la presse et toutes les emmerdes qui iraient avec, comme le danger de voir les képis blancs régler le problème à leur manière en balançant au large de Calvi un légionnaire chaussé de rangers en ciment.

Janek m'avait fait jurer de jouer franc-jeu, le temps qu'il se tuyaute sur une anomalie le jour des manœuvres de la Légion près du chemin des crêtes, un militaire retardataire ou manquant à l'appel, n'importe quoi qui puisse confirmer le lien entre le mystérieux jeune homme en tenue camouflage aperçu par le couple de témoins et le cadavre supplicié de Paola Mosconi. Si la piste du légionnaire se confirmait, il me suffirait de remonter sur le sentier des Glacières et passer un coup de fil au type de l'Identité judiciaire avant d'en aviser Rochac.

Vers neuf heures, je passai un élégant ensemble chemise délavée-pull trop serré-jean trop large et enfilai mon pardessus pour gagner le commissariat.

Sitôt arrivé, je transférai les photos de mon téléphone portable à mon ordinateur puis ouvris les fichiers pour essayer d'y trouver un signe. Au milieu du rectangle de métal et sur toute sa longueur, de petits trous permettaient d'en casser une partie au cas où son détenteur aurait trouvé la mort sur un glorieux champ de bataille de l'armée française. Sur le coin droit figurait l'inscription « ONEG », le groupe sanguin du type qui l'avait perdue. Plus bas, une suite de chiffres, le matricule du bonhomme, et un nom : Markov.

J'expédiai à Janek via ma boîte mail privée, effaçai toute trace de l'opération et pris l'ascenseur jusqu'au bureau de Rochac, qui m'interrogea pour la pure forme sur ma promenade vers les crêtes. Son front barré de rides contrastait avec son visage d'ordinaire poupin.

Il m'expliqua qu'il lui faudrait des résultats, de quoi contenter le procureur et ne pas décevoir Lou Girardi. L'idée de l'affranchir sur ma découverte de la veille me traversa l'esprit. Je la laissai filer.

Vers midi, je quittai le commissariat pour faire quelques pas dans la ville battue par le vent. Les façades m'apparaissaient grises, sales. Les rues étaient vidées de passants. Je traversai l'avenue Émile-Sari et ses immeubles des années 50 et trouvai refuge au Terminus, où le patron se lissa les moustaches en posant sur le comptoir en formica deux brochettes de curatella[1] dans une assiette en carton. Mon repas terminé, j'avalai un nouveau café et appelai Janek. Il était d'accord pour me retrouver à mi-chemin entre Calvi et Bastia. « Ponte Leccia, bordel, pas plus bas. Et tu es à l'heure, sinon… »

J'arrivai avec une heure de retard sur l'horaire prévu. Au moment où je fis mon apparition dans le relais routier désert, Janek Malinsky se trouvait dans un tel état qu'il aurait pu me trancher la gorge avec le bord de la canette de bière déchiquetée qu'il tenait entre les mains. Pendant cinq bonnes minutes, je dus affronter un torrent d'injures et la promesse de mille tortures savantes – il fut notamment question de mon rectum, d'un pot de miel et d'une colonie de fourmis rouges.

Après quoi, un Janek presque calme me fit lever la main droite pour jurer de régler rubis sur l'ongle les cinq prochaines années de tournées de bar. Puis il m'adressa un clin d'œil en inclinant la tête vers la serveuse qui s'affairait en silence derrière le bar.

1. Fressure d'agneau.

« Heureusement, j'ai fait la connaissance avec la frangine. »

« T'as pas perdu de temps », fis-je mine d'apprécier en guignant l'épouvantail maigrichon sur lequel le sous-off avait jeté son dévolu.

Sa main couverte de cicatrices fit quelques passes sous mon nez, histoire de me faire comprendre que la situation n'était pas jouée mais tout de même en bonne voie. Nouveau clin d'œil. « Quand ce sera fait, je te raconterai. »

Je dégrafai les boutons de mon imperméable en essayant de chasser les images qui me venaient à l'esprit et passai une main dans mes cheveux clairsemés. « Désolé, fis-je. Ça n'avançait pas. Dès qu'il flotte, on dirait que les gens ne savent plus conduire. J'ai fait du cinquante de moyenne et pour sortir de la ville, ça a été un cauchemar absolu. »

La mine de Malinsky se chiffonna. Il agita sa grosse pogne.

« C'est bon, c'est bon. Il y a des choses qu'elles sont plus sérieuses. Ta plaque d'immatriculation. C'est pas bon pour personne.

— Tu as pu vérifier ? Le nom n'était pas vraiment lisible.

— Pas bon, bordel.

— Un gars de chez vous ?

— Correct.

— Un légionnaire ?

— Ex.

— Comment ça, "ex" ?

— Un mec qu'il a disparu des putains de radars.

— Un déserteur ? »

D'un coup d'œil rapide, Malinsky s'assura qu'aucune oreille indiscrète ne traînait à portée de voix. Ce qui, à l'exception de la serveuse, incluait un jeu électronique hors service et un portemanteau auquel était suspendu un parapluie.

« Ce bonhomme, Markov, celui que le nom est gravé sur la plaque, il est porté manquant depuis sept jours.

— Quarante-huit heures avant l'assassinat de Mosconi.

— Officiellement déclaré déserteur.

— Tu as signalé le…

— Non, bordel. »

Il haussa la voix malgré lui, jeta un nouveau regard sur la salle du bar puis reprit entre ses dents :

« Évidemment que j'ai pas parlé à personne ! Tu vois un peu les emmerdes, non ? Le gars, ce Markov, Taras Markov, il était un mauvais.

— C'est-à-dire ?

— C'est-à-dire au début, tout va bien, RAS. À la sortie de ses classes à Castelnaudary, il avait bien démerdé le truc : bonnes notes, bons rapports sur le comportement. Alors, il a choisi chez nous. Les paras. Mais personne il sait pourquoi, depuis quelque temps, il faisait que des bananes.

— Des ?

— Des conneries.

— Quel genre ? Se saouler dans les bars ? »

Ma remarque provoqua l'indignation du vieux soldat.

« C'est pas des conneries, ça ! Qui c'est, le légionnairc il boit pas dans les bars ? Non, lui, il avait pris un coup sur le casque. Grosses merdes. Sérieux.

— Comme ?

— Comme souvent, il était puni. Pas grand-chose, d'abord. D'un coup, c'est parti en vrille… Juste comme ça. »

Il claqua des doigts et continua.

« Il y a six mois, il a pas voulu se lever pour courir. Ses camarades disaient il parlait en dormant, il faisait les cauchemars. Il voulait plus bouffer ni rien, il racontait quelqu'un il empoisonnait la bouffe contre lui.

— Il a vu un psy ? »

Malinsky me regarda d'un air consterné.

« Il a vu le 45 fillette de l'adjudant de compagnie et tout il est rentré dans l'ordre. Bon légionnaire, tout ça. On croyait il avait eu juste le mal du pays.

— Quelle nationalité ?

— Déclaré russe.

— Déclaré ?

— Qui sait d'où lui vient ? Il a dit russe en s'engageant mais les Rousskis du régiment, ils disent il parle la langue avec un accent. Ils savent pas un accent de quoi. Ukrainien, peut-être. Mais les autres Ukrainiens, ils disent que…

— Et ensuite ?

— Il a recommencé les bananes. Bagarres. Mais ça encore, normal.

— Avec d'autres légionnaires ?

— Des types de sa compagnie. Celle qui faisait les manœuvres, destructeurs-snipers.

— Ils ont un entraînement spécial ?

— À ton avis ? Un spécialiste du sabotage, tu crois il apprend à faire la couture ?

— Je veux dire : un entraînement particulièrement dur ? Un truc qui expliquerait qu'il ait pu avoir… »

Je cherchai mes mots, choisis le plus simple.

« Un pépin ?

— Non, ça non. L'entraînement, il est dur pour tout le monde chez nous mais rien de spécial quand même. Tu cours, tu pompes, tu apprends qu'est-ce qu'il faut apprendre pour faire le boulot correctement.

— Et il a continué à déconner ?

— Pleins tubes. Après les bagarres, il a recommencé le tralala. Plus de bouffe, terminé. La même foutaise de poison. On l'a envoyé au trou pour lui remettre les idées comme il faut mais rien à faire. À peine il sort, il fout un pain à un autre légionnaire dans un bar. La police militaire est arrivée trop tard. Les cons de gendarmes, ils étaient déjà là. Le colonel, il a intervenu pour qu'on règle ça entre nous mais les gendarmes, rien à foutre, il y avait les chaises et des tables cassées, ils ont voulu faire la procédure parce qu'ils connaissent le patron, c'est le neveu du maire. Lui, il voulait toucher les assurances alors pas question d'écraser. Normalement, avec le maire, ça roule, on est mille trois cents à bouffer dans sa putain de ville mais là, non, il a rien voulu entendre.

— Et le légionnaire ?

— Markov ? On l'a récupéré le lendemain, on lui a collé la bonne branlée et le jour après, il crapahutait avec le sac qu'on lui avait rajouté des pierres dedans pour lui apprendre la musique.

— Il avait quel âge ?

— Déclaré vingt-six.

— Il était légionnaire depuis combien de temps ?

— Un an, onze mois de service.

— Pas un perdreau de l'année.

— Pas un vétéran quand même. Mais écoute la suite.

Le gars, quelques jours plus tard, il dit il a mal à sa tronche de con. Il dit il voit trouble, il foire la séance de tir et après ça, il se cogne dans les murs. Il commence vraiment à casser les couilles à tout le monde alors le médecin, il l'examine mais il dit "bon pour le service". C'était le lundi. Pas celui d'avant, celui d'encore avant.

— Et après ?

— Après ? Écoute ça : juste l'après-midi, il réussit à se barrer du camp. Personne il sait comment. Pas en passant devant le poste de police à l'entrée, c'est gardé tout le temps. Mais on s'en fout de comment il a fait. Le mieux, il arrive maintenant. Le lendemain qu'il a fui, un vieux se retrouve avec lui dans la cuisine.

— Avec Markov ? Le déserteur ?

— Oui. Dans la cuisine de la maison. Chez un vieux qu'il habite à Calenzana. L'ancien, il avait laissé la fenêtre ouverte et une espèce de cake sur la table. Markov, il escalade par la fenêtre et il se met à bouffer le gâteau ! »

Janek retint un éclat de rire.

« Peut-être le gâteau il était pas empoisonné, cette fois.

— Le vieux a fait quoi ?

— L'ancien, il rapplique et boum, il balance un coup de canne.

— Au légionnaire ?

— Sur la tronche.

— Putain.

— Ah oui, ça tu peux dire ! Le plus fort : le con de légionnaire, il se défend pas. Il trisse. Directement. »

Cette fois, il se mit à pouffer, presque à en avoir les larmes aux yeux. Sa voix monta dans les aigus :

« Le vieux, il gueule comme un putois, il lui fout le coup de canne et l'autre il s'excuse et il dégage vite fait.

— Il s'excuse ?

— Oui. C'est le vieux il a raconté à un gars de chez nous qu'il connaît.

— Qui a été chargé de la procédure ?

— Les gendarmes. Le vieux, il a appelé ces cons juste après.

— C'en est resté là ? Aucune suite ?

— Zéro.

— Et depuis ?

— Adios amigos. Le déserteur, il est invisible. »

Malinsky leva sa canette déchirée devant son visage et se tourna vers la serveuse : « Même chose, s'il vous plaît, petite poupée. »

La fille sourit d'un air gêné. Elle se pencha derrière le comptoir et reparut avec une nouvelle boîte de bière.

Je repensai à un détail.

« Un saboteur, pas vrai ? »

Malinsky opina du bonnet sans quitter la serveuse du regard.

« Un type que vous formez à survivre seul dans un environnement hostile. Même complètement isolé.

— Correct.

— Un type capable de sang-froid ? Qui sait déterminer *exactement* le type de victime qu'il choisit ? »

Malinsky approuva.

Une bête de guerre surentraînée qui s'était mise à faire ce qu'on lui avait appris.

Tuer vite et bien.

13

Mon téléphone était saturé de messages. Apparemment, Rochac s'était fait souffler dans les bronches par le proc. « Cherkaoui se réveille doucement, me disait sa voix sur le répondeur. Le procureur souhaite transmettre le dossier à l'instruction et il veut que l'audition de Massa y figure. Faites le nécessaire et qu'on en finisse avec cette pénible affaire, s'il vous plaît. Et rappelez-moi. » Son intonation était celle d'un homme épuisé.

Ma Saxo l'était encore davantage et je crus qu'elle allait me lâcher près de Barchetta, où l'éternel fourgon à pizza posé au bord de la deux-voies attendait ses clients dans le crépuscule embrumé. Le moteur hoqueta trois fois puis, comme si ce tas de ferraille avait décidé de mener un dernier baroud d'honneur, rugit de plus belle au moment où j'enclenchai la quatrième.

J'arrivai en ville sur le coup des huit heures du soir par la route du front de mer. Mer et ciel avaient fusionné dans une même couleur d'encre, sans nuances, d'une telle profondeur que j'éprouvai le vertige de rouler au bord d'un vide qui s'étendait à l'infini. Lorsque j'aperçus au loin les lueurs d'un ferry, comme une guirlande de feux follets marins flottant à la surface de nulle part, l'illusion se dissipa et je pus me concentrer sur mes pensées.

Je me retrouvais avec un déserteur sur les bras et ce déserteur était sans doute l'assassin d'une femme esseulée, le genre d'affaire qui pouvait faire un peu plus que du bruit dans une île où les mauvais souvenirs durent des siècles. Quarante ans après, ceux du massacre des bergeries de Baschelli étaient encore vivaces. À chaque date anniversaire, au mois de septembre, la presse rappelait l'épisode et les familles des victimes payaient triple tarif au service des avis de décès du journal pour honorer la mémoire des deux bergers égorgés sur une pleine page. En vis-à-vis des photos des victimes, on pouvait lire des poèmes et des textes émouvants signés de leurs petits-enfants qu'ils n'avaient même pas eu le temps de connaître. Un crève-cœur.

Le siège de la S.A. Massa s'étendait sur deux mille mètres carrés de bâtiments, d'entrepôts et de hangars protégés par une enceinte de trois mètres de haut surmontée d'une grille blanche. Tous les vingt mètres, le globe d'une caméra de surveillance dernier cri épiait les allées et venues. Je dus m'annoncer à un interphone qui commandait une double barrière de sécurité, une sorte de gyrophare pulsa une lumière jaune lorsqu'une main invisible l'actionna depuis une guérite sur la droite, à quelques mètres de l'entrée.

Au milieu d'une vaste esplanade plantée de lauriers roses, le gardien d'une société de sécurité, sanglé dans un uniforme gris acier repassé au millimètre et chaussé d'une paire de rangers cirées, me fit signe d'avancer jusqu'à une place de stationnement délimitée par un rectangle de peinture blanche, tout près de ce qui apparaissait comme l'entrée du siège, un édifice d'aluminium, de bois clair et de baies vitrées sur trois étages.

Le hall d'entrée aurait pu servir de terrain de football et de zone d'entraînement pour champions de trampoline. La hauteur sous plafond devait avoisiner les six mètres et le sol en béton brut avait dû coûter un paquet de fric, au moins autant que l'interminable comptoir en bois qui fermait la perspective au fond du hall. Sur la droite, à l'abri d'un cube de verre Securit, une camionnette montée sur un vérin tournait lentement sur elle-même, laissant apercevoir les flancs de sa carrosserie refaite à neuf, d'une couleur crème sur laquelle tranchait le rouge passé de l'inscription « Darius Massa, transport de marchandises, 1947 ».

Plus loin, dans un coin, deux immenses canapés en cuir noir avaient été disposés de part et d'autre d'une table basse taillée dans le même bois que le comptoir, près d'un fauteuil où un homme paraissait absorbé par la lecture du journal du jour, qu'il tenait déployé entre deux énormes pattes velues.

Je m'approchai du comptoir, m'annonçai auprès d'une jeune femme vêtue d'un tailleur, les cheveux tirés en un chignon impeccable. Elle me demanda très poliment la raison de ma visite et appuya sur une touche de l'écran tactile posé sur le plan de travail. Le mot « Direction » s'afficha en clignotant et la jeune femme prononça quelques mots puis hocha la tête sans me quitter des yeux. Je remarquai son oreillette.

« M. Massa va vous recevoir », dit-elle en désignant un pan de mur d'un geste infiniment gracieux. Je fis quelques pas, hasardai un coup d'œil vers l'homme assis dans le fauteuil du hall. Je reconnus aussitôt le crin noir tissé de mèches grises, le nez en bec d'aigle, la carrure de gorille dopé aux stéroïdes. Alex Luciani avait pris quelques kilos depuis sa dernière interpellation pour tentative d'homicide mais il dégageait encore cette sensation de danger qui suffisait à convaincre les débiteurs de la Battue de régler leurs dettes sur-le-champ, avec les intérêts usuraires convenus, sans perdre de temps à invoquer leur vieille mère malade ou réclamer un délai de paiement. Il restait immobile, les yeux fixés sur la même page de journal. Il ne lisait rien. Il écoutait.

La jeune femme me précéda dans un claquement de talons hauts, passa sa main ouverte devant une trappe pratiquée dans le mur puis plaqua sa paume sur un capteur digital. Le pan de mur coulissa aussitôt dans un chuintement hydraulique, révélant une cabine pour huit personnes recouverte de miroirs. « S'il vous plaît », dit l'hôtesse. Je la remerciai d'un signe de tête et la porte se referma.

Au troisième étage, celui de la direction, le clone masculin de l'hôtesse m'accueillit à l'ouverture de la porte. Même air de créature de synthèse, même peau lisse, même sourire figé. Il ne me tendit pas la main, se contenta de me saluer d'un imperceptible mouvement de tête puis me précéda le long d'un couloir où une LED s'illuminait dans le parquet de bois sombre à chacun de nos pas. Parvenus au bout du couloir, il toqua à une porte en châtaignier massif et, sans attendre de réponse, posa sa main sur un lecteur optique qui affleurait du mur côté droit. La porte s'ouvrit sans un grincement. Il me fit signe d'entrer.

« Attends une minute, ma puce. »

Je crus un instant que François Massa s'adressait à moi. Il trônait derrière un vaste bureau dont le plateau était constitué d'une épaisse couche de verre poli et les tréteaux, de rien du tout. Je mis quelques secondes à deviner les montants de métal, deux fines tiges qui soutenaient la plaque de verre et donnaient l'illusion qu'elle lévitait à un mètre du sol.

Massa se leva, esquissa un geste du bras en m'indiquant un fauteuil en cuir fauve et hocha la tête à plusieurs reprises. « Bien sûr, bien sûr… Je comprends… Ne m'en veux pas de couper. J'ai un rendez-vous important… Moi aussi. » Il ôta l'écouteur sans fil de son oreille, le reposa délicatement sur la table et resta debout, les mains dans les poches de son pantalon de costume.

C'était un assez bel homme au visage carré, à la soigneuse coupe de cheveux blond cendré. Il portait une chemise de costume bleu clair taillée sur mesure qui soulignait une forme physique tout à fait acceptable pour un bonhomme avoisinant les cinquante ans, le genre de silhouette d'une personne attentive à son apparence mais qui ne perdait pas son temps à pousser de la fonte. Seules les poches sous son regard gris et deux rides qui couraient de chaque côté de sa bouche, profondes et rectilignes comme des cicatrices laissées par un coup de rasoir, trahissaient les préoccupations de l'homme d'affaires le plus fortuné de l'île.

Il finit par sortir les mains de ses poches et prit place dans son imposant fauteuil. Deux mètres au-dessus de sa tête, les squelettes colorés d'un pâle imitateur de Basquiat dansaient une sarabande endiablée.

« Je vous écoute, commença Massa d'une voix étonnamment suave.

— Merci de me recevoir au débotté, je n'avais pas vraiment prévu de vous rendre visite.

— Policier, c'est bien ça ?

— En charge de l'affaire Cherkaoui. La raison de ma venue ce matin. »

Il prit un instant de réflexion.

« L'*affaire* Cherkaoui ?

— Il y a deux victimes. Donc une affaire, oui.

— C'est absolument terrible. Je ne croyais pas ce type capable de commettre une horreur pareille.

— Ça n'arrive pas qu'aux autres.

— Vous devez être mieux placé que moi pour le savoir.

— Vous n'avez pas d'idée à ce sujet ?

— Une idée qui soit susceptible de vous intéresser pour votre enquête ?

— Par exemple. »

Massa poussa un soupir.

« Eh bien, si je dois être honnête, je crois justement que ce genre de choses n'arrive qu'à des salopards dans le genre de Cherkaoui.

— Pour quelles raisons ?

— Parce que c'est un sale type qui a passé le plus clair de son temps à embobiner son monde et mordre les mains qui le nourrissaient. Le genre de menteur invétéré qui se venge sur des innocents au moindre problème.

— Ça vous semble correspondre au portrait du suspect ?

— Suspect ?

— Mohamed Cherkaoui n'a pas encore été condamné.

S'il l'est, il deviendra coupable. Pour le moment, c'est un suspect.

— Je suppose que c'est une question de point de vue.

— En l'occurrence, celui de la justice.

— Et le vôtre ?

— Je n'ai pas vraiment d'idées de manière générale, monsieur Massa. L'un de mes amis prétend que c'est tout le problème de mon existence. »

François Massa sourit. Cela ne semblait pas une attitude très naturelle pour lui.

« Puis-je vous demander la raison de notre entrevue ?

— Il semble que Mohamed Cherkaoui ait été l'une de vos relations professionnelles privilégiées.

— Parmi d'autres, c'est exact. Pendant deux ou trois ans.

— Presque quatre, pour être précis. De la fin 2013 à la fin du premier semestre 2017 si j'en crois sa documentation administrative.

— Possible. Nous travaillons avec des dizaines de boîtes.

— Mais vous ne partiez pas en vacances aux sports d'hiver avec tous vos partenaires commerciaux.

— Pour être honnête, je pars rarement en congés. Ma femme me le reproche assez, d'ailleurs. Mais le travail…

— Monsieur Massa, je ne vais pas abuser de votre temps. Serait-il possible de savoir pour quelles raisons vous avez brutalement interrompu votre collaboration avec Cherkaoui ? C'est une question de pure forme. Une fois que vous y aurez répondu, nous en aurons terminé et je pourrai rentrer boucler la procédure et vous laisser tranquille. »

L'entrepreneur bascula son fauteuil en arrière et forma une pyramide en joignant ses doigts, l'effleura du bout des lèvres.

« Dois-je me considérer comme auditionné dans un cadre parfaitement légal ou interrogé à la bonne franquette parce que quelqu'un, dans la police, a décidé que la rumeur ne m'en avait pas fait assez bavé ?

— Ni l'un ni l'autre, monsieur. Et j'ai fini de me torcher avec la rumeur il y a très longtemps, dans une autre vie. Il s'agit simplement de satisfaire l'ego d'un procureur, lequel souhaite que le dossier prochainement remis au juge d'instruction soit déjà ficelé et inattaquable devant une cour d'assises. En d'autres termes, je me trouve devant vous parce qu'un proc veut se faire mousser.

— Dans ce cas, je ne vois pas très bien pourquoi vous acceptez de perdre votre temps.

— Parce que j'ai besoin d'une réponse à la question que je vous ai posée. »

Le téléphone émit une sonnerie numérique qui reproduisait une mélodie à la mode. Massa glissa l'écouteur dans son oreille et leva les yeux au ciel. « Non, ça n'a pas de sens. Non, non. Merci. » Il coupa la communication.

« Bien. Nous étions à… ? Oui. Cherkaoui.

— Donc ?

— Il m'a été présenté par une connaissance commune il y a environ six ou sept ans, disons vers 2012. C'est ça : à l'été 2012. Nous avions déjeuné tous les trois à la paillote le Bouddha.

— Sonia Mattei.

— Vous êtes bien renseigné. À l'époque le courant

passe très bien. Je connais et apprécie Sonia, qui est quelqu'un de solide. Ce n'est pas vraiment courant pour…

— Une femme ?

— Non. Je voulais dire une ancienne droguée. Vous connaissez son histoire, je suppose ?

— Comme beaucoup de gens. Sans les détails et les ragots.

— En tout cas, je l'apprécie. Nous avons eu quelques dissensions mais c'est une excellente cheffe d'entreprise. Très courageuse.

— Cherkaoui ?

— Pardon. Au début, travailleur. Vraiment bosseur. Quelqu'un qui n'avait pas peur de mouiller le maillot. Je m'en suis rendu compte très vite. L'habitude.

— Mais ?

— Mais le succès commercial lui est monté à la tête. Et vite, en plus. Après deux ans et quelques de collaboration, il a commencé à envoyer balader mon directeur commercial, à répondre au téléphone quand ça lui chantait. J'ai essayé de le raisonner mais il n'y a rien eu à faire, une vraie tête de mule. C'est assez fréquent chez les Maghrébins qui réussissent. Je ne suis pas raciste…

— … D'ailleurs, vous avez une femme de ménage marocaine.

— Non, portugaise. Pourquoi ?

— Laissez tomber. »

Massa ne releva pas.

« Bref. *Monsieur* Cherkaoui ne m'a pas écouté. Il pensait que l'argent poussait sur les arbres. Qu'il en aurait tout le temps.

— Et il continuait à travailler pour vous malgré tout ?

— J'avais au moins sept chantiers pour lesquels nous étions engagés directement et une bonne demi-douzaine dont il avait la charge et qu'il sous-traitait. Je ne pouvais pas me permettre de le virer au prétexte qu'il déconnait. Je n'aurais jamais pu livrer à temps. Si j'avais su comment ça se terminerait, croyez-moi, je l'aurais éjecté de mes projets à coups de pied au cul.

— Ce qui signifie ?

— Ça a commencé avec Les Érables, une grosse promotion du côté de Moriani. Il a planté le chantier. Gros procès après ça, j'ai perdu de l'argent et, ce qui est plus grave, un peu de ma réputation. Pas beaucoup, bien sûr, mais suffisamment pour que ça ennuie d'autres associés, sur d'autres projets en cours de montage. Je ne rentre pas dans les détails, c'est assez technique.

— Comment avez-vous réagi ?

— J'ai passé l'éponge. Qu'est-ce que je pouvais faire d'autre ? Mais j'ai fliqué Cherkaoui en le doublant par un mec sérieux qui contrôlait tout ce qu'il faisait.

— Il n'a pas dû apprécier.

— Il s'en foutait. Je me demande si ça ne l'arrangeait pas, au fond. Le mec signalait ses erreurs et on reprenait derrière.

— Ça a dû vous coûter de l'argent.

— Assez pour qu'au bout de quelques mois, je dénonce les contrats qui nous liaient. Ce n'était plus possible. D'autres choses posaient de sérieux problèmes.

— Drogue ?

— Pas seulement. Cherkaoui flambait pendant des parties privées. Poker, surtout. Et il perdait beaucoup.

— Des tables tenues par la Battue ? »

Massa leva le menton, se gratta le cou.

« Je me demandais à quel moment on y viendrait.

— Simple question. »

Il posa ses coudes sur son bureau. Son image se refléta à la surface du verre poli. Puis il tenta de saisir un trombone entre ses doigts et finit par le repousser du tranchant de la main vers le rebord du bureau, le récupéra et le reposa à sa position initiale, près d'un sous-main en cuir clair.

« Monsieur, j'ai le fisc sur le dos une année sur deux et vous devez être bien placé pour savoir que si j'avais le moindre lien avec les gens dont vous parlez, vos collègues se seraient fait un plaisir de m'enchrister et m'envoyer au trou. Je me suis tapé deux dénonciations anonymes, une enquête financière qui n'a abouti à rien. Est-ce que je fréquente des gens peu recommandables ? Non. Est-ce qu'il m'arrive de déjeuner avec des amis d'enfance qui n'ont pas choisi un chemin de vie très légal ? Oui. Comme beaucoup de gens honnêtes sur cette île. »

J'allais répondre mais Massa poursuivit sur sa lancée. « Vous-même, pouvez-vous me regarder dans les yeux et m'affirmer que vous n'avez pas un seul cousin, même éloigné, pas un ami, pas un copain qui n'ait fait la moindre connerie ? Vous avez quoi ? Quarante-cinq, cinquante ans ? OK, disons plutôt fin de la quarantaine. Vous avez grandi sur cette île dans les années 70 et 80 et pas une seule de vos connaissances n'a touché à un calibre, braqué un bureau de poste ou posé un paquet[1] ? Vous comptez me faire avaler ça et venir ici me donner des leçons de vertu et en m'interrogeant sur un connard

1. En argot local, « plastiquer ».

qui n'était rien, à qui j'ai fait la courte échelle et qui m'a emplâtré ?»

Massa marquait un point : connaître un ou deux voyous ne faisait pas de lui l'amiral de la flotte de lessiveuses de la Battue. Surtout pour un homme de sa génération, dont la prison et les règlements de compte avaient clairsemé les rangs.

« Vous vous êtes cogné quelque part ?»

Je montrai son poing gauche abîmé. Il fit glisser sa main sur le verre, la ramena vers son visage et la referma, puis l'ouvrit en étirant les doigts. Il refit le geste plusieurs fois.

« Je me suis blessé en transportant une caisse il y a une semaine.

— Une caisse ?

— Une caisse. »

Mon téléphone vibra dans la poche de mon pardessus. Je coupai le volume en poussant le bouton du doigt, sans laisser à Massa le temps de profiter de la diversion.

« Vous transportiez cette caisse d'une seule main ? Votre main droite est intacte. Vous êtes gaucher, n'est-ce pas ?

— Où voulez-vous en venir ?

— Nulle part. »

Le téléphona vibra à nouveau.

« Je vais être direct, si vous permettez, dit Massa. Mon grand-père a enfilé sa première paire de chaussures à quatorze ans. Trois ans plus tard, il était gazé au front, où il comprenait à peine les ordres qu'on lui donnait. Il y est resté du premier au dernier jour de la guerre, vous comprenez ? Lorsqu'il est revenu ici gravement blessé, il s'est retroussé les manches et a commencé à livrer des légumes dans les villages de l'Alta Rocca à bord d'une misérable petite camionnette. Puis il a ouvert sa propre épicerie et c'était déjà un petit miracle qu'un gamin pauvre comme lui ait sa propre affaire. »

Je levai la main.

« Laissez-moi terminer, dit Massa. Après lui, mon père a acheté deux camionnettes puis un camion. Il s'est balancé au fond d'un ravin à trente-huit ans. Je me suis retrouvé chef de famille à l'âge de seize ans. Je rêvais de devenir ingénieur mais j'ai dû changer d'espoirs très vite pour nourrir mon frère, ma sœur et ma mère. Je travaille trois cent soixante jours par an et je transporte des putains de caisses depuis que je suis en âge de marcher. Je gère des dizaines de sociétés et pourtant, je mets les mains dans les moteurs des engins de chantier et il m'arrive même de sortir les poubelles quand mes employés oublient de le faire. Alors, oui, je me suis blessé en transbahutant une caisse il y a dix jours, dans le hangar situé juste derrière l'endroit où nous sommes. Et non, je n'ai rien de plus à dire sur l'"affaire" Cherkaoui, si ce n'est que j'espère que justice sera faite. Est-ce que ma réponse vous satisfait ? Parce que dans le cas contraire, c'est du pareil au même. À présent, j'ai du travail. Et mon travail, c'est autre chose que disserter sur un bicot ingrat et cocaïné qui a pété les plombs. »

Je remerciai Massa, sans trouver la moindre réplique pour sortir de notre entrevue la tête haute puis traversai le couloir accompagné par le jeune homme qui m'avait accueilli à mon arrivée à l'étage.

Je regagnais ma Saxo sur le parking lorsque le téléphone vibra une nouvelle fois. Je le dégageai à grand-peine de la poche de mon pardessus. Avant de pouvoir y jeter un œil, je levai les yeux vers le 4×4 hors d'âge qui venait de franchir la double barrière de l'entrée. Derrière le pare-brise, je reconnus le tatouage de flammes noires de Stéphane Marcelli. L'employé de Cherkaoui parut aussi surpris que moi. Il rangea son tas de boue près du mien, tira d'un coup sec sur le frein à main et se dirigea vers l'entrée de la S.A. Massa. Après quelques pas, il se retourna et me lança : « Faut bien chercher du boulot là où y en a, pas vrai ? »

Je ne lui répondis pas. Sur l'écran de mon téléphone portable, un message signé Rochac s'était affiché.

« Cherkaoui évadé hôpital. »

14

Trois gardiens de la paix en gilet pare-balles faisaient les cent pas d'un air martial à l'entrée du service des urgences. Un peu tard pour faire garder les lieux. Rochac attendait à l'intérieur avec une fille de la PJ dont le nom m'échappait. Le commissaire remercia la collègue, qui disparut dans le couloir en tapotant sa cuisse avec son carnet de notes, sa veste polaire déformée par la bosse d'un 9 mm réglementaire. Rochac me jeta un regard noir.

« Venez par ici, chuchota-t-il en m'entraînant à l'écart. On ne sait pas ce qui s'est passé. Les médecins sont formels : ses jours n'étaient plus en danger mais il était trop amoché pour mettre les bouts aussi facilement. L'infirmière a assuré avoir fait son tour de ronde normalement. Cherkaoui dormait. Il s'est vaguement réveillé ce matin mais, après le déjeuner, il dormait profondément.

— Ou il l'a fait croire. »

Rochac passa sa main sur le bas de son visage. L'autre était posée sur sa hanche, révélant l'étui de cuir marron où était glissé un minuscule Glock 26.

« Peut-être. Mais il est encore très faible. Il a perdu beaucoup de sang. Il ne peut pas être allé bien loin.

— La question est plutôt de savoir pourquoi il s'est barré.

— Qu'est-ce que vous voulez dire ?

— Ce type a tiré sur sa femme et sa fillette avant de se faire sauter la tête. Il s'est raté mais il voulait en finir. Pourquoi s'enfuir à la première occasion ?

— Parce qu'il a foiré son coup. À l'hôpital, il est pris en charge. Il sait qu'il s'en tirera. Il a peut-être entendu les médecins discuter de son cas et se montrer rassurants. Il veut éviter la honte d'un procès ou recommencer. Sans se louper, cette fois.

— Dans ce cas, il se serait barré à la nuit tombée. Dans son état et par ce froid, il ne survivrait pas deux heures avec sa nuisette en papier.

— Il nous fallait bien ça », fit Rochac en tirant son téléphone portable de la poche intérieure d'un veston beige trop étriqué.

Il me montra l'écran où un tonitruant « Proc Bastia » clignotait silencieusement.

Un médecin s'approcha, un jeune échalas d'une trentaine d'années, les cheveux ébouriffés avec des manches de blouse qui remontaient jusqu'au milieu de ses avant-bras maigres. Il paraissait être tombé du nid.

« Vous êtes la police ? On a un petit souci, par là-bas.

— Quoi encore ? demanda Rochac.

— Un collègue veut porter plainte. Je me suis dit que vous étiez sur place, alors…

— Quelle plainte ? fit Rochac au comble de l'énervement.

— Vol, je crois bien. Mais là, il ne peut pas sortir du vestiaire, il est tout nu.

— Tout nu ? »

Le type regarda Rochac comme s'il avait affaire à un demeuré congénital.

«Ce que ce jeune homme tente de vous dire, commissaire, c'est que les vêtements de son collègue ont été dérobés. C'est bien ça?»

Le toubib acquiesça.

«Et je suis à peu près certain que le box de Cherkaoui n'était pas trop loin du vestiaire.

— Cherkaoui? demanda le médecin.

— Le blessé amené par les pompiers. Celui avec un trou à la place de la moitié du visage.

— Le drame conjugal d'avant-hier?

— Si on veut.

— Je crois que son box est à côté du vestiaire.

— Amenez-nous à ce foutu vestiaire.» dit Rochac.

Un ciel neurasthénique et une pluie brumeuse transformaient le paysage en décor de film d'auteur scandinave. Un malheur n'arrivant jamais seul, je trouvai la rue du commissariat bloquée par un enfoiré de livreur. Les portes de sa camionnette étaient grandes ouvertes sur sa silhouette perdue au milieu d'un empilement de cagettes d'où débordaient des fruits et des panaches de verdure, des bottes de carottes, des tiges blanches de poireaux et des kilos de légumes. Sans se presser, le livreur examinait les caisses comme s'il s'agissait d'un casse-tête chinois grandeur nature. Il déplaçait un cageot pour le poser sur une pile branlante, se ravisait aussi sec, secouait la tête et replaçait le cageot à l'endroit où il se trouvait quelques secondes plus tôt. Il s'affaira ainsi cinq bonnes minutes sans prêter la moindre attention à l'embouteillage au cul de son camion puis finit par claquer la double porte à l'arrière, reprit le volant sans un geste d'excuse et s'éloigna dans un nuage de fumée noire crachotée par un pot d'échappement plus mort que vif.

« Recherche Mohamed Cherkaoui désespérément. » Le suspect des Albatros était introuvable et le proc avait rué dans les brancards. Il était furieux, avait passé un savon au pauvre Rochac. Même le préfet s'était fendu d'un appel comminatoire : ramener Cherkaoui dans une cellule hospitalière le plus rapidement possible. « Une cellule bien gardée, cette fois », avait prévenu le préfet. Le malheureux commissaire s'imaginait déjà dans l'avion qui décollerait vers sa prochaine affectation, probablement aux Kerguelen.

Le pire : toute l'affaire tenait à une simple erreur de tour de garde entre policiers affectés à la surveillance de Cherkaoui. Quelques minutes de battement et le blessé avait arraché les tubes qui le reliaient aux potences médicales, s'était offert une virée dans les couloirs de l'hosto, avait trouvé des fringues à sa taille et s'était tiré comme une foutue momie, la tête entourée de bandages.

J'avais adressé quelques réquisitions aux compagnies aériennes et aux armateurs de ferries mais je savais que les réponses officielles ne me parviendraient pas avant plusieurs jours. Il suffisait que le sous-directeur adjoint du département annexe de mes deux se trouve « en déplacement » ou que le bloc encreur du tampon numéro PVA3963 n'ait pas été remplacé pour que cette formalité vire au cauchemar.

Vers deux heures de l'après-midi, après avoir ingurgité un sandwich au goût de carton mouillé, je décidai de prendre les choses en mains, *à l'usu corsu*[1]. Cherkaoui était peut-être en train de prendre le large et, dans deux frigos de la morgue, une mère et sa petite fille de cinq ans attendaient des réponses que j'étais le seul à pouvoir leur donner. Je rangeai mon bureau en prenant soin de conserver les documents classés dans l'ordre puis décidai de faire jouer les quelques relations qui me restaient.

Pour un flic, avoir grandi sur cette île présentait encore certains avantages. Des copains d'enfance bossaient dans les sociétés de sécurité chargées de surveiller les ports et les aéroports, un cousin connaissait quelqu'un qui supervisait l'enregistrement des passagers avant les vols à destination du Continent. Pour le meilleur et pour le pire, l'information circulait rapidement et en dehors des circuits officiels. Après tout, le proc n'avait pas à le savoir et cela devait lui être bien égal, au fond. Il suffisait que les formes soient respectées, les tuyaux traduits dans un langage qui lui soit accessible, procès-verbaux, soit-transmis, dossiers, feuillets, recto, verso. Il n'aurait strictement rien à foutre du reste.

Après avoir écrasé ma cigarette dans un pot à moutarde rempli de mégots, je décrochai mon téléphone pour une petite tournée. Du côté des ports, aucun passager correspondant au signalement de Mohamed Cherkaoui n'avait été aperçu à l'embarquement, aucun billet délivré à ce nom, aucun contrôle n'avait révélé sa présence. Rien aux aéroports non plus. Mon interlocuteur, un lointain copain d'école primaire, m'annonça qu'une grève avait été annoncée par erreur la veille et que la moitié

1. « À la manière corse. »

des passagers ne s'était pas présentée au terminal des départs. Les trois premiers vols prévus avaient pratiquement décollé à vide et, sitôt la nouvelle connue, les passagers s'étaient rués à l'aéroport dans l'espoir de prendre les suivants. Le gars ajouta : « On a été complètement débordés, je ne te dis rien de la pagaille. » Pour finir, les syndicats avaient sauté sur l'occasion et dénoncé « le manque de moyens et la casse du service public » avant de se mettre en grève. « Ton bonhomme, je ne sais pas ce qu'il a fait mais il ne risque pas de s'envoler », avait prédit mon ex-pote de CE2 avant de raccrocher.

À dix-neuf heures trente, une fois classées les dernières pièces du dossier Cherkaoui, je refermai derrière moi la porte de mon bureau et quittai le commissariat. En franchissant le hall d'accueil, j'adressai un salut aveugle à l'équipe de nuit installée derrière la vitre sans tain de la salle de permanence. Comme à chaque fois, je me posai la question qui accompagnait ce rituel : y avait-il seulement quelqu'un derrière la baie vitrée opaque ?

Dans la rue, la pluie tambourinait sur les capots des voitures, les couvercles des containers à ordures. Elle ruisselait des trottoirs trempés où se reflétaient les lueurs mouvantes des lampadaires et les phares des rares véhicules circulant sous le déluge.

J'aurais préféré m'arrêter dans une supérette, faire main basse sur un pack de Colomba et prendre le chemin de mon appartement en ruines, m'y oublier quelques heures et penser à autre chose qu'aux cadavres de Samia et Lia Cherkaoui, de Paola Mosconi.

Ce soir-là, c'est peut-être ce que j'aurais dû faire.

Mais j'avais un rendez-vous.

15

Ma précédente rencontre avec Mustapha remontait à une paire d'années. Un sparadrap collé de travers sur l'arête du nez lui donnait l'air d'un boxeur sur le retour, le genre de combattant qui n'avait jamais remporté beaucoup de victoires sur un ring. Il portait un jogging vert pomme maculé de taches de jaune d'œuf. À chacun de ses pas, les semelles d'une énorme paire de baskets à la mode des années 90 couinaient de douleur. Il traversait l'ombre permanente des coursives du palais de justice, un épais dossier sous le bras, mâchonnant un mégot aussi éteint que son regard.

Assis sur un banc, j'attendais le jugement d'un trafiquant de came minable après une audience où l'avocat de la défense avait réduit ma déposition en charpie, une très vieille histoire du temps où je n'avais pas encore été affecté aux Homicides simples et dont je ne gardais qu'un souvenir très vague. À la barre, le baveux avait raillé mes trous de mémoire et fustigé « l'habituelle œuvre de construction des services de police » tandis que son client, somnolant derrière la vitre blindée du box, se curait mollement les ongles.

En m'apercevant, Mustapha s'était dirigé vers moi sans manifester la moindre surprise, comme s'il s'était attendu à me trouver sur ce banc, à cet endroit précis et ce jour-là. Je m'étais levé pour embrasser mon ami d'enfance en faisant de mon mieux pour esquiver son regard de compassion. Peine perdue. Il m'avait fixé en faisant passer son mégot d'un coin de ses lèvres à l'autre. « O *pullastrò*[1], fit-il. T'as pas l'air frais. »

Puis il avait posé son énorme cul sur le banc et nous avions regardé un moment le ballet silencieux des robes noires glissant comme des spectres le long des marches de l'escalier menant aux galeries du premier étage. Au bout d'un moment, Mustapha m'avait tendu son paquet de cigarettes :

« À combien tu en es ?

— Ça dépend de mon humeur. Deux, trois paquets. J'essaie de passer à quatre mais je n'ai pas les moyens.

— Soixante clopes par jour…

— Nuits comprises. »

Il ralluma son mégot, aspira profondément la fumée et la souffla droit devant lui.

« Tu fais quoi, ici ? demandai-je.

— Tel que tu me vois, je me mets en règle. Tout carré, tout propre. »

Je tirai une bouffée.

« Je vais avoir quarante-quatre piges, reprit-il. J'ai tiré sept ans puis deux, puis encore un an pour le plaisir d'un juge. J'ai besoin de me poser. J'ai repris ce bar du côté du Marché, t'es au courant ?

— Écoute…

— Bien sûr que tu es au courant. Laisse, ça ne fait rien. Chacun ses emmerdes. N'empêche : en deux ans,

1. « Gros poulet. »

trois contrôles de la répression des fraudes, deux de l'inspection du travail. Ils ont retourné le bar de fond en comble. Ces mecs te saignent jusqu'à l'os, tu sais? J'ai tout perdu, tout recommencé. Cette fois, terminé. Je lâche l'affaire.

— Tu vends le bar?

— Je suis gérant, pas proprio. Je ne vends rien du tout, j'ai remis de l'ordre dans tous mes papiers, remboursé mes cotisations sociales, un tas de trucs que je devais depuis longtemps. Plus de dettes, zéro. Ça a pris du temps, t'imagines même pas. Des heures avec un comptable à moitié con, des papiers qu'il a fallu retrouver dans les administrations, des registres, un tas de conneries. Mais tout est nickel, maintenant. Je veux juste m'occuper de mon bar sans la moindre emmerde.»

Il montra le volumineux dossier orange posé à côté de lui sur le banc. «À l'intérieur de ce truc, il y a ma nouvelle vie.»

Le surlendemain, les flics l'avaient cueilli au saut du lit pour travail illégal, non-justification de ressources et quelques autres fraudes. Peine: six mois de prison. Ferme.

Une nouvelle enseigne clignotait au-dessus de l'entrée du bar, dans une ruelle qui menait au Vieux Port, au pied de la Citadelle. La journée, quelques seconds couteaux du milieu côtoyaient les commerçants du coin, l'épicier et le boulanger, sans compter le guichetier de la poste voisine, rond démoli à partir de neuf heures du matin. Le soir, des travailleurs clandestins sortis de leurs tanières comme une nuée de chauves-souris troquaient leur ennui contre une partie de dominos avant de regagner les sous-sols infestés de rats, les pièces aveugles et les caves aménagées louées par les marchands de sommeil au prix d'un T4 refait à neuf.

C'était avec eux que Mustapha faisait son beurre depuis qu'il était sorti de prison. Et c'était pour cette raison que je lui avais demandé un coup de main.

L'intérieur du bar tenait du coupe-gorge, une pièce unique, étroite et longue de cinq ou six mètres, avec un comptoir sur le côté droit et une porte qui ouvrait sur des chiottes à la turque tout au fond. Assis sur un tabouret, Mustapha tendait son visage impassible vers l'unique source de lumière, un écran de télévision suspendu au mur. La chaîne des courses hippiques rediffusait les résultats d'un trot attelé. Mustapha clignait des yeux, un journal de turf posé devant lui à côté d'une tasse à café vide et d'un crayon à papier au bout mâchonné.

Sans détourner le regard de l'écran, il me demanda :

« Je te sers quoi, *pullastrò* ?

— Une bière, ça ira. »

Il but la sienne d'un trait, ravala un rot puis se remit à regarder l'écran où les canassons se tiraient la bourre.

« Tu as l'air mal à l'aise, finit-il par lâcher.

— Ça va très bien, merci. Les derniers jours ont été un peu compliqués.

— Mais moins compliqués que me considérer comme une balance.

— Je t'ai toujours foutu la paix, Mustapha. Là, c'est différent.

— Je dois m'estimer heureux que mon meilleur ami m'ait gentiment laissé survivre ? De mieux en mieux. »

J'avalai une autre gorgée en espérant que la bière tiède ferait passer le goût amer dans ma bouche. Mustapha trimballa sa carcasse à l'autre bout du comptoir, ouvrit un tiroir et en tira un paquet de cigarettes. Il en alluma une. Un fin panache de fumée fut happé par la lumière bleue.

« Tu te souviens quand ma mère nous préparait des gâteaux pour mon anniversaire ? On se serrait à quatre ou cinq sur la seule banquette du taudis où on vivait, moi, mes frères et elle. Ma mère, la pauvre, elle détestait gaspiller. Elle nous forçait à tout manger et tu finissais toujours malade.

— Mustapha.

— Quoi, *Mustapha* ? J'ai beaucoup aimé ton petit discours d'hier, quand tu m'as demandé de me renseigner. Les deux pauvres victimes, le salopard de moricaud en fuite. C'était très bien. Franchement.

— Tout ce que je t'ai dit, je le pensais.

— Faux. Tu ne penses pas, tu obéis à tes réflexes de flicacciu[1]. Tu vas finir comme les autres, à mentir et te servir des gens pour arriver à tes fins. Aujourd'hui, c'est moi. Demain, va savoir qui. »

J'essayai de me défendre. Il me coupa la parole :

« Ce qui me pose problème, ce n'est pas que tu m'aies traité comme une balance. Mais ton blabla de condé, toutes ces conneries de sens du devoir ? Ça, ça m'a vraiment fait gerber. »

Il jeta sur son épaule un torchon qui traînait près de la caisse, mit la main dans une poche de son jogging et

1. « Sale flic. » Dans la langue corse, le suffixe – *acciu* est la plupart du temps péjoratif.

en sortit un morceau de papier plié en quatre qu'il jeta sur le comptoir.

« La femme et la gosse de ce trou du cul d'Arabe : voilà pourquoi je fais ça. »

D'un geste du menton, il me désigna la porte.

« La bière, c'est pour moi. »

16

Des trombes d'eau balayaient le pare-brise de la Saxo. Les phares des voitures roulant en sens inverse trouaient la nuit comme les regards de bêtes affolées, filant dans l'obscurité vers une obscurité plus profonde encore.

La route, vingt kilomètres à peine, me parut interminable. À Casamozza, je fis le tour du rond-point où confluaient tous les axes de circulation de la région et piquai au sud en cherchant dans ma poche le plan donné par Mustapha.

Le téléphone arabe avait fonctionné pleins tubes. En quarante-huit heures de palabres et de menaces voilées, Mustapha avait fait le job. « Un arbi avec un turban ensanglanté. » Le tuyau était remonté vitesse grand V depuis la plaine Orientale : un type mal en point avec un pansement sur la moitié de la gueule avait été aperçu dans une épicerie à sept heures du matin, pas loin de la quatre-voies. Un chibani lui avait offert l'hospitalité la première nuit avant de l'éjecter le lendemain, lorsqu'il avait compris à qui il avait affaire. Cherkaoui avait dû retrouver ses réflexes de clandestin, errant de hangars abandonnés en squats pouilleux. Quelqu'un l'avait repéré l'après-midi même en train de roupiller dans un mobile-home délabré qui servait de refuge temporaire aux plus déclassés des sans-papiers.

La feuille de papier remise par Mustapha reproduisait un croquis agrémenté d'indications bourrées de fautes d'orthographe. Deux traits parallèles symbolisaient la « nationnal » quittant la ville vers le sud, un rectangle matérialisait le « magazin de primeur » et, coupant le tracé de la route à angle droit, une barre hachurée symbolisait un chemin à peine carrossable qui menait à une dernière figure géométrique, un cercle raturé de noir accolé à l'inscription « carravane ».

Ces indications se révélèrent plutôt exactes, si bien que l'endroit ne fut pas difficile à trouver, même à la nuit tombée. À hauteur du magasin de primeurs, en fait une sorte de grande surface spécialisée dans les produits frais, avec une façade en bois ornée de dessins naïfs représentant une corne d'abondance, deux haies plantées au bord de la route laissaient apercevoir un chemin qui suivait une vigne abandonnée sur deux cents mètres puis franchissait un vieux pont enjambant un ruisseau. À main droite, deux maisons serrées l'une contre l'autre paraissaient se rassurer dans un décor de carcasses d'autos et de monceaux de bois de chauffage détrempés par les intempéries. Je contournai les baraques en roulant au pas, phares coupés.

Le chemin s'arrêtait net une cinquantaine de mètres plus loin face à un rideau de pins parasols qui annonçait la proximité du bord de mer. Sur la gauche, un sentier plus étroit traversait une décharge sauvage d'où s'enfuit, au passage de la voiture, une créature hésitant entre le chat et le renard. Dans sa gueule, elle emportait un morceau d'une matière très rose.

J'attendis quelques instants, l'oreille ouverte sur les murmures de la nuit, le bruit mat des gouttes de pluie s'écrasant dans la boue et le grincement d'une vieille antenne de télé abandonnée au milieu des ordures. Quand je fus certain que tout était calme, je me penchai sur la boîte à gants, fouillai à la recherche de la lampe torche et, en masquant l'ampoule dans le creux de ma main, vérifiai son fonctionnement. Puis je tâtonnai vers l'acier de mon pistolet automatique. Je tirai doucement la culasse en arrière. Le mécanisme révéla le métal doré d'une balle de 9 mm. J'enfonçai l'arme dans la poche de mon pardessus, glissai un chargeur supplémentaire dans l'autre et, après avoir repoussé l'idée d'allumer une cigarette, je coiffai mon bonnet de laine et sortis à l'air frais, le visage fouetté par les rafales de pluie et de vent.

Un chemin se détachait devant moi, une bande de terre claire qui longeait deux dunes de sèche-linge et d'antiques frigos empilés parmi des bâches effrangées et les palettes à moitié brûlées de la décharge. Plus loin, le chemin disparaissait derrière un rideau d'arbres chétifs. Si je suivais les indications de Mustapha, je pourrais accéder à la caravane par une sorte de tunnel pratiqué dans un épais buisson de ronciers dont l'entrée se situait quelques mètres derrière les premiers arbustes.

Le trou sombre des ronces signalait l'entrée du chemin. Au loin, un coup de tonnerre assourdi déchira le ciel, suivi d'un crépitement d'éclairs. Les feuilles se mirent à bruisser : le meilleur camouflage pour une virée nocturne.

J'empoignai la lampe torche, tournai la mollette d'intensité de la lumière puis sortis mon arme de ma poche.

Le faisceau de la lampe éclairait le sol sur quelques centimètres, à peine de quoi voir où mettre mes pieds sans me casser la gueule.

Une rafale siffla dans les branches.

Quelques pas encore et j'arrivai à l'entrée du boyau. Trente mètres à peine. Trente mètres pour réfléchir à la suite des opérations.

Cherkaoui avait déjà tué. Il était en cavale, devait se tenir sur ses gardes. Il avait peut-être récupéré une arme à feu, un couteau, une machette, n'importe quoi de très efficace pour faire la peau à un flic fatigué dans mon genre, un flic dont le principal réflexe de survie consistait à lever le coude.

Mais il était épuisé, avait perdu beaucoup de sang. Pendant trois jours, les médecins l'avaient bourré de sédatifs.

Cherkaoui n'avait plus rien à perdre. Surpris, son comportement serait celui d'un animal blessé prêt à mordre et griffer jusqu'à son dernier souffle. Circonstance aggravante : je n'avais averti personne de mon équipée. Ni Rochac, ni Girardi.

Je devais choisir.

Rebrousser chemin ? Appeler des renforts ? Cerner le bosquet, des gyrophares partout, des bonshommes casqués, armés jusqu'aux dents ?

Les ronces agitées par le vent. La nuit tourmentée et les feuilles qui semblaient chuchoter entre elles, se raconter des secrets impénétrables entre deux coups de semonce du ciel, plus loin vers le sud.

Un pas de plus.

Je levai mon arme, prêt à m'engager sous la végétation.

Encore un pas et aucun retour en arrière ne serait possible.

Puis le silence soudain. Un tapis de feuilles foulées et mon arme braquée sur la cavalcade de Cherkaoui fonçant dans ma direction à travers le tunnel. La scène brutalement illuminée par le coup de feu, l'odeur de poudre, la lampe torche qui trace des arabesques lumineuses en tourbillonnant, les arbustes soudain éclairés puis rendus aux ténèbres et la silhouette sur moi, visage rouge et noir tordu de rage, pansement arraché, plaie vivante. Une, deux, trois cartouches et le choc, mes poumons vidés en une fraction de seconde, le goût métallique du sang sur ma langue quand le poing de Cherkaoui s'écrase sur ma bouche. Les lamentations du vent couvrent le sifflement aigu dans mes tympans. Cherkaoui cogne. Un craquement dans ma poitrine, souffle coupé. Cherkaoui frappe encore et je m'effondre. Sa chaussure qui s'enfonce dans mes côtes. Il prend son élan, shoote encore. Mes doigts cherchent mon arme, raclent la terre molle et trempée. Je lève les yeux. Cherkaoui, debout, mon pistolet automatique au bout du poing. Sa moitié de visage emportée. Son orbite vide. Il vise.

Le vent devient brise, si légère qu'elle caresse mon visage, me murmure qu'elle purifiera mon âme, lavera mes péchés et, dans un dernier souffle, ferme mes paupières au moment où une silhouette percute Cherkaoui de plein fouet.

17

Je me réveillai avec la sensation d'avoir été plongé dans un bassin rempli de méduses.

Mes vertèbres : du métal fondu.

Autour de moi, des murs couleur ficelle, du mobilier hors de prix. Lourds rideaux dans les teintes de beige, couleurs chaudes. Une lampe en verre de Murano diffusait une lumière douce sur la table de nuit en bois clair où mon téléphone portable était relié au câble d'un chargeur. L'horloge digitale du mobile indiquait la fin de l'après-midi.

Les souvenirs affluèrent, perçant la surface de ma conscience.

Le pépiement des oiseaux dans les branches, les gouttes plongeant vers la terre humide, un milliard de crachats d'anges. Les branches crépitant dans le vent comme un feu mourant, les effluves d'iode et de caoutchouc brûlé, d'excréments humains.

L'œil qui s'ouvre à moitié, puis l'autre. Mon bonnet maculé de boue et ma carte de police ouverte, ma photo d'identité tournée vers les nuages. Plus loin, une canette rouillée enroulée dans un morceau de sac plastique bleu clair, l'argent des feuilles mortes scintillant comme un trésor terni sur le chemin de terre, les douilles percutées luisant d'un éclat doré et mon arme à moitié recouverte de boue, chargeur éjecté.

J'avais mis un quart d'heure pour rejoindre la Saxo. Sur l'écran de mon téléphone, « 7 appels en absence » pendant la nuit. Sonia Mattei.

J'avais appelé Sonia. Ensuite, il y avait eu sa voix apeurée au téléphone et ses indications pour la rejoindre, le trajet au bord du malaise le long de la route territoriale, le dédale de lotissements nouveaux et la départementale vers Ortale, le chemin soigneusement entretenu et la villa à l'écart, cube immaculé invisible dans le maquis. Je m'étais évanoui lorsqu'elle avait ouvert la porte.

Je me levai péniblement du lit king size, mis un pied devant l'autre sur l'épais tapis puis avançai sur un parquet de chêne blond. La porte de la chambre s'ouvrait sur un long couloir aux murs blancs couverts de photographies sépias encadrées de bois foncé. Une salle de bains sur la droite, deux autres chambres sur la gauche. À travers la porte entrebâillée de la seconde, un lit d'enfant encombré de peluches, un petit bureau d'écolier de l'ancien temps, une affiche de *La Reine des neiges*. Le couloir menait à un vestibule puis, sur la droite, à un autre corridor. J'évitai de croiser mon regard dans le miroir de l'entrée.

Au bout du second couloir, un séjour immense s'étendait sur deux niveaux séparés par quatre marches. Au centre du premier niveau se trouvait un canapé en forme de U recouvert de tissu clair sur lequel on avait disposé trois ou quatre plaids assortis dans les tons nougat et caramel.

Sur les côtés, près de la baie vitrée qui ouvrait sur un jardin planté d'oliviers, une bibliothèque basse rassemblait une série de livres d'art à la tranche épaisse, des monographies sur des peintres et des sculpteurs à la mode, d'énormes volumes consacrés à l'architecture.

Le second niveau s'organisait autour d'une imposante cheminée au parement de granit noir. Trois énormes bûches flambaient à l'intérieur. Les flammes rouges dansaient dans le reflet d'une grande table basse en verre derrière laquelle un sofa gris souris accueillait une dizaine de coussins en lin sauvage. Au sol, les motifs géométriques de plusieurs kilims contrastaient avec la couleur unie, pâle, de tapis contemporains en coton tufté. Le reste du séjour était meublé à l'avenant : une paire de guéridons en acajou et une bergère Louis XVI aux pieds laqués d'argent occupaient le côté gauche de la pièce, près d'un pan de mur coulissant qui dévoilait un home cinéma relié par wifi à trois enceintes design de la taille d'un adolescent. Une console en buis clair surmontée d'un globe en verre couleur améthyste rehaussait la déco, achevant de composer le tableau d'un intérieur au luxe décousu, comme si Sonia Mattei avait choisi les essences les plus précieuses, les matières les plus rares et le mobilier le plus coûteux sans se soucier de les assortir.

Un ciseau à bois râpait l'intérieur mon crâne. Mes côtes me faisaient souffrir à chaque pas. Quelqu'un m'avait passé un sweat-shirt à capuche et un pantalon large d'une matière très confortable. Sur une grande commode près de la baie vitrée, une trentaine de cadres retraçait la vie de Sonia. Dominant les autres par sa taille, le portrait de son père : un homme d'une cinquantaine d'années au visage rubicond illuminé d'un large sourire. Il portait une chemisette blanche tendue sur une poitrine large et un ventre rebondi. Sous ses manches retroussées, ses bras puissants et incroyablement velus plongeaient dans les poches d'un pantalon en toile noire. La photo avait été prise à l'occasion d'une fête quelconque. Posé juste à côté, le visage de la jeune femme apparaissait sur une photo réalisée par un professionnel. Sur d'autres photos, Sonia enlaçait d'un bras la silhouette menue de sa mère ou riait aux éclats en compagnie de fêtards déguisés en pirates. Sur l'une d'elles, on la voyait accoudée à la carrosserie mate d'un puissant 4×4, une bière à la main, l'air complètement perdu. Elle devait avoir vingt-cinq ans, une époque où la vie ne lui avait pas vraiment fait de cadeaux. Un type portant une paire de lunettes de soleil et une casquette était nonchalamment juché sur le toit du véhicule et tenait à bout de bras deux bouteilles de champagne. Dans un cadre argenté, deux jeunes hommes élancés tenant à la main des chapeaux kaki aux bords relevés se tenaient par les épaules, têtes nues, des dunes en arrière-plan.

« Tu le reconnais ? »

Sonia se tenait à la porte du séjour, vêtue d'un pantalon écru et d'une sorte de sweat-shirt gris clair dont le décolleté laissait entrevoir la naissance de sa poitrine bronzée.

« Je devrais ?

— Ton collègue Lou.

— Girardi ? »

Je scrutai la photo. À gauche, le père de Sonia, avec pas mal de kilos en moins et une coupe réglementaire.

À droite, un sourire franc sous une moustache encore châtain, des lunettes à verres fumés. Lou Girardi, la vingtaine rayonnante.

« Ils étaient comme des frères. Mieux que des frères. Ils se sont engagés ensemble chez les Marsouins, à Vannes. Ils ont même été au Tchad.

— Je l'ignorais. »

Sonia sourit.

« Ils ont fait les quatre cents coups. Et ils ne racontaient pas tout… Sans Lou, je n'aurais jamais réussi à m'en sortir. En tout cas, pas de cette manière. C'est mon ange gardien.

— On est deux. Je lui dois beaucoup. À l'époque où je me suis retrouvé dans la merde pendant l'enquête de l'assassinat du préfet Marnier, il a été le seul à prendre ma défense. Il n'a pas franchement réussi mais au moins il a essayé.

— Papa l'a beaucoup aidé lorsqu'il travaillait au ministère. Quand Lou a voulu rentrer ici, il a appuyé sa demande. Un an plus tard, il est arrivé ce qu'il est arrivé. Lou ne s'est jamais pardonné de n'avoir pas pu empêcher tout ça. Il a mené sa propre enquête, hors des clous. Il a même risqué sa carrière. »

J'approchai la main de la photo d'une petite fille. Elle paraissait récente. Lia Cherkaoui.

« S'il te plaît, dit Sonia.

— La chambre, dans le couloir… »

Elle fit « oui » de la tête, le menton soudain fripé. Elle descendit deux marches, repoussa une mèche de cheveux derrière son oreille et croisa ses bras sur sa poitrine.

« Comment j'ai atterri ici ? demandai-je.

— Tu m'as appelée ce matin. J'avais essayé de te joindre dans la soirée. »

La nuit me revint par flashes. La course de Cherkaoui, ses coups, son visage sanglant et ma propre arme pointée sur ma propre tête. Puis le cri étouffé lorsqu'un inconnu l'avait ceinturé.

« Je me souviens. J'ai mal partout.

— Tu t'es regardé dans le miroir de la salle de bains ?

— Pas osé.

— C'est mieux comme ça. Que s'est-il passé ?

— Je suppose que j'ai dû dépasser les bornes dans un bar.

— Un bar en plein maquis ? Tes vêtements étaient couverts de boue. Ils sont dans la machine à laver.

— Je n'ai jamais été très doué pour mentir.

— C'est lié à Cherkaoui ? »

Je fis trois pas dans sa direction. Une pointe de fer rougi fouilla mes côtes.

« Assieds-toi, fit-elle. Je vais te chercher quelque chose de chaud. Café ? Thé ? »

Avant de me laisser repartir, Sonia m'avait expliqué sa panique, la veille, en constatant qu'Alex Luciani, le gros bras de Massa, lui tournait autour. Elle avait remarqué sa présence le matin même alors qu'elle prenait son petit déjeuner dans la cafétéria anonyme du centre commercial près duquel était situé le siège de sa boîte. À l'heure du déjeuner, Luciani s'était attablé, seul, dans le restaurant où elle avait invité deux clients puis, lorsqu'elle avait quitté ses bureaux à la fin de la journée, il avait démarré derrière elle au volant d'une grosse berline noire.

Plus tard dans la soirée, elle était certaine d'avoir entendu un moteur ronfler sur le chemin de la villa. Elle n'avait pas l'habitude de recevoir la moindre visite à cette heure de la journée.

« Je ne sais pas pourquoi je t'ai appelé, m'avait-elle dit. Peut-être simplement pour me rassurer. Peut-être pour te voir. »

Nous avions bu un café beaucoup trop fort, le temps de lui expliquer ma virée de la nuit, sans trop savoir si je devais mettre Rochac au courant. Plus tard, nous avions parlé de Lia. Sonia ne pouvait pas avoir d'enfants, séquelle de sa vie d'avant. Trop de came, trop d'excès. En m'expliquant comment elle avait reporté son instinct maternel sur la petite fille, elle n'avait pu retenir ses larmes, bien plus fragile qu'elle ne voudrait jamais l'admettre. Depuis longtemps, Sonia faisait semblant d'oublier que, sur cette île, n'importe quoi peut faire voler en éclats le repos qu'on pense avoir trouvé un jour ou l'autre.

18

L'eau chaude réveillait chaque parcelle de douleur inscrite en marbrures mauves sur ma peau. Un hématome violacé de la taille d'une assiette couvrait mon omoplate gauche et une partie de mon cou à l'endroit où Cherkaoui avait frappé de toutes ses forces. Je sortis de la douche avec les infinies précautions d'un vieillard, passai une serviette autour de ma taille. Le carrelage était tiède, le grand miroir au-dessus du lavabo couvert de buée. Je l'essuyai du revers de la main pour découvrir un visage verdâtre, le jaune de l'œil veiné d'un entrelacs rouge vif enfoncé dans un masque de cernes gris. J'étais bon pour une cure d'antidouleurs et un repos forcé. Au commissariat, j'essuierais une ou deux remarques pleines de sous-entendus visqueux sur le déroulement de ma soirée et ça n'irait pas plus loin.

Après avoir passé un tee-shirt à peu près propre en poussant des gémissements de chiot blessé, j'enfilai le bas d'un jogging troué à l'entrejambe, fis passer un anti-inflammatoire avec une rasade de Colomba et me mis au lit sous trois couvertures, cherchant dans le sommeil qui tarda ce soir-là un moyen d'échapper à cette certitude : quelque chose refusait de se dévoiler.

Et ce quelque chose empestait drôlement.

Le cauchemar me réveilla sur le coup des trois heures du matin. Elle se tenait au bastingage du rafiot de la Moby Lines qui assure le service Bonifacio-Santa Teresa di Gallura, sur le pont supérieur aux bancs déserts. Les falaises blanches se détachaient sur un ciel carbonisé, s'enfonçaient dans le bleu profond de la mer. Elle portait une robe légère que la brise plaquait contre ses jambes et ses fesses. Lorsque je m'approchai de sa silhouette, elle tourna son visage sans bouche vers moi. J'essayai de faire un pas de plus dans sa direction. Mes jambes refusaient d'avancer, mes pieds restaient collés au sol, mes membres ne répondaient plus. Une ligne se dessinait autour de sa gorge, sa tête se détachait de son corps et roulait sur le pont métallique. Sans un bruit.

Je me levai en sueur, la triple épaisseur de couverture repoussée au pied de mon lit. Dehors, le vent se précipitait contre les volets, frappait les montants de bois et s'éloignait en poussant des hurlements lugubres avant de revenir se frotter à la façade du vieil hôtel particulier. Tout l'appartement craquait sous les assauts de l'orage. Au-dessus de l'île d'Elbe, des éclairs transperçaient la nuit, suivis à quelques secondes d'intervalle par les explosions du tonnerre. Le grand salon, dont les persiennes avaient été arrachées par une précédente tempête, s'illuminait par intermittence à chaque fois que le ciel s'embrasait.

Je me laissai tomber dans le sofa, allumai une cigarette sans savoir si elle serait la dernière d'une interminable journée ou la première d'une journée interminable. Je repensai au cauchemar et remis à jour le décompte.

Quatre ans, sept mois et quinze jours.

Sous la table basse était rangée la boîte à chaussures dont je connaissais par cœur le contenu : son certificat d'adoption, son bracelet en cuir avec une plaquette de métal gravée à ses initiales, sa figurine de schtroumpfette dont la peau avait été repeinte en noir à la gouache et un lot de photos, les seules à avoir échappé à ma colère d'ivrogne après sa disparition.

Cliché 1 : les yeux mi-clos, elle me fixe depuis un transat sur une plage sarde.

Cliché 2 : elle à cheval au cours d'une randonnée dans l'Agriate, l'air sérieux sur son canasson bai, dos bien droit, seins arrogants pointant sous un débardeur blanc.

Photo numéro 3 : un baiser à l'objectif, reine de la soirée en minishort, un plateau à bout de bras au-dessus de ses boucles noires, fendant la foule des bringueurs, peau cuivrée, dents d'ivoire.

Trois photos. Tout ce qu'il restait de nous depuis qu'elle s'était évaporée.

Quatre ans, sept mois et quinze jours.

Et une nouvelle nuit d'insomnie coupable.

Après sa disparition, j'avais essayé de l'oublier en me mettant à hanter les comptoirs des bars de nuit, les cantines enfumées. Je m'étais effondré, je m'étais relevé pour replonger aussitôt sous la ligne de flottaison de mon chagrin, répandant des flots d'anesthésiant écossais à quarante-trois degrés sur ma blessure. Quelques mois plus tard, à la date anniversaire de sa disparition, le 13 avril, j'avais décroché tout ce qui pouvait me rappeler notre vie sous ces hauts plafonds, les photos, le collier indien rapporté par sa tante après un séjour en Amérique, ses vêtements, ses putains de livres et même ses fiches de paie classées par année dans le porte-documents à soufflets où elle rangeait les quittances d'électricité et les cartes de vœux de fin d'année. À part quelques photos, deux ou trois papiers, le bracelet et la schtroumpfette africaine, tout avait fini au fond d'un énorme carton balancé dans la déchetterie du front de mer.

J'avais cru me débarrasser de nos souvenirs, du peu qu'elle m'avait laissé. Mais tout ce qui manquait apparaissait désormais au grand jour.

La marque des cadres sur le mur du couloir.

La bibliothèque trouée, sans sa collection de polars tellement relus que leurs pages étaient gondolées, leurs tranches craquelées.

La trace des bibelots traînés de foyer en foyer avant son adoption.

Autour de moi, il ne restait rien d'elle et rien d'autre qu'elle.

19

Vers onze heures du matin, bourré d'antidouleurs, je joignis Rochac au téléphone pour lui indiquer que je passerais à son bureau d'ici une heure. « Vous avez du nouveau pour Cherkaoui ? » demanda-t-il. Je grommelai quelques mots sans rentrer dans les détails, m'habillai à grand-peine et pris la direction du bar de Mustapha.

Son cousin ne fit pas trop d'efforts pour me faire comprendre que je n'étais pas le bienvenu. Le jeune homme était l'heureux propriétaire d'une carte d'abonnement au centre de détention de Borgu pour complicité de trafic de stups, menaces d'extorsion et tentative de braquage – un malfrat assez malchanceux.

Lorsque je poussai la porte vitrée du bistrot, il était vautré sur le comptoir, abîmé dans la lecture d'un hebdomadaire auto. Boucles brunes gominées, mâchoire carrée et tee-shirt de marque moulant des biceps saillants sous un tatouage de frise tribale inachevée : grande classe.

Le cousin bodybuildé décolla à peine les yeux de son torchon puis, après avoir réfléchi un instant, me gratifia d'un regard électrique.

« C'est pour quoi ?

— Mustapha. »

Il attendit quelques secondes avant de répondre.

« Pas là. »

Puis il retourna à sa lecture.

« On peut boire quelque chose ? Il revient quand ? »

Il tourna lentement la tête dans ma direction.

« On ne boit rien. On est fermé.

— Je vois bien. Il va passer ? »

Le malabar hocha la tête sans me regarder, comme s'il venait de tomber d'accord avec lui-même après une intense réflexion. Il roula tranquillement le magazine, le cogna deux fois contre le rebord du comptoir puis, d'un mouvement probablement répété deux cents fois devant son miroir, fit lentement pivoter le haut de son corps vers moi, se pencha au-dessus du comptoir et colla son nez au mien.

« Il n'est pas là, chef. Il ne viendra pas. Et si j'avais ta figure, j'irais faire un tour chez le docteur. »

Je le surpris en plaquant ma main sur la sienne. Il tenta d'esquiver le canon de mon arme de service. L'acier fouetta son visage deux fois. Son arcade brisée dans un craquement de coquille d'œuf pissa un jet de sang. Il bascula en arrière, heurta les étagères à bouteilles et s'effondra tandis que je contournai le comptoir. Il leva les mains pour se protéger. Je pris mon élan, lui balançai mon pied en pleine bouche. L'arrière de son crâne cogna contre les portes des casiers dans un bruit sourd. Il s'affaissa sur le planchon. Je lui empoignai les cheveux.

« Où est ton putain de cousin ? »

Un tic nerveux secoua ses lèvres ouvertes. Du sang coulait sur sa tempe et son menton. Sa voix trembla. « Vous êtes malade, putain ! Il est à l'hôpital. En soins intensifs. »

Je me présentai au guichet des urgences en plaquant ma plaque sur la vitre et l'infirmière appela l'interne de garde qui, après quelques tergiversations, se laissa convaincre de m'accompagner jusqu'au box où Mustapha avait été installé.

« Il est arrivé hier en début de soirée. Sa compagne a appelé les pompiers. Un traumatisme crânien, la mâchoire et plusieurs côtes fracturées, dit l'interne. Un bras cassé, aussi. Dans son état d'obésité, ça complique tout. »

Mustapha était alité dans un box de la nouvelle aile entièrement rénovée de l'hôpital : portes mauves, lino propre et brillant, lumière légèrement tamisée et loupiottes au ras du sol.

Le box, en revanche, puait la pisse et le médicament. À condition de faire preuve d'imagination, il était parfaitement possible de reconstituer le visage de mon vieil ami. Il suffisait de lisser l'hématome bleuâtre sur la partie inférieure de sa mâchoire, d'effacer les tuméfactions de ses pommettes et ne prêter aucune attention à ses lèvres éclatées ouvertes sur des gencives où brillaient les éclats des rares dents qui lui restaient.

« Je vais vous demander de ne pas vous attarder, fit le médecin dans mon dos.

— Laissez-lui un peu plus de temps, répondit une voix inconnue. Après tout, c'est grâce à lui qu'il se retrouve ici. »

Une silhouette élancée avait fait son apparition à la porte du box. La blonde portait un blouson en cuir d'une grande marque au col en authentique fourrure de lapin, un pull à col roulé rose en mohair et un jean qu'on aurait dit cousu à même la peau. Il soulignait la forme parfaite de ses longues jambes. Elle mastiquait un chewing-gum, les lèvres closes.

« Vous êtes ? demanda le médecin.

— Sa femme, Columbo. »

Légère pointe d'accent slave.

Je demandai au toubib de nous laisser une minute. Il voulut répondre mais je lui fermai le bec d'un « Merci beaucoup, docteur. C'est une enquête de police ». La main que je tendis à la blonde resta en suspension.

« On ne se connaît pas, je crois.

— La seule chose qui me console, dit-elle sans cesser de mâcher son chewing-gum, c'est que vous aussi avez l'air d'avoir passé un moment dégueulasse. »

Je me touchai le visage, sentis les croûtes des écorchures sous mes doigts.

« Vous savez ce qui s'est passé ? »

La blonde s'avança dans le box.

« Non, à part que vous lui avez rendu une visite avant-hier. Et nous voilà tous les deux ici. »

Ses yeux s'embuèrent.

« Ils disent qu'il s'en remettra difficilement. Et qu'il ne sera plus comme avant.

— Mustapha va tenir le coup. Il en a vu d'autres.

— C'est tout ce que vous trouvez à dire.

— Est-ce que vous avez une idée des raisons qui…

— À part vous, non ! »

Elle avait élevé la voix, presque crié. Le visage sévère d'une infirmière apparut dans l'encadrement de la porte vitrée. Elle posa un doigt sur ses lèvres puis continua sa route vers les entrailles de l'hôpital.

« Avant-hier, reprit-elle, après votre passage, il devait

rejoindre des amis pour sa partie de cartes de la semaine. Il m'a appelée vers neuf heures moins le quart, il réussissait à peine à articuler trois mots. Quand je suis arrivée au bar, le rideau était à moitié baissé et il baignait dans son sang. Il ne s'est pas réveillé depuis.

— Des témoins ?

— La ville est déserte, avec ce temps. Peut-être un ou deux sans-papiers qui lui tiennent compagnie le soir.

— Des noms ?

— Essayez Rachid. Et Mohamed. Vous êtes tous aussi cons, dans la police ? »

Je me mordis la lèvre. Elle passa devant moi. Prit l'énorme patte de Mustapha dans ses mains.

« Il a toujours été là. Sans me juger. Maintenant c'est à mon tour de l'aider et je ne peux rien faire. »

Sa voix avait soudainement pris une intonation plus grave. Je remarquai ses mains, larges ; les globes de ses seins, trop ronds sous le mohair rose. Deux minuscules taches sombres apparurent sur les draps. La blonde essuya ses yeux d'un revers de la main. Elle renifla.

Je cherchais quelque chose à dire lorsque mon téléphone se mit à sonner. Je m'excusai, décrochai. À l'autre bout du fil, la voix blanche de Rochac.

« Rappliquez au terrain de motocross de Petralonga. Tout de suite.

— Un problème ?

— Bien pire que ça », fit le commissaire avant de couper la communication.

20

Le chaos sur deux hectares. Impossible de décrire autrement la scène lorsque je garai ma voiture à l'entrée du terrain de motocross de Petralonga, près du stand recouvert d'une bâche bariolée d'où s'étaient élancés, trois heures auparavant, les soixante et onze concurrents du « Raid Junior », une compétition de moto pour enfants. Le terrain s'étendait en pente douce aux limites de Biguglia, au sud de Bastia. Le temps d'y arriver, l'apocalypse s'était déjà propagée sur les ondes : « Une femme retrouvée morte dans un bosquet d'épineux sur la piste de motocross. »

Je verrouillai la portière de ma Saxo, glissai les clés de contact dans la poche de mon pardessus puis me dirigeai vers l'épicentre du désordre, un carré de quarante mètres de côté matérialisé par des frises de rubalise tendues entre des poteaux, accrochées aux montants des portières de deux voitures de police, gyrophares allumés.

Parqués derrière le ruban de plastique, les organisateurs, reconnaissables à leurs chasubles jaunes, promenaient leur air paumé entre des gosses harnachés de combinaisons multicolores et leurs parents, agglutinés au milieu de dizaines de motos posées sur la béquille ou couchées sur le flanc dans la boue grise de la piste.

Guidons enchevêtrés dans les pots d'échappements, bécanes couvertes d'autocollants à tête de loup, de crânes fluorescents et de roues enflammées, roues en l'air : sous le ciel lourd et dur comme du plomb, le tableau composait une sculpture mouvante, échappée d'un mauvais rêve de chair et d'acier.

Insensible à la pagaille ambiante, le commissaire Rochac tentait d'organiser le travail d'une vingtaine d'enquêteurs rameutés dès que la nouvelle s'était répandue, montrant du doigt un point invisible situé plus haut sur la pente, à l'endroit où la piste de motocross décrivait une boucle avant de se laisser couler vers la ligne de départ encadrée de deux piles de pneus.

À trente mètres environ, à l'opposé de la direction désignée par Rochac, un gradé de la gendarmerie écoutait les explications d'un subalterne au supplice, leurs silhouettes à moitié dissimulées par les portes entrouvertes d'une estafette bleu marine.

Je m'avançai vers le commissaire :

« Ça se passe où ? »

Il montra le sommet de la piste.

« Près de cette espèce de bosquet.

— On la connaît ?

— Oui. Un de ses gosses participait à la compétition. Des gars de la PJ l'ont mis dans une voiture. On ne sait pas quoi en faire.

— Le père ?

— Il arrive. Il est boulanger. Les fêtes approchent et il travaillait cet après-midi.

— Il s'appelle ?

— Turchi, Étienne. Son épouse, la victime : Marie-Catherine, née Franceschetti. Quarante et un ans tous les deux, mariés depuis seize ans, deux garçons, un de douze ans gardé par les grands-parents aujourd'hui et un autre de huit. Le petit champion de motocross.

— On a les premiers éléments ? »

Le commissaire tourna son regard vers la tache vert foncé du bosquet. Elle se détachait nettement du paysage pelé de la piste de motocross.

« Étranglée.

— Et ?

— On ne sait pas encore.

— En pleine course ? Je veux dire : elle assistait à la compétition ?

— Elle accompagnait son fils. Les organisateurs la connaissent, elle ne ratait aucune course du gosse. Elle donnait même un coup de main à l'occasion mais, cette fois, après avoir équipé le petit et accompli toutes les formalités au stand des commissaires de course, elle a grimpé là-haut parce que c'est le seul passage d'où on peut s'approcher vraiment de la piste. »

Rochac retint un éternuement puis reprit ses explications.

« Grosso modo, quatre zones sont réservées au public. La première près du départ, l'autre après le premier S de la piste, la troisième située le long de la pente, juste en face de nous. La dernière se trouve tout en haut, là où le parcours fait une sorte d'épingle à cheveux et les concurrents sont obligés de ralentir. Elle s'est probablement postée à cet endroit précis pour encourager le gosse.

— Il y avait du monde avec elle ?

— Trois ou quatre personnes, tous des parents d'enfants. On est en train de vérifier et prendre leurs identités. D'après les premiers éléments, elle s'est éloignée. On ne sait pas pourquoi. Elle s'est enfoncée dans le bosquet.

— Comme ça, au milieu de la course ? »

Le commissaire hocha la tête, effectua un demi-tour sur lui-même et se positionna face à la pente en montrant un nouveau point, à l'opposé du premier.

« Vous voyez ces rochers, un peu haut dessus de la trouée ? »

Je fis un pas, louchai dans la direction de son bras.

« Sous le terre-plein ?

— C'est ça. De là, on domine tout le terrain. Un photographe s'est posté à cet endroit pour prendre des clichés de la zone, depuis la boucle jusqu'au départ. Il a eu un problème avec un objectif. En essayant de le régler, il l'a braqué dans la direction du bosquet. C'est lui qui a donné l'alerte.

— Il a pu prendre des photos ?

— Carte mémoire confisquée. Les gars du labo l'ont déjà placée sous scellés.

— Et les Cruchot ?

— C'est là que ça se complique. Trois gendarmes étaient censés sécuriser les lieux, mission de routine. »

Il donna un coup de menton vers l'estafette où la discussion semblait avoir tourné à l'orage. L'officier de gendarmerie faisait de son mieux pour ne pas coller son poing dans la gueule du gendarme, un gros bonhomme affublé d'un bouc.

« Visiblement, dit Rochac, les gus ont passé la moitié de l'après-midi à faire des mots croisés dans leur véhicule de patrouille. C'est à peine si l'un d'eux s'est approché du stand, et encore, je crois que c'était pour draguer une organisatrice, la petite brune avec une coupe au carré que vous pouvez apercevoir juste là. Une voisine de la caserne, si j'ai bien saisi. »

Devant ma mine déconfite, il ajouta :

« Voilà qui va mettre de l'huile dans les rouages de nos excellentes relations avec nos collègues gendarmes.

— Surtout lorsqu'on va devoir les auditionner.

— Je vois ça d'ici », opina Rochac.

Une sale bruine avait remplacé les averses du matin et tombait à l'oblique, poussée par un vent faiblissant. Dans le lointain, des coups de tonnerre encombraient le ciel. Certains parents commençaient à s'agiter et tentaient de négocier avec une douzaine de flics en uniforme auxquels Rochac avait confié la tâche insurmontable de cantonner les témoins derrière le rubalise jusqu'à nouvel ordre. Le ton montait. Des gosses grelottaient dans leur tenue trempée, une voix de femme au fort accent corse cria « Viens ici Ludovic, on y va, papa vient nous chercher » et le mur de flics se retrouva ébranlé, les visages soudain tournés dans notre direction pour guetter la réaction du commissaire qui ne pipait mot, les yeux rivés au bosquet où le corps gisait toujours.

« Ça ne va pas tarder à être la foire, monsieur », dis-je.

Il soupira, les dents serrées. « Parce que selon vous ça ressemblait à quoi, jusqu'à présent ? »

Il me fit signe de le suivre et, au moment où nous commencions notre ascension vers la scène de crime, trois fourgons de gendarmes mobiles firent leur apparition au bout de la piste qui menait au parcours de motocross, cahotant dans les ornières, les flancs couverts d'éclaboussures boueuses projetées par les pneus patinant dans la gadoue du sentier. Une onde d'indignation parcourut la foule des parents chauffés à blanc. « Ils veulent nous garder ici toute la nuit ! Flicacci ! Fais ton boulot, monte là-haut voir au lieu de nous parquer comme des animaux ! »

Une bouteille de jus de fruit vola et se brisa aux pieds d'un policier. Le commissaire se précipita vers le gradé de la gendarmerie. « Virez-moi ces cons tout de suite ! Vous voulez une émeute ? » L'officier, un capitaine sec comme un coup de trique, regarda les fourgons, puis le commissaire et il se rua à grandes enjambées vers les véhicules brinquebalant, son étui de pistolet battant contre sa cuisse. Il stoppa net l'avancée de la colonne en moulinant des bras. Les fourgons s'immobilisèrent, un conciliabule suivit entre le capitaine et les conducteurs et les engins entamèrent un ballet compliqué de marches arrière et de demi-tours, les moteurs craquant et gémissant tandis que deux pandores à pied assuraient la manœuvre en guidant le convoi, se retournant parfois pour jeter un coup d'œil inquiet à la foule parquée derrière le rubalise.

Les parents grondaient de plus belle. Plusieurs d'entre eux s'approchaient des flics en faction, l'air menaçant. Sur le point d'être débordés, les policiers reculèrent en désordre, les bras écartés. Trois pas en arrière : le signal qu'attendaient les parents pour forcer le passage. Les éclats de voix fusèrent, des mômes tentaient de redresser leurs engins coincés dans l'amas de ferraille des autres motos, des parents commencèrent à échanger des noms d'oiseaux, d'autres s'en prenaient directement aux flics. Des enfants se mirent à pleurer.

La situation allait échapper à tout contrôle lorsque

le rugissement d'un moteur précéda une camionnette blanche qui fonçait à toute allure sur la piste. L'engin fit un écart et faillit percuter un fourgon de gendarmes. La radio d'un policier cracha quelque chose, une voix venue d'ailleurs, nasillarde et hachée. « Mari… Accès au terrain… » Le commissaire jura, ordonna aux policiers de le suivre tandis qu'il se mettait à dévaler la pente dans la direction de la camionnette blanche. Les premiers parents avaient forcé le barrage des flics en tenue, ils quittaient le terrain de motocross en courant sous la pluie, leurs enfants à la traîne poussant leurs bécanes vers les remorques attelées aux voitures garées sur un parking improvisé, plus bas vers la route qui rejoignait la quatre-voies.

La camionnette blanche fit une embardée, freina en dérapant dans la boue, manqua se renverser dans un long grincement métallique. La porte s'ouvrit à la volée et un homme corpulent et barbu, les cheveux longs trempés de pluie, jaillit du siège conducteur vêtu d'un tee-shirt couvert de traînées blanches et d'un pantalon de jogging. Il glissa dans la boue, se rétablit sans avoir quitté la scène des yeux, cherchant quelque chose du regard, le visage déformé, la bouche grande ouverte. L'homme hurla : « Où ? »

Derrière moi, la voix d'un enfant éclata : « Papa ! » Les chasubles jaunes se précipitèrent à la rencontre de l'homme barbu, devançant le commissaire et les flics. L'un des organisateurs posa ses deux mains sur sa poitrine dans un effort désespéré de l'apaiser. Mais le barbu avançait toujours sans lui prêter attention. Un policier se joignit à l'organisateur. Il s'effondra dans la boue. La tache jaune d'une chasuble roula sur le sol trempé et boueux. L'homme poursuivit sa course, le visage écartelé par la rage et la douleur, puis il disparut sous vingt corps qui l'entouraient, le ceinturaient, le plaquaient à terre, et son hurlement de désespoir couvrit presque la sourde canonnade du tonnerre.

21

Cette fois, la merde volait pour de bon. Et dans toutes les directions. Le lendemain de l'assassinat de Marie-Catherine Turchi, quarante et un ans, mère de famille modèle, le préfet convoqua une réunion exceptionnelle en présence des huiles de la maison : le patron de la PJ venu spécialement d'Ajaccio en hélico, son adjoint Dormoy, Lou Girardi, Rochac et même le commandant du détachement des CRS qui devait repartir sur le Continent le surlendemain. Il tira la tronche en apprenant que ses hommes prolongeraient leur séjour d'au moins une semaine. Le procureur de la République Allary, un substitut du parquet et les gendarmes avaient aussi été conviés et, à ce qu'on racontait, le préfet s'était essuyé les pompes sur la gueule du colonel de gendarmerie.

Personne ne digérait qu'une patrouille ait pu être présente sur les lieux de l'assassinat sans s'apercevoir de quoi que ce soit. Les premiers témoignages laissaient penser que les gendarmes s'étaient contentés de rester dans leur estafette et, pour le plus téméraire, de faire trois mètres pour dragouiller deux organisatrices de la compétition. Dans ses petits souliers réglementaires, le colonel avait essayé de justifier l'injustifiable, s'enfonçant davantage sous les regards furibards à mesure qu'il se perdait dans les méandres de ses excuses. Pour finir, il proposa de rattraper le coup en « mettant en œuvre la machine de guerre de l'Institut de recherche criminelle » de la gendarmerie. Il avait déjà obtenu le feu vert de sa hiérarchie. Si le proc était d'accord, une vingtaine d'experts débarqueraient le lendemain pour ratisser la scène de crime. Le préfet avait balayé la proposition d'un geste méprisant et Allary aussitôt renchéri : « La PJ reste saisie, un point c'est tout. »

De son côté, Girardi avait pris les devants et plaidé ma cause une nouvelle fois auprès du boss de la PJ, un type au long visage constamment perplexe et au regard dur sous le cheveu ras. « OK, avait approuvé Sylvain Katz. Mais je veux une cellule d'enquête et vous conservez la direction des investigations. Vous me ferez deux points téléphoniques tous les jours. »

Le branle-bas de combat avait sonné à tous les étages du commissariat, ce qui signifiait que les congés étaient annulés et le service doublé. On rappela tous les effectifs de la BAC, mis à contribution pour des rotations de vingt-quatre heures non-stop avec consigne de ratisser la moindre impasse de Bastia. À Ajaccio, le coordinateur des services de sécurité exigeait des résultats. Paris exigeait des résultats. L'opinion exigeait des résultats en vertu du principe que toutes les victimes ne se valent pas.

L'assassinat de Marie-Catherine Turchi avait suffi à éclipser la mort de Paola Mosconi. La première était une mère de famille aux longs cheveux auburn, au sourire de reine de beauté. Sa photo publiée dans le quotidien local la montrait épanouie et souriante au côté de son plus jeune fils lors de la remise des prix d'une compétition de motocross quelques mois auparavant. Elle occupait un poste de responsable des expéditions dans une entreprise de transports, se montrait aimable et formait un couple sans histoires avec son mari – une vraie candidate à la béatification médiatique. La seconde était une vieille fille solitaire et introvertie que personne ne semblait décidé à pleurer.

Les funérailles de Marie-Catherine Turchi, organisées le surlendemain, rassemblèrent neuf cents personnes dans la cathédrale Sainte-Marie, au cœur de la Citadelle de Bastia. Un groupe de polyphonies y entonna les airs sacrés de la messe en latin, l'*Agnus Dei* et le *Libera Me, Domine* tandis que le prêtre rappelait combien « la mort pouvait frapper sans discernement et jeter dans l'enfer du doute les âmes les plus ferventes ». La cérémonie fut digne et émouvante, autant qu'on pouvait l'espérer dans de telles circonstances.

À la sortie de la messe, sur le pavé trempé par la pluie, son mari et cinq de leurs proches portèrent sur leurs épaules le cercueil de la jeune femme jusqu'à un corbillard enseveli sous des tombereaux de couronnes mortuaires, dans un silence à peine troublé par les crépitements des flashes. Le photographe du journal s'excusait à chaque fois qu'il déclenchait son appareil et faisait de son mieux pour terminer au plus vite sa besogne, mal à l'aise au milieu de la foule muette.

Je m'étais glissé parmi les anonymes venus présenter leurs condoléances. D'autres flics en civil guettaient le badaud solitaire au comportement suspect, scrutant chaque visage pour n'y rencontrer que le deuil et la souffrance, une forme d'indignation renfermée autour du sentiment général que ces choses-*là* ne pouvaient pas arriver *ici*.

À la fin de la cérémonie, alors que le corbillard peinait à se frayer un passage dans la foule massée aux abords de la cathédrale, mon regard croisa celui du plus jeune fils de Marie-Catherine Turchi. Le gosse me fixa sans que je parvienne à mettre un nom sur les pensées reflétées dans ses grands yeux clairs. Il détourna le regard avant de m'avoir livré son secret. D'un pas lent, je me mêlai aux passants tristes qui avançaient sous la pluie.

Comme il fallait s'y attendre, la presse avait sorti l'artillerie lourde. Pour la première fois depuis l'exécution du préfet Marnier, le standard de la radio régionale avait failli sauter sous des milliers d'appels. « L'Agora », la libre antenne réservée aux auditeurs qui suivait traditionnellement le premier flash info de la journée, fut déprogrammée sur décision express du directeur après des dizaines de messages appelant au meurtre.

L'île restait suspendue entre deux souffles. Les habituels matamores de comptoir ne parlaient plus que milices et patrouilles en ville. La plupart du temps, les justiciers rentraient chez eux après l'apéro, retrouvaient bobonne et fanfaronnaient entre la poire et le fromage avant de s'abrutir devant leurs écrans. Mais les témoignages commencèrent à affluer au commissariat : de très jeunes gens circulant au volant de 4×4, le regard mauvais sous les casquettes Caterpillar. Sur les réseaux sociaux, chacun y allait de son ragot, de sa « source sûre », un cousin qui bossait au tribunal ou qui tenait son tuyau d'un voisin gendarme. Je traînais de bar en bar, les oreilles remplies de la merde qu'y déversaient des centaines de bouches soufflant une haleine chargée de promesses de vengeance.

L'État sait.

Il se tait.

« On » connaissait l'assassin.

Il est protégé.

C'est un bicot.

Un Gitan.

Un Corse de chez Corse.

Mais il a vécu sur le Continent.

Où il a chopé *leurs* sales manières.

Corse ou pas, bougnoule, manouche, il faut le tuer.

Pas de tribunal.

Les juges ?

Des pédés et des laxistes.

Des *pinzuti*, presque tous.

Chez *eux*, on peut violer, ça ne *leur* fait rien.

Pas *ici*.

Et ces journalistes débarqués de Paris, toujours à touiller la merde, jamais une bonne parole pour *nous* ?

Ils ne nous aiment pas.

Personne ne nous aime.

Des notaires et des épiciers, infoutus de faire un O dans le sable en y posant leur cul, se frappaient la poitrine en jurant sur la tête de leurs gosses qu'ils étrangleraient l'assassin de leurs propres mains si on leur en donnait l'occasion. Même le serveur continuellement envapé du Monte-Cristo, un indécrottable hippie sans âge, trouvait la force, entre deux bouffées d'afghan dans la remise du bar, de s'engager à lui « trancher la gorge en public ».

Les ventes de couteaux, de matraques et de bombes de gaz au poivre explosaient, les armuriers se frottaient les mains. Pas mal de gens avaient fait le voyage jusqu'au village pour exhumer d'un tas de chiffons le canon scié planqué dans le vieux coffre à pain du grenier. On ressortait les calibres, le 11,43 acheté au marché noir il y a vingt ans pour faire comme tout le monde. L'île tournait à plein régime sur une orbite malsaine de violence rentrée. Les foyers couvaient partout, attisés par les discussions et les rumeurs. Au guichet de la Poste centrale, dans les allées de l'Hypermarché de Toga, entre les vieillards déambulant du matin au soir le long des terrasses des cafés sur la place Saint-Nicolas.

Pour calmer ce petit monde, le proc avait décidé d'appliquer une recette éprouvée : convoquer les médias à une conférence de presse et balancer des pistes faisandées. La première concernait un pervers dont le passage dans l'île aurait pu être signalé quinze jours auparavant. « Il est activement recherché », assura le magistrat devant les caméras avec un aplomb de joueur de poker professionnel, en se gardant bien de préciser que le bonhomme avait été logé par la police fédérale belge à Namur, où il résidait, et qu'il avait regagné la terre ferme quarante-huit heures avant l'assassinat de Marie-Catherine Turchi, une fois terminées ses vacances en Corse.

La deuxième piste ne valait pas grand-chose non plus. Les flics étaient allés cogner à la porte d'un type condamné pour agressions sexuelles, lequel aurait pu se trouver dans les parages de la compétition de moto-cross le jour du crime. Le gars en question était un pauvre hère cramé aux opiacées qui paraissait vingt ans de plus que ses trente-huit piges. Il avait grandi de foyer en foyer, était accro aux médocs et à la bibine et s'était fait jeter de la plupart des boulots de ramasse-crotte qu'il avait occupés, incapable de respecter un horaire ou de faire la différence entre un balai et une guitare. Son casier mentionnait trois condamnations pour des séances de touche-pipi avec des presque majeures aussi désocialisées que lui. La dernière peine remontait à moins de deux ans, lorsqu'un magistrat s'était fait les crocs sur son cas en l'expédiant en taule pour avoir tâté le cul d'une gamine de dix-sept ans qui tapinait occasionnellement.

Lorsque les poulets avaient déboulé dans le deux-pièces encombré d'ordures qu'il partageait avec sa mère à la sortie de Bastia, il avait chié de trouille dans son froc et s'était mis à pleurer comme un gosse. D'après un flic qui avait participé à l'opération, « Si ce trou de balle a fait le coup, c'est moi qui ai fumé Kennedy ». Après deux jours de garde à vue, il avait été relâché en toute discrétion et le proc ne trouva plus rien à mettre sous la dent des journalistes, ce qui ne le désarma pas pour autant.

Avec le même sang-froid, il déclara que « plusieurs éléments convergeaient vers une sérieuse nouvelle hypothèse de travail » sur laquelle il se devait de rester « très discret ». Il promit une nouvelle conférence de presse « sous peu » : il avait du « biscuit » qu'il fallait d'abord vérifier et recouper. Traduction off : que dalle, on s'embourbe.

Les derniers jours de novembre charriaient leur spleen humide. Chaque matin, des nuages charbonneux s'amoncelaient sur les hauteurs de la ville et, avant neuf heures, leurs lourds bataillons avaient remporté la victoire sur la promesse d'une journée lumineuse, lorsque la ligne d'horizon se teintait de vieil or peu avant l'aube.

La culpabilité me dévorait le ventre. L'assassin avait frappé une deuxième fois. Plus j'étudiais les éléments du dossier, plus l'évidence sautait aux yeux. Grâce aux vues aériennes de la scène de crime récupérées sur Internet, j'avais effectué des tirages couleur des alentours de la piste de motocross. La topographie y apparaissait clairement : le parcours serpentant autour d'une boucle de moins d'un kilomètre de long, l'ancienne route qui prolongeait l'un de ses embranchements vers deux lotissements situés à l'est et, juste avant d'atteindre les premières habitations, le chemin qui s'inclinait vers le sud dans la direction d'une ancienne carrière désaffectée. Côté ouest, à l'extrémité de la boucle formée par la piste de motocross, un sentier à peine praticable conduisait à une butée vierge de toute végétation d'où l'on pouvait apercevoir le grillage d'une centrale hydroélectrique.

En zoomant sur le paysage, le plan du tueur apparaissait nettement. Il avait agi rapidement et sans hésitation, à la limite nord de la piste, près du seul endroit où la végétation ne se résumait pas à un maquis ras et pelé. Il avait probablement attendu le moment propice, patiemment guetté sa proie après l'avoir sélectionnée. Marie-Catherine Turchi s'était éloignée de son poste d'observation le temps de changer de tampon hygiénique. Il avait profité sans hésitation de cette aubaine et l'avait étranglée à moins de cent mètres de l'endroit où d'autres parents encourageaient leurs mômes. Le tour avait été joué en l'espace de quelques minutes à l'endroit le plus proche de la piste de motocross, où le bruit des moteurs couvrirait un cri de surprise et le bruit d'une lutte à mort dans les fourrés.

La carte montrait aussi un détail qui ne m'avait pas sauté aux yeux lorsque j'avais arpenté le terrain en compagnie de Rochac. Les gendarmes chargés de surveiller la compétition se trouvaient à trois cents mètres du bosquet où Marie-Catherine Turchi avait été assassinée. De cet endroit, derrière un léger repli de terrain, leur position et la configuration des lieux permettaient d'embrasser le panorama en un seul coup d'œil – à l'exception du bosquet, dont seule l'extrémité était visible.

Je m'en voulais : si j'avais balancé la découverte de la plaque d'identification de Markov, rien de tout ça n'aurait eu lieu. Marie-Catherine Turchi applaudirait encore son gamin chaque dimanche et le déserteur serait sous les verrous. Ou, si on laissait la Légion régler l'affaire à sa manière, « suicidé » par pendaison après s'être tranché les veines et tiré une balle dans le dos.

Cinq jours après l'assassinat de Marie-Catherine Turchi, je rédigeai une longue note expliquant l'avancée de mon enquête parallèle, y joignis les coordonnées de Janek et un relevé GPS de l'endroit où j'avais trouvé la plaque perdue par le légionnaire. Puis j'avalai un café et pris la direction du commissariat.

Même si je risquais de me faire débarquer de l'enquête, voire de me faire lourder de la police après la dernière bourde de ma carrière, je devais ça aux victimes. Et à Rochac. Lui aussi mouillait la chemise, ne s'accordait que quelques heures de repos quotidiennes. En quelques jours, son apparence physique s'était modifiée, son visage était devenu plus grave, de nouvelles rides avaient fait leur apparition entre ses sourcils roux. De temps à temps, ses lèvres tremblaient en prononçant des paroles qu'il s'adressait à lui-même. Même son regard avait pris une autre profondeur.

Ce matin-là, je poussai la porte de son bureau sans considération pour sa secrétaire qui tenta de m'en empêcher. J'entrai, les quatre feuilles dactylographiées à la main. Mon testament professionnel.

Le commissaire était en train de raccrocher le combiné de son téléphone. Il leva vers moi sa grosse face blafarde.

« Il y a du nouveau, souffla-t-il. Un ADN isolé sur le fusil à canon scié retrouvé chez Cherkaoui. Il appartient à un de nos clients réguliers. Il a disparu depuis le double homicide. Et il bosse pour François Massa. »

22

David Buonomo était une petite frappe sans envergure, un menteur patenté et un dealer imaginatif. Sa paresse et la fréquentation assidue d'équipes en perpétuelle déveine le cantonnaient aux coups foireux et aux magouilles de seconde zone, comme cette fois où des trafiquants de came ajacciens l'avaient chargé de se débarrasser du corps d'un concurrent, une quinzaine d'années auparavant. Après avoir roulé deux jours au volant d'une voiture volée avec le cadavre dans le coffre, il s'était endormi à moitié bourré au bord de la route où les gendarmes avaient décidé de faire un contrôle routier le lendemain. Bilan : trois ans à la maison d'arrêt d'Ajaccio.

Sa dernière condamnation, pour trafic de stups, remontait à l'été 2015. Six cents grammes de cocaïne saisis dans un studio et coupés avec de la meringue pilée. La combine avait bien fait marrer les gendarmes et expédié une demi-douzaine de toxicos au centre hospitalier de Bastia, les poumons percés de minuscules cristaux de sucre aussi tranchants que des éclats de verre. Avec l'aide d'une excellente avocate, Buonomo s'en était tiré avec dix-huit mois de prison ferme, un miracle compte tenu de son pedigree : une première peine de prison à l'âge de dix-huit ans pour violences en réunion et, depuis, une série d'allers retours derrière les barreaux qui faisait dire aux taulards endurcis qu'il finirait par apprivoiser les murs. À présent, on avait trouvé son ADN sur l'arme ayant servi dans un double homicide.

« Le seul lien entre ce mec et Cherkaoui, c'est Massa. Pas besoin d'être devin. »

Lou Girardi se curait les dents, le cul posé sur un coin du bureau de Rochac. À travers la fenêtre du bureau, on devinait la silhouette maladroite d'un cargo en train de manœuvrer dans la brume à l'entrée du port tandis que la pilotine rebondissait entre les creux de houle. Rochac leva son visage vers moi.

« Depuis quand travaille-t-il pour François Massa ?

— Début 2018.

— Et il fait quoi ?

— Conducteur de travaux. Mais personne ne l'a jamais vu sur un chantier, ni aux commandes d'un engin.

— Massa recycle des truands et des natios en rupture de ban, affirma Girardi. Rien de nouveau.

— Pas de quoi l'accrocher, soupira Rochac. Pas à ce stade.

— C'est quand même un bon début, observa Girardi en jetant un coup d'œil à sa montre. Je file. Réunion avec Dormoy. Tenez-moi au courant. »

Girardi parti, Rochac se leva et fouilla dans son armoire. « Je ne sais plus où j'ai fourré ce truc », marmonna-t-il. Puis il regagna sa place, se laissa retomber dans son fauteuil.

« Vous dites qu'il a pris un vol pour Marseille le matin même du double crime ?

— Le premier de la journée. À sept heures.

— Ça nous donne au moins une indication fiable sur l'heure des faits. »

Rochac poussa un long soupir.

« Et Cherkaoui ?

— Recherches en cours, monsieur.

— Vous êtes drôlement amoché. »

Je passai en revue la liste des mensonges possibles et décidai de garder le silence.

« Je n'ai pas de conseils à vous donner et encore moins de leçons de morale à vous faire, continua Rochac. Mais Girardi et moi avons insisté auprès du juge d'instruction pour vous laisser la charge des affaires. Je ne voudrais pas que certains de vos penchants interfèrent dans l'enquête, vous comprenez. Nous avons assez d'ennuis comme ça.

— Ça ne se reproduira plus, monsieur. Un incident lié au stress. Pas de témoins. »

Rochac opina, les yeux dans le vague.

« Vous pensez que Buonomo peut être impliqué dans l'assassinat de la femme et de la gamine de Cherkaoui ?

— Je sais seulement que rien n'est jamais simple, monsieur.

— Ce qui signifie, en langage courant ?

— Que Buonomo est un traîne-savates qui entre et sort du placard. Il cherche le coup qui le fera grandir mais il se gave de cachets et de coke. Lisez sa fiche : il a même fait du mitard pour usage de stupéfiants pendant son dernier séjour à Borgu.

— Ça ne fait pas de lui un assassin de sang-froid.

— Ça fait de lui un type prêt à n'importe quoi pour monter en grade. Sa réputation chez les voyous est dégueulasse. Quelqu'un lui propose de fumer Cherkaoui et il pense gagner son ticket d'entrée dans le grand monde. Il y va. Il merde parce qu'il ne sait faire que ça. La femme et la petite ne faisaient pas partie du plan. Imaginons que Buonomo ait eu un rendez-vous avec Cherkaoui chez lui. La discussion s'envenime. Un coup part, Cherkaoui est au tapis. La femme et la petite sont présentes.

— Il faut les faire disparaître.

— Simple hypothèse.

— Pourquoi à cette heure-ci de la journée ? Pourquoi si tôt le matin ?

— Personne ne sait ou ne veut dire ce qui s'est passé avant, monsieur. Peut-être que Cherkaoui et Buonomo ont passé la nuit à palabrer ou à boire des coups.

— Les analyses disent que Cherkaoui avait pris de la cocaïne.

— Et Buonomo lui-même est un consommateur régulier.

— Donc ils se rejoignent chez Cherkaoui, sniffent de la drogue toute la nuit avec un fusil à canon scié posé sur la table du salon, se tapent sur les cuisses et au petit matin, c'est le carnage ?

— Peu de chances. D'après radio puttachju[1], Buonomo a fait la tournée des grands ducs une bonne partie de la soirée avant le crime. Après minuit, on perd sa trace. Mais on est en train de faire les vérifs. »

Rochac passa ses doigts en forme de petits boudins blancs sur son visage. Ses traits étaient tirés, sa peau plus cireuse qu'à l'accoutumée. Même ses cheveux, d'un roux vif, paraissaient plus ternes.

« La femme a été retrouvée en robe de chambre

1. « Radio ragot ».

agonisante dans le couloir. La fillette en pyjama, dans sa chambre. Il y a des traces de lutte dans l'appartement mais nous savons que Cherkaoui pouvait s'emporter au point de casser des meubles. Buonomo travaille pour Massa…

— Ce qui fait beaucoup trop d'inconnues pour la même équation.

— Rien ne prouve que l'arme appartienne à Buonomo. Il se pointe chez Cherkaoui tôt le matin et lui dit ce qu'il a à lui dire. Cherkaoui s'énerve, va chercher le canon scié et menace Buonomo. Les deux hommes se disputent et Buonomo vide les lieux sans demander son reste. Cherkaoui se retrouve seul. Il décide d'en finir et d'emmener sa femme et sa fille avec lui.

— Et une fois hospitalisé, il fait des efforts surhumains pour se lever de son lit, voler les vêtements d'un toubib et disparaître ? Au lieu de chercher dans les couloirs de l'hôpital de quoi mettre un point final à son histoire ? Il n'avait pas besoin de chercher, d'ailleurs : dans son état, grimper un étage et ouvrir une fenêtre suffisait largement. »

J'hésitai encore une fois à raconter à Rochac ma rencontre avec Cherkaoui. Quelqu'un toqua à la porte.

Dormoy, le directeur adjoint de la PJ, passa une tête. « Je ne dérange pas ? J'étais avec Girardi. Ses gars ont fait un saut à l'aéroport. Buonomo a payé son billet en cash quelques minutes avant le décollage. D'après la fille du comptoir d'Air Corsica, qui a appelé le collègue de service ce jour-là, il était, je cite, "défoncé" et puait l'alcool. Son portable a borné une dernière fois à Marignane. Depuis, silence radio. »

Nous étions bien avancés.

Une visite à l'hôpital ne m'apprit rien de plus sur l'état de Mustapha. Ses jours n'étaient pas en danger mais les séquelles de son passage à tabac, potentiellement irréversibles. Près d'une semaine après sa raclée, il émergeait péniblement, se réveillait pendant deux minutes et replongeait dans un sommeil comateux. Sur la table de nuit de son box au service des soins intensifs, quelqu'un avait posé un petit bouquet d'azalées et une boîte à gâteaux couleur pistache de la pâtisserie Ghisoni. À l'intérieur, le cake poire-châtaigne était intact. Je laissai tout en ordre et pris la direction de la sortie.

Sans savoir pourquoi, je roulai pendant un petit moment sur la route territoriale. La pluie floutait le paysage, réduit aux oscillations lumineuses des phares et au décor tremblant à travers le pare brise, panneaux vantant les promotions immobilières en cours, enseignes de stations-service, magasins discount.

Le chauffage de la Saxo poussé à fond, je pensai à Buonomo et Cherkaoui.

Par quoi les deux hommes étaient-ils liés ?

Massa.

Pourquoi étaient-ils liés ?

Aucune foutue idée.

Je garai la voiture sur le parking d'une station-service et restai plusieurs minutes assis derrière le volant en essayant de me concentrer sur l'enchaînement de causes et de circonstances qui avaient précipité deux vies innocentes dans un tourbillon de violence.

Primo, Cherkaoui aux abois, les vivres coupés par son ancien bienfaiteur François Massa.

Secundo, Cherkaoui bourré de coke, qui jette par les fenêtres le fric qu'il ne possède plus.

Tertio, Buonomo, ex-taulard et voyou de dernier rang, bosse pour le même Massa. Lui aussi prend de la coke.

Quarto, Cherkaoui *et* Buonomo disparaissent.

Un coup à la vitre me ramena à la réalité. Penché à la fenêtre côté conducteur, le visage du gérant de la station-service m'interrogeait sous la visière d'une casquette rouge. Je plongeai la main dans la poche intérieure de mon pardessus, le pompiste recula en levant les mains. Ma carte de flic apparut à la vitre. L'attitude du bonhomme changea aussitôt. « Il se passe quoi ? C'est quoi, le problème ? » fit-il. D'un signe de la main, je lui fis comprendre qu'il n'y en avait aucun et démarrai aussitôt. Dans le rétroviseur, la silhouette s'éloigna, petit bonhomme rouge à l'air furax, aux poings collés aux hanches.

Je fis demi-tour vers Bastia avec l'intention de m'arrêter en chemin.

Quelqu'un pouvait m'aider à y voir plus clair.

23

Les bureaux de Sonia Mattei étaient situés au premier étage d'un immeuble moderne jouxtant le plus grand centre commercial de la région, à vingt minutes en voiture au sud de Bastia. Le bâtiment, à la façade de verre teinté, s'insérait parfaitement dans un décor de restaurants pseudo-branchés pour VRP, de magasins de vêtements et d'articles de sport disséminés entre les branches du carrefour sur lequel veillait le gigantesque hypermarché et ses dépendances : une longue enfilade de hangars, de bureaux administratifs et un quai de déchargement qui accueillait un ballet ininterrompu de semi-remorques venus y décharger leur marchandise à toute heure du jour et de la nuit.

L'immeuble où Sonia avait installé le siège de sa société profitait de la proximité du parking de la grande surface et présentait l'avantage de la discrétion. De l'extérieur, personne ne pouvait deviner qu'il abritait les bureaux de plusieurs sociétés privées et d'une succursale bancaire. Je me garai près d'un abribus et vérifiai que je n'avais pas reçu de nouveau message sur mon portable avant de me diriger vers l'entrée.

Passé une sorte de portique électrique qu'on actionnait en appuyant sur un interrupteur, le hall révélait une vaste pièce au sol recouvert d'un revêtement rouge lustré avec soin. Sur le mur de gauche, une rangée de boîtes aux lettres permettait de se faire une idée des sociétés qui avaient installé leur siège dans l'immeuble. Outre le « Service Gestion grands comptes » d'une banque, presque toutes relevaient du secteur immobilier. La troisième boîte, la plus imposante, supportait une plaque de métal poli indiquant « Island Luxury Invest ».

Sur le côté droit, près d'un mur paré d'un coffrage imitation bois et orné de lithographies de marines et de villages grecs, une volée de trois marches menait à un ascenseur invisible depuis le hall. En pressant la touche 2, on accédait directement aux bureaux d'« Island Luxury Invest ».

Inutile de m'annoncer : dès le rez-de-chaussée, l'œil indiscret d'une caméra de vidéosurveillance avait suivi mes mouvements et signalé mon arrivée. Une secrétaire vêtue d'un chemisier blanc et d'une jupe crème m'attendait à la porte de l'ascenseur, ses bras refermés sur un épais dossier en carton vert. C'était une mignonne petite chose consciente de ses charmes mais décidée à ne pas en abuser. Son attitude, avec sourire de circonstance et poignée de main ferme, n'aurait laissé aucune chance à un champion olympique de drague. « Je suis Rosalie, annonça-t-elle, l'assistante de Mme Mattei. »

J'acquiesçai en lui rendant son sourire, elle me fit signe de la suivre le long d'un couloir où une épaisse moquette marron clair étouffait le claquement de ses talons hauts. Suspendues aux murs, des lithos richement encadrées représentaient des *diners* américains et des stations-service solitaires perdues au fin fond d'une cambrousse dans le midwest, le genre de toiles qu'appréciaient sans doute les clients d'« Island Luxury Invest », une vision de l'art inachevée entre le médiocre et l'acceptable, avec vue panoramique sur une Amérique de carte postale.

Au bout du couloir, Rosalie m'ouvrit la porte d'une salle d'attente équipée d'une machine à café en libre-service et d'un minibar copieusement garni. La secrétaire m'indiqua un siège et me pria de l'excuser : dès que Sonia serait libre, elle me conduirait à son bureau. Puis elle referma la porte sur son sourire contractuel.

Sur la table basse en bois clair, trois piles de magazines économiques voisinaient avec des brochures promotionnelles vantant les charmes de « l'investissement sécurisé et défiscalisé en Corse ». D'autres prospectus sur papier glacé, identiques, étaient rédigés en caractères cyrilliques. J'en consultai un ou deux, y retrouvai d'une page à l'autre le même charabia sur le caractère « avantageux » de certains « produits », l'importance de « l'économie résidentielle » pour le « développement local ». Au bout d'un moment, je m'aperçus que je ne lisais plus rien. J'étais fébrile à l'idée de revoir Sonia.

« Tu te remets ? » demanda-t-elle en me claquant la bise, une main posée sur mon épaule. Elle portait un pantalon noir, une chemise immaculée au col échancré, de hauts talons et une veste noire probablement signée d'un créateur. Un solitaire était monté sur une bague en or rose qu'elle portait à l'annulaire droit. L'endroit respirait le luxe, revu et corrigé par un décorateur d'intérieur pour parvenus : vaste bureau de bois laqué blanc, petit salon attenant meublé de fauteuils en cuir fauve, chaîne hi-fi dernier cri et, suspendu au mur clair à la baie vitrée qui donnait sur le parking du centre commercial, un téléviseur de la taille d'un écran de cinéma. À l'image, une présentatrice de chaîne info articulait des paroles muettes tandis que des squelettes ambulants à la peau noire s'entre-piétinaient au cul d'un camion de la Croix-Rouge.

Sonia me désigna un siège en souriant puis se dirigea vers la machine à expresso dissimulée derrière un panneau de bois près du home cinéma. Elle s'approcha, posa deux tasses à café en métal argenté sur la table et ouvrit le couvercle d'un sucrier en plastique jaune. Elle me sourit, fit tomber deux sucrettes dans sa tasse et souffla sur le bord.

« J'imagine que ce n'est pas une visite de courtoisie, fit-elle mine de regretter.

— Ça pourrait.

— Mais ce n'est pas le cas.

— On patauge, Sonia. »

Elle prit une gorgée de café.

« Mohamed ou l'affaire de la femme à Petralonga ?

— *Les* femmes. Tout le monde se fout de la première mais il y en a deux. En l'occurrence, je parle de Cherkaoui. Est-ce que le nom de Buonomo te dit quelque chose ? David Buonomo. »

Elle fronça les sourcils, l'air déboussolé.

« Désolée, ça ne me parle pas. Qui est-ce ?

— On a trouvé de l'ADN sur l'arme utilisée pour…

— Le fusil de Mohamed.

— On ne sait pas si c'est le sien mais peu importe, la question n'est pas là.

— Excuse-moi mais j'ai du mal à te suivre. D'abord

Cherkaoui te file entre les doigts. Maintenant, tu m'annonces que le fusil qu'il a utilisé pour tirer sur sa femme et Lia n'est peut-être pas le sien, qu'un ADN… Je ne comprends plus rien. Que se passe-t-il?

— C'est ce que j'essaie de savoir. L'ADN est celui d'un certain David Buonomo, une petite frappe.

— Et tu penses qu'il est lié à toute cette histoire?

— On n'en sait rien…

— … Et que Mohamed est peut-être innocent?

— Il reste le principal suspect, surtout depuis qu'il s'est évadé de l'hôpital. Dans le cas contraire, il aurait tout expliqué en se réveillant.

Sonia repoussa sa tasse vers le plateau. Elle rajusta le couvercle du sucrier en cherchant ses mots.

« Tu ne me dis pas tout, n'est-ce pas? Je ne pense pas que tu serais passé me faire coucou, ni me raconter les derniers développements de l'enquête si tu n'avais pas une bonne raison de le faire. »

Sa voix me renvoya un écho de la conversation avec Mustapha. « Tu te sers de tout le monde. » Je m'adressai un reproche muet.

« Ce Buonomo travaille pour François Massa, Sonia. Et tu connais bien Massa. »

Elle hocha la tête.

« Exact. Je connais bien Massa et je crois t'avoir tout dit à propos des relations entre Mohamed et lui. Mais je ne connais pas ce Buonomo. Tout ce que je sais, c'est que François Massa ne se salit jamais les mains. Il laisse aux autres le soin de le faire à sa place. »

Je n'insistai pas. Sonia n'avait rien à voir dans cette affaire et je ne tenais pas à l'y embarquer. La conversation roula sur des banalités et je pris congé au bout d'un petit moment, convaincu qu'elle n'avait aucune envie que je m'attarde.

Je passai à la supérette sur la route vers Saint-Florent pour réapprovisionner mon stock de Colomba, ajoutai au panier trois tranches de jambon et une nouvelle brosse à dents puis me mis à chercher une place devant chez moi.

Je manœuvrais la Saxo lorsque je remarquai la berline noire garée plus haut dans le virage. Une silhouette immobile se découpait à travers le pare-brise. Je connaissais toutes les voitures utilisées par mes voisins et aucun d'eux ne possédait ce modèle. Les phares de l'Audi A8 trouèrent la nuit pluvieuse, la voiture déboîta puis se mit à rouler au pas dans ma direction. Je me contorsionnai pour ouvrir la portière côté passager, passai d'un siège à l'autre en tirant mon Sig de son étui et m'abritai derrière la carrosserie, sur le trottoir. En passant au ralenti devant moi, Alex Luciani, l'homme de main de Massa, ne chercha même pas à dissimuler son visage.

24

Les cinq Colomba éclusées devant mon écran géant m'avaient remis les idées en place. J'avais siroté les bières, aussi glacées que les doigts de la mort, en regardant James Caan préparer le braquage du siècle à l'aide d'une sorte de gigantesque chalumeau pour coffre-fort. À la fin, il expédiait *ad patres* des malfrats venus le flinguer et démontrait que l'existence précède l'essence en faisant flamber tout ce qu'il possédait à coups de torchons enflammés et de bidons de kérosène. Passablement bourré, je m'étais fourré au lit après le générique pour me laisser glisser dans un sommeil sans rêves – une aubaine.

Le petit matin m'avait surpris frais et dispos bien avant le lever du soleil, qui se contenta d'une aumône d'apparition au-dessus de l'île d'Elbe et se planqua aussitôt dans une épaisse masse nuageuse, laissant le ciel sans vie ni couleur.

Je me brossai les dents, fis un brin de ménage pour la première fois depuis des lustres et pris une douche tiède en frissonnant. Puis j'enfilai une chemise au col douteux, passai un pull à la couleur indéfinie et un pantalon noir. Je vérifiai le chargeur de l'automatique, glissai l'arme dans ma ceinture et je pris la direction de la zone industrielle.

Un camion venait de franchir l'entrée et la double barrière était encore levée. Mon pied frôla l'accélérateur, la Saxo bondit à l'intérieur de l'enceinte et l'agent de sécurité dut faire une passe de toréro pour éviter le museau de la bagnole. Je la garai de traviole sur le parking de la S.A. Massa, l'agent cria dans mon dos et je m'engouffrai dans l'immense hall. Le sourire de l'hôtesse d'accueil se figea lorsqu'elle me vit débouler vers elle.

« L'ascenseur. Vite. » Elle tenta de protester, je lui arrachai son oreillette. « Dépêchez-vous ou je reviens avec dix collègues en tenue », dis-je en la poussant devant moi. Elle essayait de garder une certaine dignité mais je pouvais sentir la trouille s'emparer d'elle. Elle passa la main sur le lecteur optique, les portes de l'ascenseur coulissèrent.

Au premier étage, elles s'ouvrirent au moment où son double masculin se précipitait dans le couloir à ma rencontre. Il tenta de m'agripper le bras, je me dégageai d'un mouvement et ses doigts accrochèrent le tissu de mon trench-coat fatigué. Je me retournai, lui coupai la respiration d'un coup de poing en plein plexus. Il ouvrit ses yeux en billes de loto, plaqua ses mains sur sa poitrine en cherchant son souffle, plié en deux. Je me penchai sur lui. « On avait dit : "Pas les fringues." »

Puis je traversai le couloir jusqu'à l'imposante double porte du bureau de Massa. Je cognai. Pas de réponse. « Police. Ouvrez. » Un déclic. La double porte s'entrouvrit, révélant la silhouette d'Alex Luciani. Ma main écarta les pans de mon imper et agrippa la crosse de l'automatique dans mon dos. « *Ferma ti quì o ti cargu di piombu*[1].» Luciani recula sans me quitter des yeux, paumes tournées vers moi. Debout derrière son bureau design, François Massa me regardait.

« Qu'est-ce que vous faites ?

— Asseyez-vous. Luciani, tu dégages. »

Massa fit à Luciani un signe de tête et l'homme de main se dirigea vers la porte d'un pas lent. Il disparut dans le couloir. La voix de Massa siffla.

« Avant d'appeler mon avocat et le directeur de cabinet du préfet, je veux savoir de quel droit vous vous permettez de débarquer chez moi, dans mon entreprise, et brutaliser mon personnel. Vous vous croyez où ?

— Dans le bureau de l'enfoiré qui me fait suivre par ses sbires.

— Je ne sais pas de quoi vous parlez.

— Luciani, votre chien de garde. Il planquait devant chez moi hier soir. Pourquoi ? »

Massa ricana.

« Je ne sais même pas où vous habitez. Quant à Alex, il est libre d'aller où il veut lorsqu'il a terminé sa journée de travail.

— Et il fait quoi, exactement, comme boulot ? »

Massa réfléchit un instant.

« Conseiller.

— En quoi ? Filatures et cassages de bras ?

— Conseiller, *punt'è basta*[2]. Je ne vois pas en quoi ça vous regarde. Ce n'est pas une administration, ici, c'est une boîte privée. J'embauche qui je veux, quand je veux.

---

1. « Ne bouge plus ou je te crible de balles. »
2. « Point final ».

— Comme Buonomo ? »

Massa se raidit. Trop tard pour essayer de jouer l'indifférence. Je poussai l'avantage.

« Il entre et sort de taule, son nom clignote en rouge sur nos ordinateurs mais ça ne vous a pas dérangé lorsque vous l'avez engagé il y a presque un an. Je vous repose la question : pourquoi un toxico et un braqueur raté comme Buonomo travaille-t-il pour vous ? »

Les doigts de Massa tapotèrent un court moment sur la table.

« Pourquoi cette question ?

— Parce qu'il est dans de sales draps. Et vous aussi, peut-être. »

« J'ai mes œuvres, figurez-vous, dit Massa après un moment. Buonomo est le neveu d'un ami de longue date. Félicien Agostini. Il tient une paillote à Ajaccio, le Bella Vita. C'est aussi quelqu'un d'important à mes yeux, pratiquement la famille. Il y a un peu plus d'un an, Buonomo lui a promis qu'il se mettait au vert pour de bon. Il sortait de prison et avait besoin de garanties, d'un emploi. J'ai accepté.

— Aucun rapport avec le fait que Félicien Agostini soit l'époux de la responsable des marchés publics à la mairie d'Ajaccio, je suppose ?

— Je n'ai pratiquement aucun marché avec la mairie et Myriam est aussi une amie de longue date. C'est même moi qui lui ai présenté Félicien il y a vingt-cinq ans.

— Que fait Buonomo pour vous ?

— Rien.

— Rien ? »

Massa passa ses mains sur son visage.

« Vous débarquez ou quoi ? Je fais ce que tous les autres font : je donne un emploi de complaisance à un type qui en a besoin, un an ou deux, payé au Smic. Ma boîte en a les moyens. Ce qu'il a pu faire avant, ce n'est pas mon problème. Je le remets juste en selle pour rendre service. Le tout, c'est qu'il se tienne à carreaux. C'est raté.

— Pourquoi ?

— Ne me prenez pas pour un imbécile. Si vous êtes venu ici, vous savez que Buonomo a disparu depuis une dizaine de jours. Pas la peine de préciser que j'ignore complètement où se trouve ce mange-merde. Si ça ne tenait qu'à moi, je ne lui aurais même pas donné l'heure. »

Si Massa jouait au poker menteur, il était sacrément doué. Son couplet sur l'amitié sonnait juste. Par ici, des tas de boîtes prospères employaient des mecs peu recommandables, pour s'acheter une tranquillité ou utiliser le carnet d'adresses d'anciens natios ou de truands au vert entre deux combines. Certains patrons le faisaient aussi au nom de vieux liens d'amitié ou de la solidarité villageoise. Massa ne dérogeait pas à la règle. Mais cette fois, on parlait de deux meurtres.

« Vous ne trouvez pas que beaucoup de gens de votre entourage ont tendance à disparaître subitement, monsieur Massa ?

— De qui parlez-vous ? De Cherkaoui ? Cette pourriture a flingué sa bonne femme et sa gamine et vous l'avez laissé s'enfuir. Buonomo ? C'est une cloche, un bon à rien. Qu'est-ce que j'ai à voir dans toute cette merde ? »

Il fit une pause. Leva un doigt.

« Vous savez combien de personnes j'emploie ? Combien de familles je fais bouffer sur cette île ? Vous en avez la moindre idée ? Je traite tous les jours avec des dizaines de personnes, du bas en haut de l'échelle, des ouvriers, des élus, des préfets et des partenaires commerciaux qui pèsent des dizaines de millions. Et vous venez me parler de deux tocards finis qui sont entrés dans ma vie par hasard ? »

François Massa attendit quelques secondes avant de continuer.

« Nous en avons terminé, dit-il. Je pense que je vais passer ces coups de fil et expliquer à mon avocat et au préfet qu'un policier a fait irruption sur mon lieu de travail pour passer à tabac mes collaborateurs et me menacer.

— Faites, je vous en prie. Et nous reviendrons avec voitures siglées, deux-tons, uniformes, tout le cirque. Peut-être même qu'un flic imprudent aura parlé trop fort à côté d'un journaliste et qu'une ou deux caméras feront le voyage. Au JT de ce soir, il y aura de belles images et votre nom pas loin de celui de Buonomo et de Cherkaoui, les deux tocards. »

Massa se leva de son fauteuil et enfonça les mains dans les poches de son pantalon sur mesure, le même geste que je l'avais vu faire lors de notre première rencontre. Il hocha la tête, son regard enfoncé dans le mien.

« Je me suis renseigné sur votre compte. Vous êtes la dernière roue du carrosse, un flic alcoolo qui récupère la merde dont personne ne veut. Si vous pensez pouvoir me casser les couilles avec vos idées fixes, vous n'avez pas idée de l'endroit où vous avez foutu les pieds, monsieur… Monsieur quoi, d'ailleurs ?

— Pour vous, ce sera *capitaine*. Une dernière chose : si je croise encore votre conseiller Luciani à moins de cinq cents mètres de moi, je lui fais sauter la tête, je mets un calibre sale dans sa main et je plaide la légitime défense. Personne ne le pleurera. Ça vaut aussi s'il s'approche de Sonia Mattei. Vous êtes prévenu. »

Les yeux de Massa s'étrécirent.

« Le flic à la ramasse et la camée repentie. Un charmant petit couple. »

Sur le chemin du retour, je passai un coup de fil à Sonia pour m'excuser de mon attitude de la veille. Elle ne décrocha pas. J'essayai de contacter Janek pour l'aviser de ma décision d'informer Rochac de la piste Markov. Mais son téléphone aussi sonna dans le vide. Je roulai sous la pluie, cherchant le courage de me pointer à l'hôtel de police, gagner le bureau de Rochac et lui balancer toute l'histoire.

La pluie cessa brusquement lorsque j'abordai le tunnel de Bastia.

En allumant la radio, j'appris la mort de Mohamed Cherkaoui.

25

L'Hacienda n'était plus qu'une ruine mais, au début des années 70, le bar-restaurant-hôtel-dancing avait été un endroit à la mode, où des serveuses déguisées en cow-girls, avec jupettes en jean et gilets de daim à franges made in Taïwan servaient des pseudo tacos et des variations locales de plats mexicains avec chili con carne au figatellu, haricots rouges et sauce piquante. Le vendredi soir, un groupe de musiciens amateurs venu d'un village voisin jouait les mariachis d'opérette et grattouillait tant bien que mal *Guajira guantanamera* – le Mexique ou Cuba, après tout, c'était à peu près la même chose. Les petits employés de la région, les collègues de bureau, les filles célibataires adoraient cet endroit décontracté où personne ne se prenait trop sérieux, où les bellâtres du coin la jouaient Clint Eastwood en mâchouillant des cigarillos entre deux bières, accoudés au comptoir de planches en bois brut.

Mais au tournant des années 80, la mode avait brutalement viré de Fort Apache au fluo et l'air du temps avait dispersé les fantasmes de western aux quatre vents. Dans les chambres des playboys du coin, les posters de Sonny Crockett et Ricardo Tubbs avaient remplacé ceux de *Mon nom est personne* et de James Coburn. Les filles avaient jeté leurs chemises en jean et enfilé des micro-jupes à damier, les garçons troqué leurs santiags contre une paire de Vans et des spencers à épaulettes et tout ce beau monde avait mis le cap sur les paillotes de la côte pour se saouler à coups de cocktails multicolores, écouter du *Wham* et prendre des bains de minuit en slip moule-pine couleur anis. L'Hacienda avait subi une lente hémorragie de sa clientèle et fermé ses portes après une éphémère tentative de reconversion en thé dansant du dimanche.

Le bâtiment était situé près de la quatre-voies, à cinquante kilomètres au sud de Bastia, une sacrée trotte pour un fugitif amoché et pressé d'écourter son passage dans cette vallée de larmes.

Avant d'y arriver, j'empruntai une bifurcation qui quittait la route territoriale pour s'enfoncer à travers des plantations de clémentines et d'avocats, un paysage jalonné d'habitations toutes semblables, avec allée de gravillons, jardins décorés de portiques de jeux pour enfants et haies de lauriers roses. La piste atteignait un terre-plein creusé de rectangles profonds d'une cinquantaine de centimètres où une chape de béton avait été coulée sur un treillis de tiges métalliques. À l'opposé du chantier, deux préfabriqués faisaient face à un empilement de palettes entre lesquelles reposaient des dizaines de tubes d'acier dont l'utilité m'échappait totalement.

Les averses des dernières semaines avaient transformé le chantier en bourbier. L'eau de pluie s'infiltrait au fond des fosses en ruisselant le long des parois de quelques constructions inachevées, creusant dans la terre d'un ocre très clair des rigoles aux bords plus sombres. Des amalgames de boue durcie et de brindilles formaient des excroissances semblables à des tumeurs efflorescentes au pied de planches de coffrage dressées à la diable. Une bâche en plastique vert et bleu lestée de pierres et de morceaux de béton protégeait un compresseur électrique et un groupe électrogène maculés de taches de peinture blanche. Sur un seul côté du chantier, un mur de parpaings nus courait jusqu'à deux piquets de bois surmontés d'un panneau en agglo qui annonçait « Ici, bientôt, lotissement *U sognu*[1] ».

La pluie avait opportunément effacé le numéro du permis de construire et le nom de certaines entreprises employées sur le chantier – une spécialité locale.

Cent mètres plus loin, on accédait à l'Hacienda en passant sous une sorte d'arche couverte de tuiles courbées. L'arche portait une enseigne en relief où manquaient plusieurs lettres rouges. Elle marquait l'entrée d'un vaste parking situé en face du corps principal du bâtiment, composé d'une salle de restaurant à l'avant et des cuisines, à l'arrière. Non loin étaient stationnées une fourgonnette de la gendarmerie et deux voitures banalisées. L'une d'elles était la Peugeot de fonction de Rochac.

En contournant le parking par la droite, on parvenait à l'entrée du restaurant, à présent condamnée par un mur de parpaings. De là, en suivant une allée bordée d'une végétation luxuriante qui avait poussé à l'endroit où une ancienne canalisation d'égout avait explosé, on pouvait aborder l'escalier de service et une entrée indépendante. Un mur d'enceinte blanchi à la chaux, à présent craquelé et fissuré, courait le long du périmètre. À l'étage, le long

1. « Le rêve ».

d'un balcon dominant le parking, on pouvait apercevoir les volets roulants des fenêtres à moitié bouffés par la rouille.

Le silence était seulement troublé par le goutte-à-goutte d'une pluie indécise et le ronflement ininterrompu des semi-remorques filant le long de la quatre-voies. L'allée qui menait à l'entrée du restaurant avait été obstruée par un mur de parpaings dont quelqu'un avait démoli la partie supérieure. Je me penchai sur les gravats éparpillés au sol, des morceaux de ciment gros comme le poing fracassés à coups de masse et quelques briques rouges détachées de la façade du restaurant. À travers l'ouverture, on pouvait apercevoir un couloir encombré de planches pourries et de sacs de ciment éventrés. Au bout du couloir, un rai de lumière tombait de l'étage supérieur sur le plancher défoncé, illuminant une charogne de chat dont les poils raidis faisaient penser à ceux d'un porc-épic. Les lieux puaient, un mélange d'odeur de bois mouillé, de renfermé et de décomposition.

Au téléphone, Rochac m'avait prévenu : « Montez directement au premier. Les gendarmes m'ont dit qu'il a été trouvé là-bas. J'y serai déjà. » Je m'engageai dans le couloir aux murs couverts de tags obscènes, vestiges d'une génération de squatters et de camés qui avaient élu domicile à l'Hacienda depuis sa fermeture. Sur le sol, des tessons de bouteilles de bière brisées voisinaient avec des capotes usagées et une bouillie brune de papier toilette souillé.

Il me fallut cinq bonnes minutes pour parvenir de l'autre côté du bâtiment, à l'endroit où l'entrée de service donnait sur les cuisines. Deux des planches qui condamnaient la porte étaient brisées à hauteur d'homme. Elles avaient été enfoncées récemment : des échardes sèches tranchaient sur le gris sale du bois humide. La porte défoncée ouvrait sur un corridor.

À gauche : une pièce minuscule, probablement l'ancienne salle de repos du veilleur de nuit. Des fils électriques pendaient du plafond. Dans un coin, un vieux téléviseur couvert de poussière était posé sur une table basse, devant un tapis couvert de moisissures. Appuyé au mur, un matelas déchiré vomissait sa bourre d'un jaune douteux.

J'avançai dans le couloir en essayant d'éviter les cadavres de bouteilles d'alcool, les gravats, un fauteuil en cuir marron à l'assise percée par ses propres ressorts et, juste avant de parvenir à une volée de marches qui menait à l'étage, un synthétiseur aux touches couvertes de poussière, souvenir des folles soirées d'antan.

Au bout du couloir, un passage permettait d'accéder à l'ancienne salle de restaurant, étonnamment préservée du chaos ambiant avec ses tables alignées et ses chaises couvertes de toiles d'araignée. Certaines étaient posées à l'envers sur les tables, d'autres empilées près de l'ancien comptoir. Quelques bouteilles rescapées de la débâcle étaient posées sur des étagères branlantes, alcools oubliés, flasques de whisky au ventre rebondi, bouteilles de Mescal aux étiquettes ornées de cactus.

Je fis le tour de la salle, poussai jusqu'aux anciennes cuisines dont l'entrée était à présent condamnée puis revins sur mes pas jusqu'au couloir. La bâtisse semblait capter le moindre bruit pour le retenir entre ses murs et l'engloutir dans une dimension privée du moindre son.

Je gravis les marches. Une mouche se mit à

bourdonner autour de mon visage. Puis une autre. Bientôt, un essaim vrombissant vrillait le silence tandis que la puanteur me prenait à la gorge.

Du cadavre de Mohamed Cherkaoui, je ne veux me souvenir d'aucun détail. Lorsque j'y repense, j'imagine seulement un tas de viande avariée empaqueté dans de vieux chiffons au fond de la chambre d'un hôtel désaffecté.

« Pas beau à voir, hein ? avait demandé Rochac à mon arrivée. Des squatters l'ont trouvé, un couple de saisonniers. Ils ont fait le mauvais choix de rester ici après les beaux jours. »

Le commissaire se tenait debout à l'entrée de la pièce, emmitouflé dans une gabardine grise, un mouchoir plaqué sur le nez. Près de lui, deux gendarmes respiraient bruyamment par la bouche.

« À part eux, dit Rochac, personne n'a mis les pieds dans la pièce. L'IJ est en train d'arriver. J'ai essayé de vous joindre plusieurs fois, ça ne répondait pas.

— Pas eu d'appels.

— Peu importe. Vous voilà. Et on dirait que l'affaire Cherkaoui est réglée. »

Je risquai de nouveau un œil dans la pièce. Le corps reposait dans un coin, près d'un lit en fer, sous une fenêtre barrée par plusieurs planches. Ce qui lui restait de visage était tourné vers nous. Une paupière noire et gonflée fermait totalement son œil gauche, comme une énorme prune pourrie posée en plein milieu de sa figure. Son œil droit, grand ouvert, paraissait scruter un détail microscopique sur le sol. Autour de son cadavre, des mouchetures de sang dessinaient une galaxie de taches sombres sur la moquette pourrie, décollée par plaques. L'odeur qui montait du corps était insoutenable.

« On sait à peu près ce qui est arrivé ?

— Pas encore. Les squatters ont dit qu'il tenait une arme mais on ne la voit pas d'ici. Regardez au-dessus de sa tête. Le mur. »

Une giclure brunâtre maculait la peinture écaillée.

« Pourquoi venir se flinguer ici ?

— Allez savoir, soupira Rochac.

— La suite des opérations ?

— Je n'en sais rien. Officiellement, Cherkaoui était recherché pour le double homicide de son épouse et de sa petite fille. Je suppose que son suicide règle la question.

— Version officielle ? »

Rochac leva un sourcil.

« Vous en connaissez d'autres ?

— Non, monsieur.

— Alors, va pour le suicide. »

Il fouilla dans la poche de son imperméable, en tira son téléphone portable.

« Le proc », dit-il en s'éloignant de quelques pas.

26

L'air frais du petit matin gonflait les rideaux opaques de ma chambre à travers la fenêtre restée ouverte. Avant le lever du jour, j'avais déjà enchaîné les cigarettes et avalé deux mugs de café assis à la table de la cuisine, en faisant de mon mieux pour éviter tout contact prolongé entre mes orteils et le carrelage gelé.

La radio avait donné les détails de la mort de Cherkaoui. La voix d'Allary, « avec toutes les précautions d'usage à ce stade de l'enquête », avait précisé que l'entrepreneur s'était probablement donné la mort après plusieurs jours d'errance et de culpabilité. La veille, de retour de la scène de crime, j'avais essayé d'appeler Sonia une nouvelle fois pour l'avertir de la découverte du corps de Mohamed Cherkaoui mais elle devait déjà être au courant. Elle n'avait pas davantage répondu que les fois précédentes. Rochac m'avait annoncé que l'affaire était réglée mais qu'on continuerait à tenter de mettre la main sur David Buonomo pour vérifier son emploi du temps. Le consulat du Maroc menait des recherches de son côté pour retrouver la famille de Cherkaoui du côté de Nador et organiser ses obsèques. Celles de Lia et Samia avaient eu lieu six jours plus tôt : mère et fille avaient été rapatriées au pays par la belle-famille de Cherkaoui pour y être ensevelies. Tout le monde avait intérêt à boucler le dossier le plus tôt possible et le ranger bien proprement sur une étagère des archives judiciaires.

Rochac savait pertinemment que la version officielle du proc ne tenait pas debout. Mais elle présentait l'avantage de satisfaire à peu près tout le monde. Un entrepreneur pris à la gorge et passablement déphasé par la coke avait buté sa petite famille avant d'en finir avec sa misérable vie, point final. Il ne restait plus qu'à laisser l'histoire se raconter d'elle-même aux comptoirs des cafés, le journal déplié sur un titre racoleur.

Un fil reliait Massa et Buonomo, Buonomo et Cherkaoui, Cherkaoui et Massa. Et, au milieu de tout ça, un inconnu qui m'avait sauvé la vie en sautant sur Mohamed Cherkaoui au moment où il s'apprêtait à me tirer une balle en plein visage.

Je terminai mon café et m'installai à mon bureau encombré de factures et d'avis d'impayés, de lettres des impôts menaçant de saisir mes comptes bancaires – comme si j'étais le genre de type à en posséder plusieurs. Le plateau du bureau, autrefois immaculé, était à présent constellé de sillons noirs creusés par des mégots oubliés, de taches de café.

J'avais carbonisé des nuits entières derrière ce bureau, à passer en revue les sites d'associations de disparus, cherchant à comprendre l'inexplicable dans les témoignages de familles brisées. Certains sites donnaient des conseils de recherche, d'autres apparaissaient comme l'initiative d'escrocs cherchant à récolter des fonds et les derniers proposaient une vision panoramique sur le pathos, d'interminables forums où des maniaques du détail et des voyeurs obsessionnels enchaînaient des discussions sans logique pour retrouver la trace d'une ado fugueuse, d'un vieillard au cerveau rongé par Alzheimer.

L'enquête officielle, ouverte à ma demande, n'avait mené à rien. Les semaines, les mois avaient fini par passer. « Grain de beauté sur l'arête du nez côté droit, yeux en amande, peau sombre » : sa photo, ses mensurations et ses signes particuliers étaient allés grossir le fichier des personnes adultes disparues, l'antichambre de l'oubli. J'avais écumé l'île, de la salle de sport où elle prenait ses cours de gym au village où elle rejoignait parfois sa meilleure amie pour un week-end entre filles. J'avais interrogé des centaines de personnes, exhibant des photos d'elle à tous les âges, gosse au visage fermé dans un foyer d'accueil, ado aux cheveux bouclés vêtue d'une chemise verte à carreaux bleus puis jeune femme, belle comme le jour, portraits en pied, photomatons, tout ce que j'avais pu récolter.

Pour seule moisson : regards perplexes et mines navrées – « Désolé, ça ne me dit rien », « Elle est noire ou arabe, en fait ? Antillaise ? Non connais pas ». J'avais tenu bon, espéré, prié tous les dieux avant de les maudire et les prier encore entre deux cuites carabinées. J'avais parcouru des kilomètres et des kilomètres, dans tous les sens, poussé mes recherches sur le Continent, dans les instituts et à l'orphelinat où elle avait été recueillie encore bébé.

Un an après sa disparition, son père adoptif m'avait laissé parler longtemps au téléphone, du même débit fiévreux qui accompagnait chaque nouvelle piste. Puis il avait lâché : « Laissez tomber. Elle ne reviendra plus. Ni pour vous, ni pour nous. » Et il avait raccroché, me laissant suspendu entre deux mondes, flottant comme un grain de poussière dans la lumière triste du soir.

Au troisième mug de café léger, le soleil se mit à lutter désespérément pour percer la couche de nuages décolorés qui pesait sur la mer. Pendant quelques minutes, l'horizon se couvrit d'une ligne pourpre et le ciel, traversé de lueurs roses et dorées, parut sur le point de s'avouer vaincu. Puis les premières gouttes de pluie cognèrent à la fenêtre de ma chambre et le paysage retrouva ses teintes délavées, un monde monochrome sans reliefs ni aspérités.

La radio cracha ses pubs pour pièces détachées, un énième politicard invité des journaux du matin déversait sa bile sur le camp d'en face, coupable « d'atermoiements » et accusé de « louvoyer ». Chaque chose retrouvait sa place, déjà répétée des milliers de fois. Même l'interviewer vedette de la station de radio bâclait ses questions comme s'il n'y croyait pas davantage qu'aux réponses de son interlocuteur. Puis le flash-info annonça que des manifestations avaient encore dégénéré la veille du côté de Toulouse où d'importantes forces de l'ordre avaient été mobilisées pour contenir la fureur des Gilets jaunes.

C'est à ce moment que j'entendis le mot.

Un seul mot.

Huit putains de lettres, étalées sous mes yeux depuis le premier jour.

27

Le planton à l'accueil était aussi réveillé qu'une marmotte sous Lexomil. C'était un gros bonhomme qui pensait déjà à la retraite lorsqu'il avait vingt ans et dont tous les flics du coin raillaient l'embonpoint.

« Vous êtes tombé du lit ?

— J'ai un truc à vérifier. Au bureau.

— Si c'est pour moi, vous pouvez y passer le dimanche. Les CRS m'ont ramené trois poivrots cette nuit et j'attends les collègues du matin. Pratiquement pas dormi. Vivement la quille, pas vrai ? »

Je ne perdis pas de temps à lui répondre et m'engouffrai dans l'escalier. Il empestait un parfum de framboise synthétique.

Sur mon bureau, je retrouvai le dossier des homicides Mosconi-Turchi, posé en évidence près de mon ordinateur.

Sans m'asseoir, je l'ouvris : procès-verbaux de constatations, photos de situation, vues du cadavre de Paola Mosconi sous différents angles, visage bleui de Marie-Catherine Turchi, auditions.

Je trouvai celle qui m'intéressait et la parcourus d'une traite avant de recommencer plus lentement, en m'arrêtant sur chaque réponse du couple de randonneurs.

Leurs déclarations se recoupaient. Elles étaient claires, circonstanciées. Le mari était formel.

« L'homme portait un ensemble de treillis genre camouflé et un sac à dos recouvert d'une sorte de housse, camouflée elle aussi. Ses cheveux étaient courts. Il paraissait plutôt jeune. »

Il ne se souvenait plus de l'heure exacte de la rencontre avec le suspect mais, pour le reste, son témoignage était aussi fiable que possible :

« Il nous a remerciés poliment et a écarté les branches d'un arbousier au bord du chemin. Ensuite, il s'est enfoncé dans le maquis. Je n'ai pas remarqué de sentier à proximité mais les Corses m'ont dit que, souvent, la végétation dissimule d'anciens sentiers de chèvre que plus personne ne prend. Peut-être qu'il connaissait un raccourci pour rejoindre ses camarades. »

Nulle part il ne mentionnait un accent étranger. À la troisième page du procès-verbal, j'entourai le mot que je cherchais d'un trait de crayon puis décrochai mon téléphone.

« Malinsky, c'est moi. Désolé de te déranger.

— Bordel, c'est le dimanche, là !

— Un truc à te demander. Très important.

— Il est six heures du matin !

— Janek, je sais peut-être qui a tué les femmes. »

Il émit une sorte de grognement puis, d'une voix assourdie : « Attends, bordel, la bourgeoise elle va me casser les couilles si je continue à parler fort dans le lit. »

J'entendis le froissement des draps, un bref échange et encore deux « Bordel » murmurés puis la respiration de Malinsky :

« C'est quoi ton problème ? Tu vas envoyer les flics chez nous ?

— Je n'ai pas le temps de t'expliquer. Je veux que tu m'écoutes. Un truc simple : comment s'appellent vos unités de combat ? »

Une respiration à l'autre bout du fil.

« C'est pour ça tu appelles à six heures zéro-zéro en dimanche ? Les *unités de combat* ?

— C'est important. »

Deux respirations.

« Ça veut dire quoi, "unités de combat" ? Chez nous, le combat c'est pour tout le monde. Même les cuistots ils combattent.

— D'accord. Mais comment tu appelles ça ? Une escouade, un truc du genre ?

— Écoute, mon pote, je sais même pas pourquoi je te parle.

— Janek, peut-être que ton déserteur, ton Markov ou quel que soit son putain de nom, est innocent. Réponds à ma question et je te fous la paix à la seconde. »

À l'autre bout du fil, un juron sifflé.

« Bon, dans un régiment d'infanterie comme nous, il y a plusieurs compagnies. Dans chaque compagnie, plusieurs sections. Et dans chaque section, plusieurs groupes de combat. Reçu ? »

Je griffonnai ses explications à la hâte au dos d'un PV.

« Donc, dans l'ordre d'importance nous avons des groupes de combat puis des sections, puis des compagnies. Tout ça, ça forme un régiment. C'est exact ?

— Correct. »

J'attendis un instant avant de reprendre. Malinsky me coupa :

« Oh ? Y a quelqu'un ?

— Je réfléchissais.

— Et moi, je dormais.

— Il n'y a pas d'escadrons ?

— Quoi ?

— Est-ce qu'il y a des escadrons, chez vous ? Une unité qu'on appellerait… »

Je jetai un coup d'œil au procès-verbal.

« … Qu'on appellerait un "escadron" ?

— Bordel de merde, on est des légionnaires-parachutistes, pas des cavaliers.

— Oui ou non, Malinsky ? Y a-t-il des "escadrons" chez vous ?

— Zéro, je te dis. Les escadrons, c'est dans les régiments de cavalerie et chez les gendarmes mobiles. Point. »

Je raccrochai.

28

Derrière le bureau, deux mètres de barbaque body-buildée me toisaient. Polo bleu ciel réglementaire moulé sur des pectoraux saillants, holster d'intervention avec sangles de cuisse, pantalon de treillis bleu marine impeccable et chaussures tactiques à 900 euros la paire : le capitaine Jean-Charles Brisans offrait la silhouette de la Gendarmerie newlook.

Son bureau était si bien rangé qu'il aurait pu servir de décor à une campagne de recrutement. Derrière l'officier, scotchée au mur, une affiche proclamait que la Gendarmerie était entrée au XXIe siècle, ce qui, en 2018, ne lui laissait que quelques années de retard. Sous la fenêtre, une collection de casquettes du FBI et d'autres services de police étrangers était posée sur une étagère basse aux caissons remplis de bouquins de criminologie, de traités de droit et de médecine légale.

Depuis près de vingt minutes, Brisans m'écoutait avec la même attention qu'il aurait portée à un bonimenteur venu lui fourguer des aspirateurs en solde. Lorsque j'en eus terminé, il leva un sourcil.

« Et vous avez fait le trajet jusqu'à Calvi, avec ce temps de chien, parce que vous soupçonnez un de mes gars d'avoir prononcé le mauvais mot après l'assassinat et le viol d'une bonne femme, c'est exact ?

— C'est un assez bon résumé, en effet.

— Et ce mot serait…

— *Escadron*. Huit lettres. »

Les pectoraux du capitaine tressaillirent sous le tissu du polo.

« Le tout, si je vous suis, sur la foi de vagues déclarations d'un témoin plutôt âgé ?

— D'un témoin très précis.

— Qui n'a pas assisté au crime.

— En effet.

— Et qui plus est, probablement expert en matière militaire… »

Je reniflai bruyamment. Le capitaine se redressa sur son siège, posa une main sur l'accoudoir. Il poussa un soupir, l'air vaguement amusé.

« En somme, vous me demandez d'enquêter sur un de mes hommes et, naturellement, sans aucun cadre juridique. Comment dites-vous ? "À simple titre de vérification." En d'autres termes, de manière totalement illégale, sans en référer au procureur de la République, ni au juge d'instruction. Entre… »

Il fit mine de chercher le mot.

« … Entre potes, en quelque sorte.

— À ce que dit le ministre, nos maisons se sont rapprochées. Autant travailler en bonne intelligence. Et si le ministre le dit…

— Laissons le ministre où il est. Vous débarquez ici nez au vent, vous refusez d'annoncer votre qualité d'enquêteur de police judiciaire au planton, vous m'obligez à revenir d'une inspection prévue depuis des semaines et vous essayez de me convaincre de vous donner – à titre confidentiel, bien entendu – des informations sur un militaire de la gendarmerie qui, très hypothétiquement et sans autre élément que deux grammes de présomption faisandée, pourrait avoir prêté la main à un homicide.

— En fait, deux. Mosconi, Paola. Et Turchi, Marie-Catherine.

— La victime du terrain de motocross ?

— Précisément. »

Le capitaine fit une pause, histoire de ménager ses effets.

« Sans vous froisser, vous ne pensez pas que c'est un peu… léger ?

— Pas mal, ces casquettes.

— Pardon ?

— Je dis : ces casquettes, sous la fenêtre.

— Ah. Oui. Souvenirs de quelques stages, à droite à gauche.

— Le Brésil ?

— Manaus. École de guérilla en jungle.

— Je crois avoir vu un reportage sur ce truc. Des mecs qui en chient, pas vrai ? Avec des instructeurs sadiques qui hurlent du matin au soir dans leurs oreilles.

— Ils ont tourné le documentaire pendant l'instruction de la promotion qui suivait la mienne… »

Une pointe de regret dans la voix.

« … Nous étions une poignée à sortir brevetés.

— Ça doit être terrible, comme ambiance. Trempés du matin au soir. Ces instructeurs qui gueulent comme des putois. Les serpents. La promiscuité. Des maladies, aussi, non ?

— Quelques-unes, oui. Il suffit de faire gaffe.

— Regarder où on met les pieds.

— Et les mains. Mais on apprend que le mental prime sur tout. »

Il se toucha le front de l'index.

« C'est là que ça se passe. Nulle part ailleurs. J'ai vu des Marines qui avaient fait l'Irak et l'Afghanistan s'effondrer et se mettre à chialer comme des petites filles. Ils avaient oublié la force du mental. Vous êtes fort là-dedans ? »

Il se tapota de nouveau la tempe.

« Vous survivez à tout. »

Brisans tassa sa masse de muscles sur son siège, lentement, sans me laisser le moindre doute quant aux sentiments que lui inspirait le civil à la mine chiffonnée qui se tenait devant lui.

Flic et Corse, Corse et flic : doublement suspect.

Et qui réclamait des infos sous le manteau.

Triplement suspect.

À propos d'un gendarme qui n'existait peut-être pas.

Trop suspect.

Il se redressa, posa ses coudes sur la table.

« Votre théorie, c'est qu'un assassin et violeur de femme, un bonhomme qui court la campagne habillé comme un commando des forces spéciales, se serait trahi en se prétendant légionnaire et en utilisant un terme inapproprié. C'est bien ça ?

— Dans les grandes lignes.

— Et que cet assassin *pourrait* être un gendarme. Un gendarme de ma brigade.

— Vos hommes sont intervenus sur la tentative de cambriolage d'un vieux monsieur, il y a un mois de ça. »

Il ricana.

« En effet. Suspect : un déserteur de la Légion.

— Précisément.

— Qui se serait fait passer pour un gendarme, c'est ça ? Un gendarme qui se ferait passer à son tour pour un légionnaire déserteur…

— Un gendarme qui aurait pu ramasser la plaque d'identification du déserteur après l'altercation avec le vieil homme. Et qui l'aurait laissée traîner près d'une scène de crime pour égarer une enquête judiciaire. Absolument. »

Il revint à sa position initiale, ses bras épais comme des rondins posés bien à plat sur sa table.

« Vertigineux.

— N'est-ce pas ?

— Monsieur, je vais être clair. À supposer que ce tissu d'âneries puisse avoir, je dis bien *puisse avoir* un vague fond de vraisemblance, pensez-vous sincèrement que je prendrais le risque de mener ma petite enquête, même en douce, pour me retrouver avec la hiérarchie sur le dos et semer la pagaille parmi mes hommes dans l'unique but de satisfaire les intuitions d'un flic local sans piste dans une affaire de double homicide ? Vous avez conscience du bordel potentiel ? Vous imaginez le raffut dans la presse si ça se savait ? Un gendarme soupçonné de battre la campagne pour baiser des bonnes femmes et les étrangler ? La Gendarmerie traînée dans la boue pour rien du tout, parce qu'un témoin gâteux a cru entendre le mauvais mot prononcé au mauvais endroit et au mauvais moment ? »

Le capitaine avait balancé sa tirade d'une traite mais son regard couleur glacier ne mentait pas. Et il avait l'air suffisamment malin pour comprendre que, sur cette île, sa carapace de muscles et ses souvenirs d'exploits amazoniens lui étaient aussi utiles qu'un couteau sans manche. Entre les chausse-trappes et les non-dits, les silences qu'il fallait interpréter comme des aveux et les confidences entre amis qui se révélaient des mensonges sans rémission, les manipulations, les élus, les préfets, le gouvernement qui s'en mêlait à chaque coup de chaleur, la Corse pouvait engloutir une carrière et transformer le CV d'un officier prometteur en morceau de papier chiotte bon pour la poubelle. À supposer que je dise vrai, qu'il existe une infime chance pour qu'un de ses hommes soit mêlé à deux assassinats, c'en était fini pour lui. À moins de coopérer.

Je me raclai la gorge et me lançai. Posément, un mot après l'autre, le temps de retourner la logique de ses arguments contre elle-même et étaler sous ses yeux l'océan de contrariétés sur lequel il s'apprêtait à naviguer, je lui expliquai que le tuyau sur le suspect numéro un, un gendarme violeur et assassin, pouvait opportunément fuiter dans la presse dès le lendemain ; les gradés piqueraient une suée, apprendraient que le supérieur direct du suspect avait été avisé, qu'il n'avait pas levé le petit doigt ; les flics rueraient dans les brancards, ils accuseraient les gendarmes de saborder leurs enquêtes ; les natios monteraient au créneau pour dénoncer le laxisme des « forces d'occupation de l'État colonial » ; à la suite de quoi Paris s'en mêlerait et l'implacable loi de la gravité précipiterait les emmerdes du haut vers le bas, depuis le cabinet du ministre jusqu'à son bureau minutieusement ordonné de la brigade de Calvi avec, « pour vous, *mon capitaine*, option téléportation vers le grand cimetière des carrières foutues en l'air».

Lorsque je quittai son bureau, sa silhouette s'était affaissée et nous avions conclu un accord.

Entre «potes».

29

Il ne me restait rien d'autre à faire qu'attendre. Au fond, c'est ce que je faisais de mieux et depuis longtemps. Si Brisans suivait mes conseils, il avait déjà mené sa petite enquête et identifié un suspect parmi ses gendarmes. Pendant deux jours, j'évitai le commissariat en prétextant des vérifications à mener ici ou là mais j'en profitai surtout pour faire la tournée des bars.

Paola Mosconi.

Marie-Catherine Turchi.

Samia et Lia Cherkaoui.

Elles m'appelaient du fond de leurs putains de tombeaux remplis de points d'interrogation, leurs visages se confondaient avec ceux des filles riant aux éclats aux comptoirs, avec celui de Sonia aussi. À deux reprises, au cœur de l'ivresse, j'avais tenté de la joindre. Elle n'avait jamais décroché son téléphone.

Décembre avait fini par rappliquer. Trente et unième jour d'intempéries ininterrompues, un record étalé à la une de la presse locale, du jamais vu depuis Mille-Neuf-Cent-Jamais. Je m'étais levé difficilement, une aspirine, un café et la première cigarette de la journée. Le cocktail tabac-caféine-médicaments et l'alcool absorbé les derniers jours m'avaient propulsé aux chiottes, les intestins retournés comme un gant, lorsque la sonnerie de mon téléphone portable avait hurlé depuis ma chambre.

Je claudiquai jusqu'à ma table de nuit à travers le couloir glacial, les mains plaquées sur le ventre comme si mes tripes en dégueulaient. Le réveille-matin indiquait six heures quinze, une heure où les bonnes nouvelles se font plutôt rares.

Cette fois, je me trompais.

Le capitaine Brisans avait trop regardé de séries télé débiles. À l'autre bout du fil, sa voix m'avait ordonné d'un timbre très réglementaire : « En public, à la cafétéria de l'hypermarché de Furiani, à onze heures trente. » À présent qu'il se trouvait face à moi, ses bras épais posés à plat sur la minuscule table de la cafèt, il semblait avoir perdu de son assurance.

Il portait une chemise blanche étriquée, un bomber noir et un jean délavé dont le bas tire-bouchonnait sur ses baskets à la mode, ce qui lui donnait plutôt la touche d'un récupérateur de dettes slave que celle d'un officier de l'armée française.

« On a un problème, dit-il alors que je prenais place face à lui.

— Je suis au courant : ici, le café est imbuvable. »

Ses épaules se soulevèrent, ses yeux dérivèrent dans l'allée centrale de la galerie commerciale où des couples de retraités poussaient des caddies. Un trio de barbons en survêtement s'assit à une table voisine. L'un d'eux essaya de s'emparer du portable de son copain en riant.

Fausse dispute.

Enculé de ta race.

Pédé.

Le serveur fronça les sourcils, les petits gars baissèrent la tête.

« Un profil peut correspondre à ce que vous cherchez, reprit Brisans.

— Laissez-moi deviner. Un gars de chez vous.

— Arrivé il y a un an. Vingt-six ans. Champion militaire de boxe française. Ancien gendarme mobile, il a été muté dans la Blanche[1] il y a deux ans. Je l'ai récupéré dans ma brigade au mois d'août. »

Je me frottai le menton.

« Pourquoi lui ? »

Le capitaine passa le dos de sa main sur son front.

« Pour un tas de raisons. D'abord…

— … C'est un ancien gendarme mobile, dont les unités sont organisées en "escadrons". Un légionnaire parachutiste n'aurait jamais utilisé le terme "escadron", encore moins un bonhomme comme Markov qui n'a connu que ses classes dans le Sud-Ouest et le 2e Rep à Calvi, sauf à considérer qu'il ait trouvé le temps de se familiariser avec les subtilités du lexique militaire français.

— Vous avez suivi un cours accéléré on dirait.

— Merci Wikipédia. Continuez.

— Ce Lefèvre, Paul Lefèvre… C'est un bonhomme curieux. Très organisé, très discipliné, assez bon élément. Physiquement au top. Pas idiot. Mais il a connu quelques dérapages.

— Quel genre ?

— Le degré de gravité est difficile à évaluer, tout dépend du point de vue qu'on adopte. En tout cas, sa

1. La gendarmerie départementale.

dernière affectation dans la gendarmerie mobile était à l'escadron 13/2 de Marmande. Jusque-là, il n'avait eu aucun problème, un bon élément, discret et apprécié par sa hiérarchie. Pas de quoi en faire un général, juste un gendarme un peu au-dessus de la moyenne.

— Et ?

— Et un soir, il y a dix-huit mois environ, une femme âgée d'une quarantaine d'années s'est présentée au poste de garde de l'escadron. Ecchymoses au visage, cocard à l'œil droit, des vêtements déchirés. Elle ne marchait plus tout à fait droit. Fortement alcoolisée. Elle accusait un gendarme de l'avoir tabassée après une soirée arrosée.

— Votre gars ? Lefèvre ? »

Brisans remua la tête, l'air de douter des sentiments que lui inspirait l'épisode.

« Il faut que vous compreniez que ce genre d'incidents est assez fréquent. L'uniforme fait fantasmer, les Mobiles sont plutôt jeunes et costauds, des tas de femmes leur tournent autour dans les villes de garnison. Forcément, les soirées de quartier libre peuvent être mouvementées. On boit un verre, puis un autre. Vous voyez le tableau ? »

J'avalai une gorgée de soda.

« Mieux que vous ne l'imaginez.

— Bien. Ce soir-là, la femme n'en démordait pas. Elle a même donné le nom du gendarme qui l'avait agressée.

— Lefèvre, donc.

— Lefèvre.

— Ensuite ?

— Il a nié en bloc, sans fournir d'explications.

— Il y a eu une plainte ?

— En fait, cette bonne femme est assez connue chez les gendarmes du coin. Une habituée des nuits sans lendemain avec des gars de la caserne. Du coup, le commandant d'escadron a préféré gérer l'affaire en douceur. Il s'est renseigné sur elle, a appris qu'elle consommait occasionnellement des produits stupéfiants, qu'elle se livrait parfois à la prostitution. Il l'a reçue et s'est montré…

— Persuasif.

— C'est ça. Lefèvre et elle s'étaient connus via Internet, sur un site de rencontres qui annonce clairement la couleur. Ils se sont vus trois ou quatre fois, chez elle la plupart du temps, sauf une fois où ils ont fait leur petite affaire dans sa voiture à elle. Ça, Lefèvre l'a reconnu.

— Et la suite ?

— Le soir en question, ils se sont donné rendez-vous dans un bar des environs de Marmande, un bistrot pour gendarmes en virée. Elle débarque déjà éméchée et exige qu'il l'emmène dîner. Lefèvre refuse. Le patron du bar confirme qu'ils ont des mots mais qu'ils finissent par se rabibocher au comptoir, à coups de bières. Une heure plus tard, ils sortent du bar "un peu pompettes", toujours selon le patron. C'est à ce moment-là que les témoignages divergent. Selon la femme, Lefèvre se jette sur elle, lui colle une énorme baffe et essaie de la tirer vers sa voiture garée vers le fond du parking, derrière le bar. Elle résiste, ramasse une autre claque. D'après elle, il essayait de la sonner pour abuser d'elle. Je vous la fais courte : elle le griffe au visage pendant que Lefèvre la traîne derrière une rangée de voitures et défait sa ceinture pour la lui passer autour du cou. Des clients sortent du bar alertés par les cris et Lefèvre la laisse en plan. Il se précipite dans sa bagnole et disparaît. C'est tout ce qu'on a.

— Il s'en passe de drôles, chez vous.

— Épargnez-moi le couplet du flic contre les gendarmes. Les brebis galeuses, on fait avec. Parfois, c'est même plus simple de faire avec que de s'en passer.

— Je ne vous le fais pas dire. Vous prenez autre chose ? »

Le capitaine jeta un coup d'œil à son poignet. Sur fond noir, les chiffres digitaux orange de sa montre-chrono indiquaient midi et quart.

« Merci. Je ne vais pas tarder. »

Je fis signe au serveur de nous remettre la même chose. J'attendis que le bonhomme amène nos consommations.

« Si j'ai bien tout suivi, vous écopez du mouton noir que ses supérieurs ne veulent plus voir traîner dans les rades pour filles à soldats. Le gars est mêlé à ce qu'on peut appeler une affaire de mœurs. En tout cas, à une agression de femme. Il quitte la gendarmerie mobile, est muté chez vous…

— Non. Avant ça, il a été en poste ailleurs en Corse. Et c'est là que ça se complique. »

Je le laissai continuer.

« Il a été affecté huit mois à la gendarmerie de Bastia. Des tâches assez ingrates. Planton, très souvent, ou envoyé sur des événements culturels, des manifestations sportives, ce genre de choses. Ses supérieurs pensaient que c'était le meilleur emploi pour lui, des missions classiques de garde statique et de sécurisation, du genre à poireauter toute la journée sous le cagnard derrière une barrière métallique ou près de la baraque à sandwiches pendant que la fête bat son plein.

— La compétition de motocross. »

Brisans acquiesça.

« Il y était l'an dernier.

— Il a eu tout loisir d'observer les lieux, peut-être d'y revenir à ses heures perdues. »

Le serveur apporta les boissons, les déposa sur la table. Je tirai un billet de 20 de ma poche. Il prit son temps pour me rendre la monnaie et s'éclipsa, son plateau chargé de bouteilles vides en équilibre au bout du bras. Je repris :

« Bon. C'est un enfoiré avec les femmes et il connaissait le terrain de motocross, ce qui nous fait deux sur trois. Désolé pour le suspense, on va aller droit au but : votre Lefèvre faisait-il partie des gendarmes qui sont intervenus après l'irruption du déserteur chez le vieux, à Calenzana ?

— Exact. Avec deux autres gendarmes. Hors de tout soupçon.

— Et les deux autres ont fait le tour du proprio avec le vieillard pendant que Lefèvre restait dans la cuisine, là où avait eu lieu l'agression. Je me trompe ?

— Ils l'ont laissé cinq minutes seul, le temps d'inspecter les lieux avec la victime.

— Le temps de récupérer la plaque d'identification du déserteur de la Légion.

— Par exemple.

À propos de la bonne femme de Marmande, elle a parlé du mobile ? »

Le capitaine Brisans ouvrit des yeux ronds.

Je reformulai.

« Pas du *gendarme* mobile. Du mobile de l'agression. Lefèvre avait-il une raison de lui en vouloir ?

— Rien à ce sujet. Pas pensé à demander des précisions sur ce détail, en tout cas.

— Dommage. Ça peut avoir son importance. »

Ma remarque provoqua la moue irritée de l'officier.

« Ne le prenez pas mal, je vous taquine. »

Il se pencha au-dessus la table.

« Ne le prenez pas mal : je me contrefous de votre petit numéro à la Sherlock Holmes. Je me suis renseigné sur votre compte. Vous tenez l'affaire de votre vie, pas vrai ? Pas mal, pour un gars qui végète dans un placard à balais. Alors tâchons d'y aller mollo, parce que je ne suis pas d'humeur à me laisser pisser dans le képi. »

Il se leva sans me quitter des yeux, agrippa le dossier de sa chaise pour la remettre en place.

« Et vous puez la gnôle, si je peux me permettre. »

30

Tout était bâché. Après notre entrevue à la cafétéria du centre commercial, Brisans avait placé Lefèvre sous surveillance étroite et chargé deux gendarmes de sa brigade de noter le moindre de ses faits et gestes.

Lefèvre allait chier ? Ils le guettaient à la sortie des waters.

Lefèvre prenait de la macédoine de légumes et un steak frites à midi ? Ils notaient le nombre de portions.

Lefèvre se grattait le nez ? Avec quel doigt et pendant combien de temps.

Son camarade de chambrée n'avait rien signalé d'inhabituel dans le comportement du jeune gendarme, un véritable maniaque obsédé par les horaires, le règlement et l'hygiène. Chaque matin, Lefèvre se levait d'un bond pour enchaîner six séries de cinquante pompes et trois cents abdos avant de se récurer du bout des ongles au sommet du crâne sous une douche à trente-sept degrés pendant sept minutes, pas une de plus. « Un vrai connard », avait observé le gendarme qui partageait sa chambre.

Lefèvre se montrait irréprochable dans le service, le genre à plier ses effets personnels au carré dans son armoire individuelle et lisser la couverture de son lit jusqu'à ce qu'elle ne présente plus le moindre faux pli. Il était courtois avec ses supérieurs, ne tolérait aucune entorse au planning. Mais il s'emportait pour des broutilles, se payait le luxe de reprendre les gradés sur un obscur point du règlement et n'épargnait aucune remarque sur ce qu'il considérait comme de graves atteintes à la discipline militaire, une goutte d'huile sur le pontet d'un pistolet automatique ou des rangers mal lacées.

Le pire venait des quatre femmes gendarmes de la brigade de Calvi. Elles se méfiaient de Lefèvre depuis son arrivée. La plus jeune, une blonde potelée, le rendait responsable du « tour de cochon » qu'on lui avait joué quelques mois plus tôt, une revue porno sadomaso qu'elle avait retrouvée à l'intérieur de son armoire personnelle. Sur une page cornée du magazine, une jeune femme qui lui ressemblait vaguement était agenouillée dans une pièce aux murs sombres et humides, les mains entravées par un jeu compliqué de cordages et de chaînes métalliques, un bâillon terminé par une volumineuse boule rouge enfoncé dans la bouche. Des traînées de maquillages barbouillaient son visage. D'après la gendarmette, Lefèvre avait sciemment déposé la revue dans son placard en raison de sa ressemblance avec la jeune femme de la photo. Elle avait précisé : « Ce cinglé déteste les femmes. »

De son côté, le capitaine Brisans avait consulté les registres de sortie de la caserne. Le 3 novembre, jour de l'assassinat de Paola Mosconi, Lefèvre avait quitté Calvi pour deux jours de permission. « Avec un gros sac d'effets personnels », avait précisé l'un des gendarmes chargés de le surveiller. Quant à la date de la compétition de motocross au cours de laquelle Marie-Catherine

Turchi avait été tuée, Brisans se souvenait d'avoir envoyé Lefèvre au groupement de gendarmerie de Bastia récupérer un certain nombre de documents parmi lesquels des bons de cadeaux de Noël pour les gosses de sa brigade. Lefèvre était rentré avec deux heures de retard, un fait suffisamment inhabituel pour qu'il se justifie longuement en invoquant des encombrements sur la route en raison des intempéries et d'éboulements.

Depuis, il se tenait à carreau.

Après trois jours passés à éplucher et à recouper ces informations, une réunion fut organisée chez le juge d'instruction en présence de Rochac, de Lou Girardi, de Brisans et du proc. Allary tirait la gueule, convaincu que nous pouvions mieux faire en ramenant des preuves plus solides de la culpabilité de Lefèvre. Il était particulièrement déçu des résultats des écoutes téléphoniques : mis à part ses parents sur le Continent, Lefèvre ne passait jamais le moindre coup de fil.

« On fait quoi ? » avait demandé le procureur en levant un regard noir sur l'assistance. Pour en avoir longuement discuté en préparant la réunion, Rochac, Brisans, Girardi et moi étions tombés d'accord sur un point : il fallait empêcher Lefèvre d'agir à nouveau. Son implication ne faisait plus aucun doute pour personne même si Vincent Fresnay, le jeune juge d'instruction, paraissait s'en foutre éperdument. Son seul rêve professionnel tenait à apparaître un jour dans *Faites entrer l'accusé*. Pour le reste, c'était un magistrat assez médiocre, au cabinet enseveli sous des dizaines de dossiers qui n'avançaient pas.

Au bout de deux heures d'ergotages, tout le monde

convint de la nécessité de mener l'interpellation de Lefèvre « en douceur et sans éclat » – les mots d'Allary. La gendarmerie interviendrait au côté de la police pour éviter que le scandale ne rejaillisse sur l'institution. C'était la condition mise par le capitaine Brisans et sa hiérarchie pour coopérer. Rochac l'avait eue de travers mais il avait fini par se rendre à l'évidence. Les huiles géreraient plus tard en haut lieu. Dans la grande course aux promotions et aux médailles, les grands patrons se disputeraient les carcasses de Paola Mosconi et Marie-Catherine Turchi comme une horde de hyènes, flics contre gendarmes, à qui pisserait le plus loin. Mais avant ça, il fallait frapper en montant ce bobard d'union sacrée.

Le plan était simple. Brisans donnerait l'ordre à Lefèvre et un autre gendarme de quitter Calvi pour Bastia. Motif : aller récupérer des scellés au commandement de la gendarmeric et les ramener à la brigade de Calvi. Deux voitures de police banalisées suivraient le trajet et des guetteurs jalonneraient la route. Une fois arrivés dans l'enceinte de la gendarmerie, Lefèvre serait appréhendé gentiment, désarmé et emmené vers le commissariat. J'étais personnellement chargé de lui passer les menottes.

L'affaire ne devait pas prendre plus de trois minutes.

Tout était bâché.

Pour la première fois depuis longtemps, je m'étais endormi aussi paisiblement qu'un nourrisson, sur mon canapé, à l'heure du journal télévisé. Vers trois heures du matin, je m'étais réveillé pour le premier café de la journée. Le rendez-vous était fixé à cinq heures au commissariat. De là, nous rejoindrions la gendarmerie où nous attendaient nos « collègues » militaires. Il ne nous resterait plus qu'à suivre la filature de l'estafette venue de Calvi sur une fréquence radio, guetter son arrivée à Bastia où un gendarme la guiderait vers l'unique place de parking disponible, derrière le bâtiment principal, soigneusement dissimulée à l'abri des regards de la rue. Puis nous entrerions en action.

Le chauffeur de l'estafette dans laquelle Lefèvre devait prendre place n'avait pas été mis dans la confidence pour éviter qu'il ne se trahisse ou qu'un comportement fébrile ne donne l'alerte. Lefèvre était suffisamment prudent pour réagir au quart de tour, pas question de lui laisser la moindre opportunité de se tailler – ou pire.

Je retrouvai le groupe d'interpellation au commissariat. Sous la lumière crue d'une salle de réunion au mobilier vétuste, les visages étaient tendus. Je répétai le déroulé des opérations, quelques flics renaclèrent à l'idée de serrer Lefèvre en plein milieu d'une gendarmerie puis, lorsque tout fut clair, deux convois prirent la direction de la caserne de Bastia en suivant des itinéraires différents. Le premier groupe prendrait le chemin le plus court : le tunnel, la route du front de mer jusqu'au rond-point du cimetière puis l'avenue Giacobbi, où se trouvait le commandement de la gendarmerie. L'autre traverserait la ville, dépasserait la Citadelle et franchirait la succession de feux rouges de Lupinu avant de contourner le cimetière et de rejoindre la caserne par une entrée secondaire.

Les rues de la ville étaient vides. Çà et là, des poubelles renversées par le vent répandaient au sol de maigres ordures qui glissaient le long des trottoirs et s'envolaient, poussées par une rafale, tourbillonnaient un instant et disparaissaient au coin d'une rue. En haut du boulevard Paoli, une double page du *Corse-Matin* voleta tel un fantôme de papier, décrivit quelques arabesques et se déchira en deux morceaux qui dansèrent dans le rétroviseur de ma 308 banalisée.

Le trajet vers la gendarmerie ne dura pas plus de dix minutes, le temps d'écouter le flash radio en langue corse de la station régionale. Parmi d'autres nouvelles sans grand intérêt, l'essentiel des informations était consacré à la météo et ses conséquences, particulièrement difficiles pour les villages de montagne, coupés du reste de l'île par les chutes de neige. Comme chaque année, leurs habitants redécouvraient les charmes de la vie rurale au Moyen Âge, le temps que quelqu'un se souvienne de leur existence et déblaie les routes.

Lefèvre devait être en train de se préparer à Calvi avant son périple. Son départ était prévu pour sept heures. Il lui faudrait environ une heure trente pour gagner Bastia, largement de quoi fignoler notre petite affaire.

À six heures vingt, la lourde porte blindée de la gendarmerie coulissa dans un chuintement métallique, révélant les silhouettes d'une dizaine de pandores en tenue d'intervention, commandés par un officier à l'air revêche. Ce dernier nous salua, nous indiqua le chemin à suivre pour garer notre véhicule à l'écart.

À six heures quarante, l'officier qui commandait le groupe de gendarmes nous offrit un jus dans son bureau, au premier étage du bâtiment qui longeait la cour intérieure de la caserne. Contrairement à la première impression, il se montra détendu et aimable. Il paraissait très professionnel et insista à plusieurs reprises sur la nécessité de coffrer Lefèvre et de laver l'honneur de la Gendarmerie.

À six heures cinquante-deux, mon téléphone sonna et Brisans m'annonça d'une voix blanche : « On l'a perdu. »

31

Comment Lefèvre avait-il pu échapper à ses chaperons ? Brisans était incapable de l'expliquer. Ce qu'il savait tenait en peu de mots. La veille, Lefèvre était allé faire un tour à Calvi après la fin de son service, avait dîné dans un restaurant de la ville et regagné la brigade. Les deux gendarmes qui le filaient étaient formels à ce sujet. Ensuite, il avait rejoint sa chambre.

À six heures trente, sans nouvelles de lui, le gendarme avec lequel il devait se rendre à Bastia était allé le réveiller pour trouver la fenêtre de la chambre ouverte et l'armoire qui renfermait ses effets personnels vide.

« Peut-être que ce salopard s'est aperçu qu'on le surveillait, fit Brisans à l'autre bout du fil. Il a donné le change pendant quelques jours en préparant sa fuite.

— Vos hommes sont des génies.

— On bloque tous les axes routiers, poursuivit Brisans en ignorant ma remarque. Le groupement de Bastia envoie tous les effectifs disponibles sur la route. Il ne peut pas aller bien loin.

— Comment il a pu vous échapper, putain de merde ?

— Je ne pouvais pas lui coller une balise dans le cul ! »

Je coupai la communication pour composer le numéro de Rochac. Sa voix était fébrile :

« Je suis au courant.

— On fait quoi ?

— Le plan habituel, aéroports avisés et barrages sur les routes principales et secondaires.

— Le proc ?

— Au bord de la syncope. Attendez un instant. Lou Girardi vient d'arriver. Il a quelque chose à vous dire.

— Lou ?

— C'est moi, fit Girardi. Écoute, ce fils de pute est coincé. À supposer qu'il ait bougé de Calvi, il ne pourra pas se planquer très longtemps.

— Ce n'est pas son objectif.

— Toi et moi, on le sait. Il doit se douter que son absence est signalée. Ça lui laisse quelques heures d'avance. Il va couper au plus court, essayer d'éviter les axes routiers fréquentés et prendre la tangente dès qu'il pourra. Mais ce con de *pinzutu* a peut-être oublié qu'on vivait sur une putain d'île. Il est à nous.

— Les aéroports ?

— Bouclés. Les agents de sécurité prévenus et la gendarmerie de l'air en alerte. On a renforcé par des gars à nous. Il ne pourra pas embarquer et il le sait. Il ne lui reste qu'un moyen. »

Face à moi, l'officier de gendarmerie donnait des ordres à ses hommes, à voix basse. Plusieurs militaires s'équipaient en silence.

« Tu es toujours là ? demanda Lou.

— Je file au port.

— Je t'y rejoins. »

Au-delà des quais gris du port de commerce, l'eau noire du bassin clapotait sous un couvercle de nuages tranchants et sombres. Au loin, contre la déchirure de l'horizon, le relief dentelé de l'île d'Elbe émergeait de lambeaux de brume bleutés. Un ferry solitaire ouvrait à moitié sa gueule d'acier, la proue prête à avaler une cargaison de semi-remorques à l'arrêt. La file de camions s'étendait jusqu'à la haie formée par les barrières de protection abaissées devant l'entrée de la zone portuaire.

Loin derrière, un cordon de flics en tenue tenait à distance une vingtaine de chauffeurs routiers écarquillant les yeux en direction du navire. Plus loin encore, à l'entrée nord du port, les gyrophares de deux voitures siglées jetaient sur la scène des éclairs intermittents.

L'air éteint, la silhouette à l'étroit dans un blouson d'hiver bleu marine dont il avait ôté le rabat Police dans le dos, Rochac m'accueillit près des baies vitrées de la billetterie, au terminal nord. Derrière lui, six malabars de la BRI achevaient de s'équiper, enfouraillés pour partir à la guerre. À quelques pas, Girardi tirait sur une cigarette en plissant les yeux, observant les quais à travers les grilles qui couraient le long de l'enceinte portuaire.

« On attend, fit Rochac.

— Les vigiles du port ?

— On a parlé au responsable. Ses gars n'ont rien vu de suspect. Ils ont effectué deux rondes supplémentaires cette nuit à cause du mauvais temps. »

Girardi balança son mégot d'une pichenette, fourra ses mains dans les poches de son blouson de toile gris et parcourut tête baissée les quelques mètres qui nous séparaient.

« Les gars de la BRI se préparent. Les gendarmes envoient du monde aussi. La zone est isolée, on a donné l'ordre d'évacuer le ferry mais, d'après le commandant de bord, il reste deux hommes dans la salle des machines. Ils s'en sont aperçus en se comptant une fois hors du bateau. On a deux gars postés dans la tour des pilotes, deux autres au bout du quai est. Un nouveau ferry en provenance de Nice est en vue du Cap. L'équipage a été prévenu par radio, pas question d'accoster. »

Je jetai un coup d'œil à ma montre.

« Lefèvre s'est barré après onze heures du soir, disons entre minuit et une heure, ce qui lui laisse cinq à six heures d'avance. En supposant qu'il ait préparé son coup et se soit démerdé pour trouver une bagnole, il a pu arriver à Bastia en à peine plus d'une heure. Ça fait quatre à cinq heures d'avance. À quelle heure a accosté ce ferry ?

— Minuit et quelques. Il devait repartir ce matin à sept heures, dit Rochac.

— Largement le temps de monter à bord et se planquer, fis-je remarquer. Ensuite, il n'avait plus qu'à attendre que le navire appareille. Ça se jouait à une demi-heure près. »

Girardi acquiesça.

« Il n'a pas pu embarquer sur le port de Calvi, en tout cas, continua Rochac. Le premier ferry pour le Continent quitte le port à neuf heures. Il savait que son absence serait signalée au plus tard à six heures trente. En revanche, il a pu tenter sa chance à Ajaccio ou Porto-Vecchio. On est en train de vérifier les horaires. »

La moustache grise de Girardi frémit. Il poussa un soupir énervé.

« Les routes sont bloquées, on a disposé des barrages à peu près partout. Il le sait très bien. C'est ici qu'il va se pointer, s'il n'est pas déjà là. Cet enfoiré est quelque part dans le coin, peut-être même en train de nous regarder perdre notre temps. »

Rochac s'apprêtait à répondre lorsque son téléphone se mit à sonner.

« Capitaine Brisans ? »

Le commissaire cligna plusieurs fois des yeux. Sa tête se mit à remuer doucement. « Je vous remercie, nous sommes sur place », fit-il avant de raccrocher.

« Un gendarme de Calvi vient de signaler que l'armoire à scellés a été fracturée dans la nuit. Un .357 et un 9 mm ont disparu. Les gendarmes les avaient saisis pendant un contrôle routier il y a une semaine.

— Encore mieux », fit Girardi.

Un golgoth de la BRI s'approcha, un fusil d'assaut à l'aspect futuriste en travers de la poitrine, son visage dissimulé derrière une cagoule qui ne laissait entrevoir que deux billes noires semblables à de minuscules cailloux polis.

« On est bons, on peut y aller. »

Derrière lui, cinq silhouettes casquées en combinaison noire attendaient le signal de l'assaut.

Girardi me jeta un coup d'œil.

« On est sûrs qu'il est là-dedans ? hasarda Rochac. Il n'a qu'une demi-heure d'avance.

— Il n'y a qu'un moyen de le savoir », répondit Girardi en se dirigeant vers sa voiture.

Le vieux flic fit un signe au chef des gars de la BRI, ouvrit le coffre de sa voiture et passa un gilet pare-balles sur son blouson de toile grise. Il se pencha à nouveau sur le coffre, en extirpa un fusil à pompe, manœuvra la culasse. Puis il fit monter une balle dans le canon du pistolet automatique qu'il portait dans un holster à la ceinture.

« Ce cinglé a deux calibres, dit-il en se dirigeant vers le quai. Et il y a deux marins à l'intérieur. On n'a plus le temps d'attendre la cavalerie. »

Je le suivis alors qu'il prenait la tête de la petite troupe trottinant vers le ferry.

32

Odeur de carburant sur le pont métallique et, dans le ventre du ferry, parfums de graisse chaude, de renfermé, soupçon d'iode. La coque vibrante et les machines en marche : navire désert. À part le grondement lancinant du moteur, ni éclat de voix ni l'habituel claquement mat des plaques d'acier du pont inférieur.

Vingt mètres à parcourir jusqu'à la première ouverture sur la gauche. Six silhouettes de la BRI, shotguns et fusils d'assaut braqués qui s'avancent, courbées en deux. La première équipe disparaît dans l'escalier qui rejoint le pont principal, la deuxième nous talonne, direction le pont-parking. Personne. Une cathédrale d'acier ronronnante.

Girardi, une main empoignant la crosse, l'autre sur la pompe de son arme, baisse la tête en enjambant l'ouverture qui mène aux ponts inférieurs. Je le suis, je peux entendre sa respiration, je peux sentir pulser les basses de mon propre cœur.

Derrière nous, la deuxième équipe de la BRI prend l'escalier de droite. Les combinaisons noires rejoignent directement le pont du navire, à l'air libre.

Girardi avance dans la coursive.

Sur les parois, des pancartes rouges, vertes, rédigées dans un Babel touristique.

Vietato fumare.

Rauchen Verboten.

No smoking.

Des signes ésotériques, noirs sur fond jaune, blancs sur fond vert, des éclairs, des silhouettes qui tombent à la renverse, un masque à gaz à côté duquel quelqu'un a tracé un point d'exclamation au marqueur bleu.

Girardi se retourne vers moi.

Un signe de tête et il continue. Un coup d'épaule, son corps pivote dans l'encadrement d'une porte ouverte sur une pièce minuscule. Vide.

Girardi continue d'ouvrir le chemin. Le grondement des machines se rapproche.

À gauche, un nouveau couloir, un alignement de portes.

Face à nous, un escalier enfoncé dans les profondeurs du navire.

Derrière, plus de traces des gars de la BRI occupés à inspecter les ponts supérieurs.

Le ronronnement devient assourdissant.

Girardi m'interroge du regard : couloir ? escaliers ?

Je m'apprête à lui faire signe quand un choc métallique fige nos gestes.

De la sueur perle au front de Girardi. Il tourne lentement la tête dans ma direction, me fixe un instant. Du doigt, il désigne la volée de marches.

Au-dessus de nos têtes, des pas précipités.

La BRI poursuit sa progression.

L'odeur est irrespirable : huile de moteur, eau croupie et kérosène.

Girardi esquisse un pas de côté, se penche légèrement pour essayer de distinguer le bout des escaliers.

Lentement, il pose le pied sur la première marche, le canon de son fusil à pompe pointé vers le sous-sol. Son dos s'enfonce dans l'obscurité puis disparaît. Je descends à mon tour.

La silhouette de Girardi me précède, tache grise et bleue dans les ténèbres.

La grande carcasse d'acier du navire tremble dans le bruit des turbines. Un nouveau choc, acier contre acier. Des murmures, au fond du couloir, près d'une porte grande ouverte sur la gauche.

La salle des machines.

Un pas chassé vers le côté, je couvre la progression de Girardi qui avance en longeant le côté droit du couloir, la joue posée sur la crosse du fusil à pompe.

Les voix se taisent.

Six mètres jusqu'à la porte.

Les voix se remettent à chuchoter. En italien.

Les doigts de Girardi assurent la prise sur la crosse du fusil à pompe. Lentement, son index quitte la culasse de l'arme, vient se recroqueviller autour de la queue de détente.

Trois mètres.

Le couloir est étroit.

Girardi arrive à la porte, prend trois respirations – ses épaules se soulèvent doucement. Pour la première fois, je remarque la chevalière qui brille à son annulaire droit. Son corps pivote brusquement face à l'entrée de la salle des machines, il se rue dans l'ouverture.

À terre, un homme en tenue de travail jaune et bleu, le visage décomposé, penché sur une combinaison blanche qui râle dans une mare de sang. Le machiniste se jette en arrière, épouvanté par la gueule béante du fusil à pompe de Girardi. Une tache sombre apparaît entre ses jambes, ses talons raclent le sol. Il bégaie, il essaie de se propulser hors d'atteinte, loin de son camarade blessé, loin de tout.

Girardi relève légèrement le canon de son fusil, pose son doigt sur ses lèvres, articule lentement le mot « Polizia » et le type fait oui-oui-oui de la tête puis tourne de l'œil, des soubresauts agitent brièvement ses jambes, il se met à ronfler bruyamment.

Le profil de Girardi m'apparaît dans le rectangle aux bords arrondis de la porte qui donne sur la salle des machines. Fusil toujours braqué, il tente de se frayer un chemin mentalement à travers le labyrinthe de tuyaux emmanchés les uns dans les autres, de tubulures complexes, serpents coudés qui se plient et se redressent, repartent en sens inverse, de grosses caisses de métal vert munies de diodes clignotantes, de cadrans à aiguilles rouges, de manettes.

Je franchis la porte.

J'évite le duo de machinistes évanouis. À côté du ronfleur, une énorme clé anglaise couverte de sang. Pris dans la molette, une touffe de cheveux bruns et un éclat de peau rose vif.

Le bourdonnement de la machinerie étouffe le bruit de nos pas.

Sur ma gauche, Girardi exécute sa chorégraphie de la peur, tente de maîtriser les décharges d'adrénaline qui électrisent son corps pour conserver sa position de tir. La sueur colle ses cheveux poivre et sel dans sa nuque. Il essuie unc main sur la jambe de son pantalon et y laisse une traînée sombre sur le tissu beige. Sa moustache tremble. Sa langue passe sur ses lèvres. Il lève la main : quelque chose vient de bouger derrière un bloc métallique surmonté de deux manivelles, au milieu d'un entrelacs de tuyauterie.

Le haut d'un crâne.

Cheveux en brosse.

Coupe réglementaire.

Dans l'angle formé par la machine et un caisson d'acier : le bout d'une chaussure.

Je lève mon arme.

Girardi se plie brusquement en deux, épaule le fusil à pompe et hurle « Police ! » et mes tympans explosent, une masse grise traverse mon champ de vision et Girardi se retrouve projeté contre le mur dans un geyser de sang.

La silhouette de Lefèvre plonge vers le sol, mon arme crache trois fois, les balles percent le métal d'un tuyau qui éclate et souffle une vapeur brûlante, le hurlement rauque d'une sirène d'alarme cogne contre les parois du ferry et, d'un bond, Lefèvre se retrouve près d'une armoire rouge fixée au mur. Au plafond, le mécanisme anti-incendie pulvérise dans la salle des machines une poussière d'eau fine et dense.

Dos au mur, Girardi pousse un râle, tend la main vers le fusil à pompe, la retire dans une gerbe d'étincelles quand Lefèvre tire et tire encore, trois coups, quatre, au jugé. Le fusil de Girardi vole, crosse fracassée.

La main droite de Girardi tâtonne à sa ceinture. Ses doigts s'agitent, dégrafent le holster, il regarde droit devant lui en remuant la tête à droite et à gauche, cible parfaite, corps presque immobile affalé, dos collé à la paroi. À découvert.

Je m'accroupis, dans la ligne de tir de Lefèvre, presse la détente.

Les deux détonations rebondissent dans un écho métallique.

L'odeur de la poudre se mêle aux relents des machines graissées.

Personne.

Un coup d'œil à Girardi. Son bras gauche fait un angle curieux à l'endroit où un os ensanglanté déchire la manche de son blouson.

Ses mains trouvent enfin le calibre à sa ceinture. Il grimace de douleur en le tirant de son étui puis coince la culasse de l'arme sous son aisselle gauche, l'actionne de sa main valide et pousse un juron lorsque la douleur lui vrille le cerveau.

Sur la gauche, un mouvement.

Lefèvre se redresse entre deux énormes tuyaux pour trouver un meilleur angle de tir.

C'est maintenant.

Je me dresse, offrant une nouvelle cible à Lefèvre qui hésite une seconde de trop.

Girardi tire. Le genou de Lefèvre se dérobe et le gendarme s'écroule sans un bruit.

Mon arme claque encore, trois fois, celle de Girardi crache aussi.

Deux impacts sur le bomber bleu marine de Lefèvre. Le gendarme pousse un petit soupir grotesque, cherche à se rétablir sur une jambe mais s'effondre et se met à ramper en quête d'un abri.

Le bras de Girardi retombe, sa main lâche son arme.

Un hoquet et sa tête s'affaisse sur sa poitrine, un filet de bave ensanglantée dégoulinc sur son menton.

Dans le couloir, j'entends la cavalcade des hommes de la BRI.

Lefèvre continue de ramper en laissant derrière lui une traînée rouge.

Les pas se rapprochent, la sirène d'alarme continue de hurler.

Je contourne un énorme tuyau, l'arme toujours pointée sur Lefèvre.

À terre, un pistolet automatique. Je le pousse du pied. Lefèvre est à bout de forces. Il halète. Son bras droit est replié sous son corps.

Les types de la BRI se précipitent à l'intérieur.

Lefèvre se retourne, beaux traits réguliers, sourcils finement dessinés, regard noir parfaitement aligné avec la mire de mon pistolet automatique. Une mélasse brune s'écoule de sa bouche.

Le chemin des crêtes.

Le cadavre de Paola Mosconi.

Ses chats de porcelaine.

Les hurlements du fils de Marie-Catherine Turchi.

L'enterrement sous la pluie.

Un revolver chromé jaillit dans la main de Lefèvre.

Une ogive de 5,56 tirée par la BRI vaporise son visage.

33

Les flashes crépitaient sur le visage satisfait du procureur. Sous son bureau, ses jambes parcourues d'un mouvement incontrôlable découvraient une paire de chaussettes à l'effigie de Bart Simpson. Face à lui, une dizaine de journalistes se coupaient la parole, un feu roulant de mots accrochés les uns aux autres, tandis que quatre photographes se bousculaient à la recherche du meilleur angle.

Après cinq ou six minutes de cohue, Allary leva les mains, paumes tournées vers son auditoire, et réclama le silence. Puis, d'un air posé et sûr de lui, il croisa les doigts sur son sous-main en similicuir bleu marine et entama son récit sans pouvoir s'empêcher de jeter, de temps à autres, un regard sur la feuille de papier dissimulée par le clavier de son ordinateur et couverte d'une écriture désordonnée.

« Vers sept heures trente ce matin, Paul Lefèvre, gendarme affecté à la brigade de Calvi, a été abattu après les sommations d'usage par un fonctionnaire de police alors qu'il venait de blesser un officier de police judiciaire et deux personnels navigants d'un ferry dans l'enceinte portuaire de Bastia. Les raisons qui ont poussé Lefèvre à faire feu sont encore inconnues mais, d'après les premiers éléments de l'enquête, il pourrait être lié à plusieurs affaires criminelles en cours et…

— C'est l'assassin des deux femmes, tout le monde est au courant », coupa un journaliste de la radio locale.

Le procureur hésita, tira sur le col de son costume puis essaya de sourire.

« Rien n'est certain dans la mesure où…

— C'est l'assassin des deux femmes, oui ou non ? l'interrompit le même reporter.

— Je ne peux rien dire à ce sujet pour le moment. Il est soupçonné de…

— Il *était*, ricana un autre journaliste, un grand échalas au visage constellé de taches de rousseur.

— Il était… continua le procureur.

— Monsieur le procureur, demanda une jeune femme qui travaillait pour *Corse-Matin*, pouvez-vous nous en dire davantage sur les circonstances de la fusillade ? »

« Eh bien, les faits se sont produits vers sept heures trente…

— Vous l'avez déjà dit ! s'impatienta le journaliste de la radio locale.

— Vers sept heures et demie, donc, et le gendarme… Lefèvre, donc, s'était réfugié depuis… Depuis plusieurs heures… Disons, il s'était réfugié, ou plutôt caché, dans les cales d'un ferry amarré au port de Bastia. Sur le quai ouest, plus précisément.

— On s'en fout », murmura le même journaliste.

Les autres opinèrent.

« Eh bien, reprit le procureur, disons qu'il a d'abord agressé deux marins… Deux mécaniciens, plutôt, affectés à la salle des machines du ferry qui devait appareiller pour… »

Nouveau coup d'œil à la feuille de papier.

« Pour Livourne.

— Pas pour Savone ?

— Euh non, attendez… »

Allary parcourut fébrilement ses notes.

« Non, c'est bien cela. Pour Livourne. En Italie, donc.

— Les circonstances de la fusillade ? insista la jeune journaliste.

— Ah oui, bien entendu. Eh bien, les techniciens de la police scientifique sont sur place. Rien n'est encore certain et, d'une certaine manière, disons, les choses doivent être précisées. Mais en tout cas, nous pensons, enfin, d'après les témoignages des policiers présents sur place, que Lefèvre a d'abord ouvert le feu sur un premier fonctionnaire, qui a été blessé. Ensuite, il a tiré, disons, sur plusieurs autres policiers venus l'interpeller et… Il a été… Il a été neutralisé par un tir au moment où il menaçait directement la vie d'un autre fonctionnaire de police.

— Et le blessé ?

— Ses jours ne sont pas en danger. Il a, disons, été atteint au bras gauche et rapidement pris en charge par les pompiers auxquels, d'ailleurs, je rends hommage puisque… »

Le reste du discours se perdit dans l'habituel blabla officiel. Il fut question d'un exemple de coopération entre les services de police et de gendarmerie placés, « disons, bien entendu » sous l'autorité du procureur. À en croire ses bobards, Lefèvre avait été repéré dès l'assassinat de Marie-Catherine Turchi et ses moindres faits et gestes scrutés par les services d'enquête. Il s'apprêtait à fuir la Corse lorsqu'il avait échappé à la surveillance dont il faisait l'objet à la suite d'une série de hasards totalement indépendants de la volonté de la justice et des enquêteurs. Fort heureusement, lui-même, procureur de la République à Bastia, avait envisagé cette hypothèse et « donc, disons, » pris l'initiative de boucler le port de la ville, seule issue pour un fugitif dans son genre, un gendarme au fait des procédures de bouclage des routes et des aéroports.

À la fin de la conférence de presse, le procureur remercia les journalistes, épela son nom à l'intention des envoyés spéciaux dépêchés sur place par les médias du Continent puis posa sous l'objectif des photographes, le menton relevé mais pas trop, incarnation d'une justice sereine et modeste, digne dans la victoire.

Lou Girardi avait été admis aux urgences pour une fracture et opéré sitôt son arrivée. Les médecins assuraient qu'il se remettrait sans difficultés. La balle de 9 mm tirée par Lefèvre avait brisé net son humérus gauche puis avait continué sa course à travers les chairs du bras et était ressortie sans causer d'autres dégâts. « Elle aurait pu se fragmenter et un éclat voyager jusqu'au cœur, ou atteindre un poumon », avait précisé un toubib après l'intervention chirurgicale.

Girardi avait reçu la visite de Sylvain Katz, le directeur régional de la PJ en personne. Le ministre se déplacerait peut-être pour lui remettre une breloque devant des caméras soigneusement sélectionnées.

Trois jours après sa sortie de l'hôpital, le ministre ne s'était toujours pas pointé et Lou eut droit à une petite cérémonie au quatrième étage du commissariat de Bastia en présence des têtes pensantes de la police.

Outre les collègues de son service, le patron de la PJ et son adjoint, la directrice départementale de la sécurité publique, le taulier de la Sécurité intérieure et même Baptiste Lernier, le coordinateur des services de sécurité en Corse, avaient fait le déplacement. Lernier était un jeune énarque qui avait vite saisi les subtilités locales au point d'en remontrer aux flicards continentaux qui grenouillaient dans le biotope corse depuis des années sans rien y comprendre.

Il avait salué le courage de Lou Girardi et prononcé « au nom du ministre » un bref discours bien senti où les exploits du vieux Lou tenaient la meilleure place : l'arrestation de Patrick Meucci, en cavale depuis dix ans, en mars 2005 ; la première grosse saisie de cocaïne à Ajaccio un an plus tard, six kilos et demi qui attendaient d'être écoulés dans les boîtes de la rive sud du golfe et, en 2007, le démantèlement d'un trafic de shit par hélico entre le Maroc, l'Espagne, le Continent et l'île. « Avec vous, avait-il conclu en s'adressant à Lou, nous célébrons un policier à l'ancienne, de ceux que j'affectionne particulièrement et qui ont fait les grandes heures de notre maison. »

À la fin de la fête, un Lou ému annonça son intention de prendre quelques jours de repos chez des amis sur le Continent puis de faire valoir ses droits à la retraite. « Et j'organiserai une autre petite sauterie pour sortir de cette maison de fous la tête haute », déclara-t-il sous les rires et les applaudissements des invités.

J'avais un peu forcé sur le whisky. Deux ou trois groupes poursuivaient leurs discussions autour de sujets d'importance, comme les grilles de congés ou les derniers potins de l'hôtel de police. Fidèle à ses habitudes, Rochac se tenait appuyé à la fenêtre de la salle, le portable collé à l'oreille.

Je pouvais sentir une onde de chaleur colorer mes joues. Je reposai le gobelet de plastique blanc dans lequel une secrétaire avait versé beaucoup trop d'alcool, me ravisai, y trempai les lèvres puis le posai pour de bon.

Lou s'approcha de moi. Son visage était rubicond. Lui aussi avait trop bu. Il souleva son bras en écharpe et fit une grimace.

« Le toubib m'a interdit de picoler mais il faut ce qu'il faut, non ?

— Comment te sens-tu ?

— Comme un poulet qui s'est rendu compte en une fraction de seconde qu'il avait beaucoup vieilli.

— Suzanne ?

— Elle accuse le coup mieux que moi. Je lui en ai fait suffisamment baver en trente-cinq ans. Je voudrais éviter la fois de trop.

— La retraite, alors ? »

Il fit oui de la tête, ses lunettes fumées fixant le bout de ses godillots de flic.

« Je voulais te remercier, fils, finit-il par lâcher.

— De quoi ?

— De ne pas m'avoir fait mentir.

— Je n'avais pas le choix. »

Lou éclata de rire.

« Non, en effet. Je t'aurais plombé en personne si tu avais eu l'idée de déconner. »

La vague de chaleur reflua vers mon estomac. Je me servis un autre gobelet.

« Mais ça, fit Lou en montrant la bouteille, il va falloir que tu arrêtes.

— Je crois que c'est le métier qui veut ça, Lou. Je ne sais pas si j'y peux grand-chose. »

Il ferma les yeux, rajusta la sangle de son écharpe orthopédique.

« Le métier n'y est pour rien, fils. Personne ne combattra ce truc à ta place.

— Surtout pas sur cette île, pas vrai ? C'est toujours plus compliqué.

— Ici ou ailleurs, ça ne change rien, dit Lou. La seule chose qui soit difficile sur cette île, c'est d'arriver à savoir si elle nous donne plus qu'elle ne nous prend. »

De sa main valide, Lou répondit au salut de deux collègues qui quittaient la salle. Leurs rires les suivirent dans le couloir.

« Je pars quelques jours, dit-il. De la famille à voir sur le Continent. Je t'appellerai lorsque je serai de retour et on ira manger des tripettes à la Scudella, sur le Marché. Ça te va ? »

Je regardai le liquide doré au fond de mon gobelet, soudain très fatigué.

34

Je me réveillai avec une gueule de bois des grands jours, la bouche passée au papier de verre et les tempes comprimées par un étau. Après le pot en l'honneur de Lou, déjà bien entamé, je m'étais oublié dans un bar situé près du port de Toga, un trou connu pour abriter la pire collection de soiffards de la ville. On m'avait reconnu après la diffusion en boucle d'images où je courais derrière le brancard de Lou sur le port, quelques minutes après la fusillade. Le patron du bar m'avait offert à boire en insistant, beaucoup trop pour que je trouve la force de refuser. Les autres clients s'y étaient mis et, avant la fin de la soirée, j'étais déjà complètement démoli.

Je me levai en faisant de mon mieux pour ne pas tanguer avec les murs. J'étais en train de me passer la tête sous un filet d'eau froide lorsque quelqu'un se mit à appuyer frénétiquement sur la sonnerie de la porte d'entrée.

Je consultai ma montre. Huit heures trente. Je m'essuyai le visage, retournai en trottinant vers ma chambre, manquai me casser la gueule dans le couloir et passai un sweat à capuche et un pantalon de jogging. Je plaquai mon automatique contre ma cuisse.

À travers la porte entrebâillée, la compagne de Mustapha me lançait un regard interloqué. Ses yeux étaient d'un vert éclatant. Je me demandai si elle portait des lentilles ou s'il s'agissait de sa couleur naturelle.

« Ouvrez la porte, dit-elle. Vous n'avez pas à avoir peur. »

Je balayais les environs du regard et lui fis signe d'entrer.

« Non merci, jamais chez un flic.

— Comment avez-vous trouvé mon adresse ?

— Je vis avec un voyou, vous avez déjà oublié ?

— Écoutez, je ne suis pas vraiment en état de…

— Je le vois bien. Je le sens, surtout. »

Un grand coup de pied dans les couilles de mon amour-propre.

Je m'appuyais à la porte.

« Comment va-t-il ?

— Il s'est brièvement réveillé hier et, là, il roupille toujours. Les médecins pensent le récupérer d'ici quarante-huit heures. Ils lui font encore des examens pour déterminer quels sont les dégâts au cerveau.

— Je pourrai peut-être le…

— Non. »

Derrière elle, je remarquai une Mini garée en double file, warnings allumés.

« Qu'est-ce que je peux faire pour vous ?

— Pour moi ? Rien. Je dois juste vous remettre quelque chose. »

Elle me tendit une page quadrillée arrachée à un bloc-notes. La feuille était couverte d'une écriture en majuscules. Je la dépliai.

« MBAREK ? Qu'est-ce que ça veut dire ?

— Aucune idée.

— D'où vous sortez ça ?

— Quand il s'est réveillé hier, c'est le premier mot qu'il a prononcé. Puis il a dit votre nom.

— Je ne comprends pas.

— Moi non plus mais Mustapha a réclamé du papier et un stylo. Et il a écrit ce mot. J'imagine qu'il tient à ce que vous soyez au courant.

— Qu'est-ce que c'est ? Un nom ? Un endroit ?

— Ça peut aussi bien être une marque de slip du bled. Dans tous les cas, jamais entendu parler. »

Je la remerciai, lui dis qu'elle et Mustapha pouvaient compter sur moi en cas de besoin mais elle tourna les talons sans un mot, traversa la cour et monta à bord de sa Mini.

Je retournai le papier entre mes mains en refermant la porte d'entrée.

« MBAREK. »

35

La sonnerie du téléphone interrompit le cauchemar au moment où elle tournait son visage dans ma direction, sur le pont du ferry qui voguait vers la Sardaigne. À l'autre bout du fil, une voix pâteuse.

« C'est vous le policier ? »

Je regardai les barres digitales du réveille-matin. Trois heures vingt.

« Quoi ?

— Je suis bien à la police ?

— Putain mais vous êtes qui ?

— Jojo.

— Qui ça ?

— Jojo. Je vous ai vu quand vous êtes venu après la mort de la femme et la fille à M. Cherkaoui. »

Je rassemblai mes esprits embrumés par la Colomba.

Jojo. Le veilleur de nuit de MC Btp Pro, le type en tenue de chantier qui se tenait à l'écart des trois autres lorsque je m'étais pointé au siège de la société de Cherkaoui.

« Il y a quelqu'un ou quoi ?

— Qu'est-ce que vous voulez ?

— Y a ce type, là. Je sais pas quoi en faire. Il fouinait partout.

— De quoi est-ce que vous parlez ?

— Y avait votre carte sur le bureau à Sandrine.

— Et alors ? »

Derrière la voix de Jojo, un gémissement à peine audible.

« Attendez. »

Des pas qui raclent le sol, puis un craquement sec, un cri de douleur étouffé. Et les pas qui reviennent.

« Si c'est la police à qui je parle, il faut venir. Je vous dis : je sais pas quoi faire de ce type. »

La pluie noyait le décor, une pluie tenace et ininterrompue, lancinante comme une rage de dents sans remède. Sur le chemin, à deux cents mètres du siège de MC Btp Pro, je doublai une berline noire rangée sur le bas-côté, projetant des éclats de boue sur la carrosserie.

Je garai ma Saxo près du grillage de l'entrée, avançai vers le petit bâtiment à l'intérieur duquel une lampe torche éclairait faiblement le bureau de la secrétaire. Mon arme au bout du bras, je toquai à la baie vitrée. La grosse figure inexpressive de Jojo apparut. Il me détailla de la tête aux pieds puis décida que je ressemblais suffisamment à son souvenir pour qu'il consente à ouvrir la porte.

« C'est par là. »

Je le suivis dans la pénombre jusqu'au bureau de Mohamed Cherkaoui. À l'intérieur, le faisceau lumineux de sa lampe éclaira la silhouette d'Alex Luciani, ligoté à une chaise avec du ruban adhésif gris. Ses poignets et ses chevilles étaient liés aux pieds métalliques de la chaise avec des serflex autobloquants, si bien que son corps était penché en arrière et qu'il respirait difficilement.

Les yeux de Luciani étaient grands ouverts mais il paraissait sonné. Une rigole de sang séché dévalait son visage et se perdait dans le poil dru de sa barbe. Ses cheveux longs étaient collés sur son front par le liquide poisseux. Je m'approchai en prenant soin de laisser mon arme bien en vue.

« Luciani ? Ça va ? »

Il cligna des yeux. Je me tournai vers Jojo.

« Qu'est-ce qui s'est passé ?

— C'est comme je vous ai dit. Je dormais dans la caravane. J'ai entendu du bruit, je me suis levé et j'ai vu celui-là. Il fouillait dans les affaires à M. Cherkaoui. Regardez : les tiroirs, ils sont ouverts. Il fouillait dedans.

— Ces tiroirs-là ?

— Et les autres aussi. Regardez. L'armoire, là. »

Les portes de l'armoire étaient ouvertes. Au pied du meuble, une petite lampe torche à l'ampoule recouverte d'un filtre rouge éclairait quelques centimètres carrés du sol.

« Luciani, oh ?

— Vous le connaissez ? demanda Jojo.

— Non. Avec quoi vous l'avez cogné ? »

De la poche latérale de son pantalon de chantier, il tira un manche de pioche raccourci muni d'une dragonne en ficelle. Plusieurs épaisseurs de feuilles de plomb étaient enroulées autour de l'extrémité du manche et clouées au bois.

« J'ai visé la tête. C'est le meilleur moyen.

— Je vois bien. Oh, Luciani ? »

Je balançai une claque au sbire de Massa. Puis une autre, plus forte.

« Jojo, il y a du café quelque part ?

— J'en ai fait pour moi. Je suis seul ici, maintenant. »

Je ne savais même pas si ce malheureux avait été mis au parfum pour son ancien patron. Mais le moment était mal choisi pour une révélation.

« Je peux en avoir ?

— Du café ? À cette heure-ci, ça va vous faire mal. Vous allez plus dormir.

— Je crois que c'est mal barré de toute façon. »

Luciani émergeait doucement. Je ramassai sa lampe torche par terre, lui braquai la lumière rouge sur le visage. Un jet de vomi couvrit son menton.

« Luciani, qu'est-ce que tu foutais ici ? »

Son regard dériva vers le plafond puis revint se fixer sur moi. Je sentis l'odeur du café apporté par Jojo mêlée à celle du vomi de Luciani.

« Tu veux boire ? Café ? De l'eau ? »

Il hocha la tête.

« De l'eau.

— Il lui faut de l'eau, à lui ? demanda Jojo.

— Si possible, oui. »

Jojo repartit en marmonnant. Revint avec un gobelet. Je l'approchai des lèvres de Luciani.

« Vous l'avez trouvé quand ? demandai-je à Jojo.

— Il y a deux heures.

— Et vous n'avez pas appelé les gendarmes ?

— Non. Y avait juste votre carte sur le bureau à Sandrine. Les gendarmes, j'ai pas pensé. Je suis pas trop habitué. Une fois, y a un type, mais c'était pas celui-là, il avait essayé de voler des outils alors j'ai pris le bâton et…

— Il peut la fermer ? J'ai mal à la tête. »

Luciani avait une voix étonnamment haut perchée pour son physique néandertalien. Il avala péniblement une gorgée de flotte, avança de nouveau les lèvres. J'approchai le gobelet.

« Luciani, tu cherchais quoi par ici ?

— Vous pouvez me détacher ?

— Non. Et j'ai horreur de répéter mes questions. »

Il inspira profondément. Il faisait des efforts pour articuler.

« Enlevez-moi ces putains de serflex. Je ne vais pas m'en aller. Je n'essaierai même pas. Cet âne m'a éclaté la tête. »

Jojo fit un mouvement dans sa direction, le gourdin plombé déjà dans la main. Je m'interposai.

« On se calme. Il a eu son compte.

— Il peut même avoir plus que son compte, si il veut.

— Je ne crois pas que ce soit nécessaire, Jojo. S'il vous plaît, faites un tour dehors. On ne sait jamais, il n'est peut-être pas seul.

— J'ai vérifié, y a personne à part lui et son vice. Et sa grosse voiture plus loin sur le chemin. »

Jojo se balança d'un pied sur un autre pendant un petit moment puis, de lui-même, tourna les talons et disparut en maugréant.

« On peut parler, maintenant ?

— Pas tant que je serai attaché.

— Tu le resteras le temps qu'il faudra.

— Vous comptez appeler vos collègues ?

— Sauf si ce que tu as à me dire me fait changer d'avis. »

Ses yeux clignèrent de nouveau, ses lèvres laissèrent filer un soupir.

« Je travaille pour eux », lâcha Alex Luciani.

36

« Reprenons encore une fois, fit Rochac à Sylvain Katz, le patron de la PJ. Vous avez infiltré un repris de justice, un homme de main de la Battue, auprès de François Massa. Tout ça, dans le dos de mes services. Et sans rien dire à personne. »

Dans son plus beau costume moutarde, le petit commissaire faisait les cent pas. Je ne l'avais jamais vu dans un tel état. Personne ne l'avait sans doute jamais vu dans un tel état. Le matin même, lorsque je lui avais déballé le compte rendu de ma conversation avec Luciani, son visage était devenu cramoisi. Il avait saisi son téléphone et appelé Dormoy en le menaçant : faute d'explication en personne du patron de la PJ, il porterait l'affaire en haut lieu. Dormoy avait sonné Katz, qui avait rappliqué ventre à terre depuis Ajaccio. Assis près de la fenêtre, les deux hommes évitaient de croiser le regard de Rochac, même s'il était leur subordonné, un commissaire grassouillet, rouge de colère, dans un costume qui ne serait jamais à la mode.

« La décision ne vient pas de moi, fit Katz. Je vous répète que j'ai été avisé de l'opération la semaine dernière, quand le capitaine ici présent est allé faire son cirque chez Massa. »

Rochac fit volte-face. Il me désigna du doigt.

« Le capitaine a fait son job dans une affaire de double homicide où le nom de Massa sortait à tous les coins de rue. Qu'est-ce que vous pensiez ? Que c'était le genre de flic à se contenter des évidences ? Le tocard du bureau des homicides simples qu'on laisse bosser sur une affaire parce qu'il est incapable d'additionner deux et deux ? »

Dormoy fixait le cuir de ses pompes lustrées. Le visage impuissant de Katz s'y reflétait.

« Encore une fois, je n'ai pas la main sur l'opération », dit le patron de la PJ.

Contraint et forcé, Katz avait dû nous affranchir sur l'« opération Altore », lancée depuis un an et demi dans le plus grand secret. « Une sorte de *mani puliti* à la corse », avait cru bon de préciser Dormoy. Trois offices centraux mobilisés, des dizaines de flics et de gendarmes, deux magistrats spécialement affectés à la Jirs[1] de Marseille avec consignes de n'en référer qu'au cabinet de la ministre. Même les enquêteurs du groupe d'intervention régional et le pôle économique et financier du tribunal de Bastia avaient été mis sur la touche, motus et bouche cousue. Paris voulait frapper un grand coup, avec zéro risque de voir les investigations s'ébruiter ou fuiter opportunément dans la presse.

Cibles : François Massa et un réseau de corruption qui associait plusieurs élus et quelques hauts fonctionnaires. « Du lourd », avait affirmé Dormoy.

La veille, Alex Luciani avait passé une bonne partie de la nuit à m'expliquer comment les flics l'avaient

1. Juridiction interrégionale spécialisée.

retourné quinze mois plus tôt, alors que l'opération Altore débutait à peine. « Je les rencardais sur Massa et ils trouvaient une porte de sortie à mon petit frère. Il était en train de crever du sida en prison. Je me suis démerdé pour me faire embaucher et me rendre indispensable. Mon frère est mort il y a six mois au village, chez mes parents. »

Luciani aurait pu continuer longtemps son boulot d'indic s'il ne s'était pas fait poisser par un veilleur de nuit à moitié demeuré armé d'un gourdin plombé maison. La nuit qui venait de s'écouler, je m'étais retrouvé face à un bonhomme éreinté par des mois de trahison et de double jeu. Il s'était mis à table pour se libérer d'un poids et en finir du même coup avec le dégoût qu'il s'inspirait.

D'après lui, Cherkaoui s'était mis à faire chanter Massa quelques mois auparavant, lorsque son ancien ami avait décidé de lui couper les vivres. Luciani ignorait les moyens de pression dont disposait Cherkaoui. Mais Massa avait commencé par payer avant d'envoyer Cherkaoui sur les roses une bonne fois pour toutes. Une semaine avant le drame des Albatros, Cherkaoui avait déboulé dans le bureau de Massa « défoncé jusqu'aux yeux », et les deux hommes en étaient venus aux mains, ce qui expliquait les égratignures sur le poing gauche de Massa lors de notre première entrevue.

Quand j'avais répété l'histoire devant Rochac et eux, Katz et Dormoy n'y avaient pas coupé. Ils avaient dû lâcher le morceau : Cherkaoui, l'ancien sans-papiers, était la pièce centrale de l'opération Altore. Les enquêteurs le soupçonnaient d'avoir joué les intermédiaires entre Massa, ses associés occultes de la Battue, plusieurs élus et des hauts fonctionnaires en les arrosant avant la conclusion de marchés publics.

« Les collègues, avait ajouté Dormoy, ont pu déterminer que Cherkaoui aurait effectué de sept à onze versements d'argent liquide pour une somme estimée entre 2,1 et 3,4 millions d'euros du début 2014 à la fin 2016. Parmi les bénéficiaires, on trouve deux responsables de cellules des marchés publics et… » Il laissa glisser son regard vers Katz, qui croisa ses jambes sans cesser de fixer le mur en face de lui.

« … Et un sous-préfet », dit Dormoy.

« C'est à ce moment-là que Buonomo est entré en scène », m'avait expliqué Luciani. Il avait commencé par me confirmer le récit de Massa sur l'embauche de Buonomo : un service rendu à un ami de longue date. Mais la bagarre avec Cherkaoui s'est ébruitée dans la boîte et Buonomo était allé trouver Massa pour lui proposer ses services : contre 30 000 euros en liquide, il pourrait acheter le silence de Cherkaoui. Comment ? Luciani n'en savait foutre rien mais Massa, tout homme d'affaires qu'il était, avait mordu à l'hameçon et chargé Luciani de payer Buonomo.

« Il m'a donné un sac de sport rempli de billets et je l'ai fourgué à Buonomo sur le parking du parcours de santé de Furiani », avait dit Luciani avant de préciser : « Les flics étaient au courant. C'était quarante-huit heures avant l'assassinat de la femme et de la gamine. »

« Ce qui implique, fit Rochac, que les plus hautes autorités de la police judiciaire ont autorisé un agent de renseignement à verser de l'argent au suspect d'un double homicide.

— Cet argent est celui de Massa, se défendit Dormoy. Et rien ne démontre que Buonomo soit l'auteur des assassinats. Les magistrats de la Jirs ont été tenus au parfum, ils ont autorisé Luciani à procéder à l'échange.

— L'échange de quoi, on se demande, observa Rochac. Buonomo a juste escroqué un bonhomme en lui promettant de faire taire son maître chanteur. Et depuis, il a disparu. Envolé. »

Je m'approchai de la fenêtre. Quatre étages plus bas, le port avait retrouvé son activité normale depuis la fusillade. Les lamaneurs s'activaient autour d'un navire à quai, les capuches de leurs doudounes rouges et bleues rabattues sur le visage pour se protéger du crachin.

« Ma dernière visite à Massa a tout déclenché, dis-je. Lorsque je lui ai parlé de Buonomo, il a paniqué. Buonomo dans la nature, il a chargé Luciani de chercher ce que Cherkaoui pouvait bien avoir contre lui.

— Comme quoi, selon vous ? demanda Rochac.

— Un carnet recensant les noms et les sommes versées, quelque chose dans ce goût-là. Des preuves du système de corruption.

— Dans ce cas, il aurait envoyé Luciani plus tôt.

— Pas nécessairement. Cherkaoui avait disparu, Buonomo aussi. Massa n'avait pas les idées à l'endroit. Il ignorait surtout que nous avions connaissance de l'existence et de l'implication de Buonomo. Bilan ? Il attend d'y voir plus clair en pariant que ses amis de la Battue mettront la main sur Cherkaoui ou sur Buonomo, ou sur les deux. Lorsqu'il m'a entendu prononcer le nom de Buonomo, il s'est dit que ça commençait à sentir sérieusement la merde. Du coup, il envoie Luciani fouiller chez Buonomo. Rien. Il l'expédie chez Cherkaoui en désespoir de cause. Si Jojo n'avait pas surpris Luciani, s'il n'avait pas trouvé ma carte de visite et eu la présence d'esprit de m'appeler…

— Ni vous ni moi n'aurions jamais été tenus au courant de l'opération Altore, compléta Rochac. Pas vrai, Katz ?

— Le double homicide des Albatros a failli tout faire capoter, fit le patron de la PJ. Il ne fallait pas que cette enquête vienne parasiter une opération qui coûte des millions au contribuable.

— Des millions ! dit Rochac. Une femme et sa gamine ont peut-être été assassinées par ce Buonomo, un multirécidiviste auquel vous avez fait cadeau de 30 000 euros, et vous venez nous parler des millions du contribuable ! »

Je quittai des yeux le ballet des lamaneurs en train d'enrouler d'énormes câbles autour d'une bitte d'amarrage. Je repensai à une vieille histoire drôle où un docker s'adressait en anglais au commandant d'un navire. Elle n'avait jamais fait rire grand monde à part moi. Je me retournai vers Dormoy et Katz.

« Il fallait surtout que l'enquête sur la femme et la gamine reste confiée à un flic dans mon genre. J'aurais conclu au double assassinat suivi d'un suicide et le tour était joué. C'est ce qui a fini par arriver, d'ailleurs. Mais ça a pris un peu plus de temps. Maintenant que Cherkaoui est mort, vous avez carte blanche pour passer ses comptes et toute sa documentation au peigne fin. C'est pour ça que vous n'avez pas débarqué pour tout rafler après l'épisode des Albatros. Pour que personne n'ait vent de votre opération. Ça devait rester un drame familial, il fallait éviter d'éveiller le moindre soupçon. Vous espériez aussi retrouver Cherkaoui après sa fuite de l'hôpital et, qui sait, lui proposer un marché. Donnant-donnant : un arrangement pour le double assassinat contre son témoignage pour enchrister Massa et ses complices.

— Écœurant, fit Rochac.

— Je vous répète, dit Katz, que tout est dirigé depuis Marseille et Paris. Ici, nous sommes pieds et poings liés.

— Je n'ai pas fini, dis-je. Cette nuit, au siège de la boîte de feu Mohamed Cherkaoui, j'ai remarqué que la plupart des étagères avaient été vidées. Plus un seul classeur, plus de trieurs. Y compris dans le bureau de Cherkaoui. Luciani pouvait chercher tant qu'il voulait, il n'aurait rien trouvé. Quand j'ai interrogé Jojo, il m'a expliqué que des inconnus avaient appelé pour lui annoncer qu'ils emporteraient tout. C'était le surlendemain de la mort de Cherkaoui. Quatre mecs et un fourgon blanc. Jojo m'a dit qu'ils s'étaient fait passer pour des déménageurs mais qu'il n'en avait jamais vu avec des flingues à la ceinture et des accents *pinzuti.* »

Dormoy et Katz échangèrent un regard.

« Il ne faut jamais sous-estimer les faibles d'esprits, repris-je. Le royaume des cieux leur appartient. Encore une chose : hier, Luciani m'a affirmé qu'il avait reçu le feu vert de ses officiers traitants pour poser une charge explosive chez Sonia Mattei l'an dernier. Rien de grave, une bombinette destinée à lui faire peur après ses démêlés avec Massa. Vous n'étiez pas au courant non plus ? »

Rochac, qui avait regagné son bureau, enfouit son visage entre ses mains. Il resta ainsi un long moment.

« Bon, arrêtons les frais. Avec tout le respect que je

vous dois, monsieur le directeur, y a-t-il encore quelque chose que nous devrions apprendre ou ce sera tout pour aujourd'hui ? »

Katz adressa un signe de tête à Dormoy.

« Pour faire le tour du sujet, dit celui-ci, nous avons été informés de la découverte d'un cadavre sur la Route des crêtes, près de Cassis. C'était il y a une heure, juste avant le début de notre… De notre réunion.

— En quoi sommes-nous concernés ? demanda Rochac au comble de l'exaspération.

— La victime, conclut Dormoy, pourrait être David Buonomo. »

37

Le regard figé, François Massa quittait les locaux de son entreprise entre deux policiers en civil. Ses mains disparaissaient dans le dos de son costume à 2 500 euros. Sur le seuil de la S.A. Massa, l'hôtesse d'accueil paraissait incapable de donner la moindre signification à la scène. Son regard errait des flics en civil qui tiraient de lourdes sacoches des coffres de leurs véhicules banalisés à l'agent de sécurité planté au milieu du parc de stationnement, qui avait oté sa casquette et se grattait l'arrière du crâne.

Les flics installèrent Massa à l'arrière d'un Scenic en lui posant une main sur le front pour éviter qu'il ne se cogne aux montants de la portière. Le plus balaise des deux prit place à ses côtés et l'autre s'installa à la place du mort. Tout autour, des uniformes et des silhouettes en civil s'affairaient, claquaient des portières et se dirigeaient vers l'entrée de la société de Massa que d'autres quittaient les bras chargés de carton où s'empilaient des documents reliés, des plans et même des maquettes réalisées en carton blanc. Plusieurs hommes de la BRI, cagoulés et revêtus de combinaisons noires, avaient été placés aux endroits stratégiques pour prévenir toute fuite. L'un d'eux trottina jusqu'à un engin de chantier qui continuait à manœuvrer comme si de rien n'était et ordonna au conducteur d'en descendre. Le type fit une embardée, planta la tractopelle au beau milieu du parking et sauta de l'engin en lançant un regard mauvais au flic. D'autres voitures arrivaient, d'autres inconnus en descendaient. Trois d'entre eux se dirigèrent vers l'hôtesse d'accueil avec laquelle ils engagèrent une brève conversation puis elle hocha la tête et leur fit signe de la suivre à l'intérieur.

Tout ce remue-ménage se déroulait devant une équipe de télévision. Le caméraman et la reporter, une jolie fille avec de très longs cheveux blonds, avaient débarqué la veille du dernier vol Paris-Bastia. Un flic en costume adressa à la journaliste un geste auquel elle répondit par un sourire, « Ça va, Jean-Pierre ? » La presse locale était confinée de l'autre côté de la route, derrière un cordon de rubalise que surveillaient des flics en tenue dépêchés du commissariat de Bastia pour prêter main-forte à leurs collègues du Continent.

Le Scenic où Massa avait pris place démarra, précédé d'une camionnette ouvreuse qui fila toutes sirènes hurlantes vers Bastia. La gueule menaçante d'un fusil d'assaut dépassait de la portière grande ouverte. Deux autres véhicules suivaient. Le convoi disparut au premier virage.

La découverte du corps de David Buonomo sur la Route des crêtes avait tout précipité : l'opération Altore comptait déjà suffisamment de cadavres, les huiles parisiennes avaient dû se résoudre à bousculer leurs plans pour mettre un point final au carnage et serrer François Massa avant que la situation ne leur échappe totalement. Au cours de la nuit, Alex Luciani avait été conduit dans la plus grande discrétion jusqu'à la base aérienne de Solenzara par une équipe du Raid expédiée de toute urgence en Corse. Encadré par ses chaperons, il s'était envolé pour une destination inconnue à bord d'un avion de l'Armée de l'air, témoin numéro 1 à protéger coûte que coûte. À travers le hublot, il avait dû contempler les rivages de son île pour la dernière fois de sa vie.

Buonomo n'avait pas couru très loin. Appelés pour un incendie sur la Routes des crêtes, à six kilomètres de Cassis, les pompiers l'avaient découvert penché sur le volant de sa 208 de location, le crâne fracassé par deux balles de 11,43. Une partie de la voiture avait brûlé. Dans le coffre, on avait retrouvé 23 000 euros, ce qu'il lui restait du fric de Massa.

Rochac releva le col de son manteau gris à carreaux alors que nous assistions au déploiement de forces sur le parking de la S.A. Massa.

« Massa a fini par comprendre que Buonomo l'avait truandé et il a lâché les chiens de la Battue, dit-il. Mais pourquoi les assassins de Buonomo n'ont pas récupéré le fric, à votre avis ?

— Parce que la Battue n'a pas besoin d'un pourboire de 23 000 euros et qu'elle a voulu mettre Massa le nez dans sa propre merde. Le fric perdu est toujours perdu, surtout quand on croit aux bobards d'un second couteau cocaïnomane. J'imagine que vous êtes au parfum pour l'Hacienda ? »

Rochac fit « non » de la tête.

« Le chantier tout proche, le lotissement *U sognu*… Il appartient à Massa. »

Sans entrer dans les détails, j'expliquai enfin à

Rochac l'épisode de ma rencontre avec Cherkaoui et l'intervention de l'invité mystère qui m'avait sauvé la vie. Il ne parut pas étonné.

« Luciani ?

— Il me suivait depuis le début. Il a dû me voir discuter avec l'informateur qui m'a rencardé sur la planque de Cherkaoui. Et pour en finir avec Cherkaoui, il a pensé à l'Hacienda. Il connaissait en détail les chantiers de Massa, il savait que la construction du lotissement était plus ou moins à l'arrêt, que personne ne le dérangerait.

— Sauf un couple de saisonniers clochardisés », dit Rochac.

Il me demanda une cigarette. Je lui tendis mon paquet. Ses gros doigts s'acharnèrent à en tirer une du paquet. Il aspira une pleine bouffée, toussa. « Vous fumez des mentholées ? » grimaça-t-il. Il tira de nouveau sur la clope.

« Au fond, je me demande s'il n'est pas soulagé, fit-il après un moment. Tout ça doit être compliqué à gérer. Des amitiés louches, des marchés publics truqués, le risque de tomber un jour et de tout perdre. Ou pire, de finir au fond d'un baril en ciment en pleine mer.

— Je connaissais un vieux voyou. Il est mort il y a deux ans. Ce mec avait passé la moitié de sa vie en taule et le reste à claquer le pognon de ses braquages entouré des plus belles gonzesses, dans les plus beaux hôtels, au soleil. C'était un mec très intelligent. Un jour, je lui ai demandé si le jeu en valait la chandelle. Passer de la lumière à l'ombre, d'une plage de rêve à un cachot de Fresnes, éviter les embrouilles entre associés, faire en sorte d'esquiver les balles des concurrents. Vous savez ce qu'il m'a répondu ? »

Rochac grogna. De profil, il paraissait plus joufflu encore.

« Il m'a dit qu'il ne pensait jamais à la prison, qu'il ne respirait que pour les moments de liberté où il pouvait conduire une Lamborghini à Rio et offrir des tournées générales en boîte, des voyages de rêve à ses neveux. Le reste, le placard, les règlements de compte, ça n'avait aucune importance à ses yeux.

— Peut-être que Massa faisait le même calcul. Peut-être qu'après vingt ans d'impunité, il se sentait invulnérable.

— Peut-être qu'on lui a permis de l'être. »

Rochac heurta le sol du bout de ses chaussures, comme un tennisman qui s'apprête à servir.

« Vous savez où en est l'opération ?

— Trois perquisitions en cours, dit-il. L'une vise la sous-préfecture de Sartène, les deux autres, des mairies. On m'a aussi parlé d'une audition de plusieurs fonctionnaires qui ont regagné le Continent après leur passage ici. On n'en sait pas plus. Pas encore.

— À votre avis, ça donnera quoi ? »

Rochac leva son visage lunaire vers le ciel.

« Quelques reportages télé, soupira-t-il. Avant que d'autres ne prennent la place de Massa. »

38

Sonia m'avait donné rendez-vous au Saint-Jean, un restaurant discret sur les hauteurs de Bastia, deux minuscules pièces voûtées qui ne pouvaient accueillir qu'une vingtaine de convives. Depuis plus d'un siècle, la même famille se transmettait le flambeau d'une cuisine raffinée mais sans prétention, servie à une clientèle lassée des gargotes de Bastia où tout le monde se connaissait. « On se retrouve directement là-haut », avait-elle précisé au téléphone.

J'avais fait des efforts vestimentaires, passé une chemise à peu près propre sur mon pantalon noir, ciré ma dernière paire de chaussures convenables, achetée un an auparavant en prévision d'un mariage que j'avais finalement raté après avoir passé la veille à me bourrer la gueule. Puis je passai un manteau gris, nouai une écharpe autour de mon cou et embarquai à bord de ma poubelle roulante, direction un dîner aux chandelles, le premier depuis des siècles.

Je roulai dans la nuit en repensant à Mustapha, gros tas de plaies échoué entre les draps rêches de l'hôpital. Protégé ou non, Luciani ne s'en tirerait pas aussi facilement avec une immunité délivrée par les pontes de la maison poulaga pour bons et loyaux services. Quelqu'un devait payer.

La Saxo grinçait dans les virages de la route de Ville-di-Pietrabugno, et, après un quart d'heure à malmener ma boîte de vitesse, j'arrivai sur le minuscule parking près de la place du village de San Martinu. Dans la nuit, la guirlande de loupiotes accrochée à la façade du Saint-Jean fournissait le seul éclairage aux petites maisons pressées les unes contre les autres, déjà endormies dans le froid de l'hiver. La pluie tombait en fin rideau sur le paysage.

Une femme d'une cinquantaine d'années m'accueillit tout sourire, dans un décor de vieilles pierres apparentes, de fleurs séchées disposées dans de larges vases en verre teinté. Aux murs, des gravures représentaient les héros de la nation corse, Sambucucciu d'Alandu, Sampieru Corsu, Pasquale Paoli, le père de la Patrie, conversant d'un air distingué avec un chef partisan pendant la guerre d'Indépendance contre les troupes de Louis XV. D'autres images montraient de vieux plans de Bastia remontant au XVIIIe siècle, des photographies de pêcheurs ravaudant leurs filets et des femmes vêtues de noir portant d'énormes cruches d'eau en équilibre sur la tête. Un murmure jazzy s'échappait d'une petite enceinte.

Mon hôtesse me guida jusqu'à la table où Sonia m'attendait devant un verre de vin. Elle était située légèrement à l'écart, contre le mur le plus éloigné de l'entrée, sous un cadre reproduisant une marine du cap Corse. La clientèle était constituée d'un couple de jeunes touristes anglais qui jetaient des regards émerveillés autour d'eux et se parlaient à voix basse en se tenant par la main, et d'une tablée de trois hommes parmi lesquels je reconnus le propriétaire d'une chaîne de magasins de vêtements pour hommes. Les trois clients ne s'adressaient pas la parole et mangeaient en faisant du bruit. De temps à autres, l'un d'eux émettait un grognement et les autres opinaient du bonnet comme s'ils communiquaient grâce à un langage rudimentaire connu d'eux seuls.

Sonia portait un tailleur crème sur un chemisier en soie, un jean de marque et une paire de tennis sans doute hors de prix. À l'annulaire de sa main gauche, son solitaire accrochait la lumière tamisée de la minuscule lampe posée sur la table.

« La bague te plaît ?

— Je n'y connais pas grand-chose. Elle a l'air splendide.

— Elle l'est. Une pièce d'exception.

— Cadeau d'un amoureux ? »

Son visage s'éclaira d'un sourire forcé.

« Mon père l'a offerte à ma mère pour leurs dix ans de mariage. Quinze jours avant sa mort.

— Je suis désolé.

— Ne le sois pas. Mis à part quelques souvenirs et les photos que tu as vues, c'est tout ce qui me reste de lui. »

Elle fit une pause.

« Cette bague, j'aime la porter pour les grandes occasions.

— C'en est une ?

— Ça pourrait. »

Elle sourit de nouveau, trempa ses lèvres dans son verre. Puis, d'un mouvement de tête, convoqua le serveur et commanda une bouteille de Clos Teddi. Elle prit une assiette de sauté de veau aux olives et je lui laissai choisir pour moi des beignets à la fleur de courgette suivis de tagliatelle au sanglier.

À la fin du repas, la bouteille que nous avions bue, les deux verres de liqueur de myrte offerts en digestif et la musique douce m'avaient plongé dans un début d'ivresse cotonneux. Les autres clients étaient partis. Le serveur attendait manifestement que nous réclamions l'addition, à moitié endormi derrière le comptoir de bois à l'entrée du Saint-Jean. Venue de très loin, la voix de Billie Holiday chevrotait sa douleur sur l'air de *Strange Fruit*.

Sonia demanda à la propriétaire du restaurant la permission de fumer à l'intérieur. Celle-ci posa devant nous un cendrier en étain et resta quelques minutes en notre compagnie, répondant de bonne grâce aux questions de Sonia sur les chambres d'hôtes qu'elle et son mari louaient dans le village. Sonia lui assura qu'elle était très amie avec le directeur d'une quelconque administration régionale, lequel pourrait sans doute lui faciliter la tâche si elle voulait obtenir une aide financière pour la rénovation du B&B. Elle suggéra à la restauratrice de l'appeler dans la semaine. Pour le reste, elle s'occuperait de « tout ».

Dehors la pluie s'était transformée en neige fondue. Elle tombait en paquets compacts qui s'écrasaient sur le paysage dans un vacarme de papier froissé. La température avait brutalement chuté. Sonia avait revêtu un manteau en fourrure. En quittant le restaurant, elle se blottit contre moi et nos haleines se retrouvèrent mêlées dans le même panache.

« Tu dors à la maison », murmura-t-elle.

Ce n'était pas une question.

39

La lumière du jour me réveilla vers neuf heures. Une odeur de frais montait des draps. Les souvenirs de l'aube me revinrent à l'esprit, Sonia assise au bord du lit, déjà habillée, le baiser déposé sur ma bouche et son parfum léger puis la porte refermée doucement.

Je traversai le couloir vers la cuisine, trouvai un mot sur le plan de travail. « Tes affaires étaient trempées, je les ai mises à sécher > lave-linge buanderie. Rdv important ce matin. Capsules café > boîte verte à côté évier + jus d'orange au frigo. A+ »

J'ouvris le frigo, en sortis une brique de jus d'orange bio. Je ne perdis pas de temps à chercher les verres et avalai le jus de fruit à lentes gorgées. Puis je fis couler un café en choisissant au hasard une capsule de couleur – dans les tons dorés. Le café n'était pas mauvais, plutôt léger.

Dans la salle de bains, deux serviettes propres avaient été disposées sur le rebord du lavabo. Je mis plusieurs minutes à saisir le fonctionnement de la douche programmable et ses huit arrivées d'eau, reçus un jet brûlant sur les couilles, un torrent glacé sur les épaules et finis par actionner le mécanisme depuis l'extérieur de la cabine avant de trouver la bonne température et me prélasser sous la douche pendant une bonne vingtaine de minutes.

Je trouvai mes fringues dans la buanderie, passai la chemise et le pantalon et déposai mes chaussures dans l'entrée. Puis je fouillai les poches de mon pardessus à la recherche de mes cigarettes, en allumai une en espérant que Sonia ne m'en voudrait pas pour l'odeur de tabac froid lorsqu'elle rentrerait. Je me promenai un moment dans le séjour, jetai un coup d'œil aux dizaines de photos alignées sur la console – le sourire de Saul Mattei avant son assassinat, les lunettes aux verres fumés de Lou Girardi du temps de leur jeunesse à l'armée, le regard de Sonia sur un ou deux portraits trop sophistiqués.

La cigarette terminée, j'ouvris la poubelle pour y balancer la brique de jus d'orange, passai un coup d'éponge sur le plan de travail et déposai ma tasse à café dans l'évier. Après quoi, je laçai mes chaussures et enfilai mon pardessus. C'est en fourrant mon paquet de clopes dans une poche que mes doigts touchèrent une feuille de papier pliée en quatre.

À l'intérieur, le mot tracé par Mustapha en lettres capitales. « MBAREK ».

Le téléphone de Mustapha sonnait dans le vide. Son bar était fermé, le rideau baissé. Je garai ma voiture rue César-Campinchi sous le nez de deux policiers municipaux ensuqués et me dirigeai vers le commissariat. Le vent avait renversé les tables et les chaises des terrasses de café sur la place Saint-Nicolas mais personne ne s'était donné la peine de les ranger. À quoi bon ? Le vent continuerait à souffler, les tables et les chaises à valdinguer.

Le ciel vide absorbait la lumière. Façades grises des immeubles, visages monochromes des rares passants.

À l'accueil du commissariat, un collègue en tenue prenait les consignes au changement de garde. La fliquette de nuit, penchée sur la main courante, lui montrait quelque chose avec la pointe de son stylo Bic pendant qu'il se tenait debout derrière en matant son cul. Aucun d'eux ne leva la tête lorsque je les saluai en traversant le hall.

Parvenu à mon bureau, j'allumai une cigarette. L'icône de messagerie clignotait sur l'écran de mon téléphone de service. Je composai le numéro de poste de Rochac et raccrochai après huit sonneries en me souvenant que le commissaire se trouvait avec les autres patrons de service dans le bureau du préfet pour la réunion de sécurité hebdomadaire. Chacun devait y aller de son couplet, de ses chiffres, du jargon habituel, les mêmes procédures montées en épingle à partir de tuyaux percés, les coups d'œil obliques jetés sur le dossier du voisin. « Oui, nous avons une bonne piste pour la série d'incendies de voiture à Lupinu. — Non, toujours aucun signalement pour islamisme mais le renseignement territorial reste sur la brèche, monsieur le préfet. — Absolument, monsieur le préfet, côté indépendantistes, c'est très tranquille. Très. » Puis on échangerait des poignées de main avant d'aller déjeuner l'âme en paix jusqu'à la semaine suivante.

Je me levai, procédai à quelques étirements et m'approchai de la fenêtre condamnée de mon bureau. En contrebas, le long de la voie rapide qui déroulait son bitume sous les fenêtres du commissariat, trois palmiers déplumés agitaient mollement leurs ramures jaunies. Une file de voitures roulait au pas le long de la rue qui ouvrait sur le rond-point du port de commerce, au coin de l'avenue Émile-Sari. Plus loin, un automobiliste arrêté au milieu de la chaussée prenait le temps de claquer la bise à un passant penché à la portière de son 4×4 aux vitres teintées, sans se soucier de la file de bagnoles poireautant derrière lui. Je consultai mon portable. Aucun appel de Sonia.

Un nom s'affichait sur l'écran de mon ordinateur. Après avoir consulté en vain un dictionnaire phonétique marocain-français en ligne, j'avais entré « MBarek » dans le TAJ[1] sans davantage de résultats, puis essayé avec « M'Barek ».

Mimoun M'Barek, né le 17 février 1973 à Nador (Maroc), avait été un fidèle client des services de police. Sa première mise en cause recensée remontait au 27 juillet 2003, un accident de la route mortel dans la région d'Ajaccio avec délit de fuite, survenu deux jours plus tôt. En mars 2006, il avait été repris pour port illégal d'arme à feu et, à peine plus d'un an après, au mois d'avril 2007, pour une nouvelle affaire : possession et cession de produits stupéfiants. Je décrochai mon téléphone pour appeler la permanence de l'Identité judiciaire.

« Salut, c'est le BHS. Petite question : j'ai un client mais pas sa photo sur le TAJ, c'est normal ? »

À l'autre bout du fil, mon correspondant me demanda le nom et pianota sur son clavier. « Un instant », fit-il. Puis : « Non, c'est pas normal du tout. Il aurait dû être signalisé. Ça dépend d'Ajaccio, tu les as appelés ? »

Je le remerciai et raccrochai.

---

1. Traitement des antécédents judiciaires, fichier informatisé qui recense les enquêtes menées sur les auteurs ou les suspects d'infractions.

La salle de consultation des archives départementales était peuplée de vieillards abîmés dans la lecture de grimoires posés sur des lutrins de bois clair. Sous un éclairage aveuglant, ils parcouraient du doigt les pages jaunies, remontaient le fil de leurs généalogies, prenaient des notes sur des cahiers d'écolier. De temps à autres, une employée poussant un chariot à roulettes s'approchait de l'un d'eux et lui remettait un nouveau volume sous les regards envieux des autres. Puis chacun reprenait sa lecture à la recherche d'un glorieux ancêtre, d'armoiries bidon à dépoussiérer, de quoi se prendre la tête au café du matin avec d'autres obsédés du passé au bord de la tombe.

La préposée aux périodiques m'apporta les exemplaires du *Corse-Matin* reliés sous une couverture grand format en tissu bleu pastel. J'ouvris celui de juillet 2003. Les pages craquèrent. Deux momies levèrent le nez de leurs registres paroissiaux.

Le 25 juillet, une photo occupait la moitié de la une, entre le portrait d'une playmate en bikini et chapeau de paille et une pub pour du jambon à prix sacrifié. Un amas de carrosseries déchiquetées laissait deviner la carcasse d'un puissant 4×4 bleu nuit et celle d'une petite citadine vert pomme. Le titre disait : « Tragique accident à la sortie d'Ajaccio ».

En page deux, le papier, illustré de trois autres photos, revenait sur l'accident qui avait coûté la vie à Pino Busaccio et Emilia Fossini, dix-neuf et vingt-trois ans, et plongé dans le coma Gabriella Zinnone, dix-sept ans, trois touristes italiens en vacances dans la région.

« Pour l'heure, était-il écrit, personne ne peut en dire davantage sur les circonstances de l'accident. D'après une source proche de l'enquête, le véhicule en cause, un Volkswagen Touareg dernier modèle, pourrait avoir été volé dans la région de Bastia. Des produits stupéfiants auraient également été retrouvés à l'intérieur. Les services d'enquête ne disposent pas d'informations sur l'identité du conducteur. »

Je pris l'article en photo avec mon smartphone puis tournai les pages. Le bruit de l'obturateur déclencha une brève polyphonie de « Chut ». À la date du 28, mon regard s'arrêta sur un entrefilet : « Le conducteur du véhicule impliqué dans l'accident mortel de mercredi dernier, à la périphérie d'Ajaccio, a été interpellé cours Grandval hier par des enquêteurs de la Sûreté départementale. L'homme, âgé d'une trentaine d'années, était légèrement blessé. Il a été conduit dans les locaux du commissariat de la ville pour y être interrogé. »

Une nouvelle recherche m'apprit que le 8 mars 2005, après deux jours de procès, Mimoun M'Barek, trente-deux ans, avait été lourdement condamné par la cour d'assises de la Corse-du-Sud à trois ans de prison ferme pour avoir causé la mort de deux personnes et gravement handicapé une troisième au volant d'un véhicule volé. Il avait été incarcéré à la maison d'arrêt d'Ajaccio où il avait purgé la totalité de sa peine.

Un maigre article était consacré au procès, qui n'avait pas intéressé grand monde à l'époque. Mais le nom du flic qui avait interpellé M'Barek y figurait.

40

Grand, mince et beau gosse, Bruno Tomasi allait sur ses cinquante-cinq ans mais on lui en aurait facilement donné quinze de moins. À part ça, c'était une caricature de flic, un cossard et un jeanfoutre qui ne devait sa maigre carrière qu'à une aptitude surhumaine à la reptation et quelques relations bien placées dont une cousine germaine conseillère générale. Après un bref détour par la PJ, où il s'était illustré en perdant connaissance sur sa première scène de crime, il avait été affecté à la Sûreté départementale où il s'était révélé prêt à tout mais bon pour pas grand-chose, entre deux arrêts-maladie et des procédures tellement mal ficelées qu'on l'avait surnommé « Relaxe Max ».

Assis à la terrasse du Bar des Pêcheurs, sur le port Tino-Rossi, Tomasi mâchouillait un cure-dents en pestant contre le mauvais temps persistant qui interdisait toute virée en mer à bord de son bateau, sa raison de vivre qu'il bichonnait aux horaires de bureau. Les intempéries n'avaient pas suffi à le convaincre d'ôter ses Persol à 300 euros.

« Si je me souviens de cet enculé d'Arabe ? Bien sûr que je m'en souviens. C'était un dealer qui commençait à monter en gamme. Pas mal de shit, un peu de coke sur les bords. Pas bête, attention. On lui courait après depuis quelque temps, mais il se démerdait toujours pour s'en sortir. Je me souviens d'une fois, si tu me demandes…

— Son interpellation pour l'accident à l'été 2003, tu peux m'en parler ? »

Tomasi s'interrompit, fit passer le cure-dents d'un coin de sa bouche à l'autre et patienta le temps qu'il fallait pour me faire comprendre qu'il appréciait modérément ma conception d'un échange civilisé entre collègues.

« C'est pour une enquête en cours ?

— Pas vraiment. C'est personnel. »

Il abaissa la monture de ses lunettes pour me fixer. L'idée de lui écraser mon poing sur la figure me traversa l'esprit mais on ne fait pas toujours ce qu'on veut.

« Personnel ?

— Oui : personnel.

— OK, pas de problème.

— Alors ?

— Alors, c'est simple. Il nous est tombé tout cuit dans le bec, tu vois. Même pas eu besoin d'enquêter ni rien. J'étais de permanence et on reçoit un coup de turlu de Weiskopff, ce médecin défroqué qui était tombé pour une histoire de médocs contrefaits. »

L'affaire me disait vaguement quelque chose.

« Weiskopff, c'était un mec connu parce que tous les seconds couteaux qui avaient besoin de points de suture sans passer par la case hosto déboulaient chez lui. Il s'est fait un paquet de fric avec ça mais comme il claquait tout en came et en vinasse, forcément… »

Jc tirai une cigarette de mon paquet, lui en proposai une.

« Désolé, je touche pas à cette saloperie. Tu devrais arrêter parce que… J'en étais où ?

— L'épisode chez le toubib.

— Ouais, voilà. Donc ce Weiskopff nous appelle en bordée noire. On comprend rien à son charabia à part qu'un mec baise sa fille de quinze ans et que ça a un rapport avec l'accident mortel de l'avant-veille. Je me dis "OK, cette cloche est bourrée, il raconte n'importe quoi" et pan, je raccroche. C'était vers cinq heures du soir en plein été, l'heure de prendre un peu de soleil, tu crois pas ? Bref, j'avais pas reposé le combiné que le standard me repasse Weiskopff et il recommence avec son histoire de gamine baisée. Sauf que là, il dit que le type qui nique la petite, c'est un bicot. Ça, tu vois, je peux pas laisser passer. Je prends deux mecs du service et on se pointe chez le toubib. C'était vers le cours Grandval, les beaux quartiers. On arrive à l'étage, on entend du remue-ménage, des cris, je dis aux gars qui m'accompagnent de défoncer la porte et, là, on trouve le fameux moricaud, bien amoché, en train de s'accrocher à Weiskopff pour l'empêcher de nous ouvrir. On rentre à trois, on le chiffonne bien comme il faut à coups de tonfa dans la gueule, on lui passe les pinces et hop, direction le service. »

Tomasi paraissait satisfait de son récit. Je jetai ma cigarette par terre, l'écrasai du talon.

« Tu devrais pas faire ça, dit-il. Peut-être qu'à Bastia ça se fait, mais ici…

— Vous placez M'Barek en garde à vue et ensuite ?

— Non. D'abord, on l'a passé aux Stups, qui le réclamaient. Tu sais comment ils sont, ces trous du cul, ils…

— Vous l'avez refilé aux Stups ?

— Ouais mais ils nous l'ont rendu, tu vois. Peut-être vingt minutes plus tard. Nous, ça nous dérangeait pas vu que notre affaire à nous, c'était du tout cuit. Mais eux, va savoir ce qu'ils magouillaient dans leur coin. Enfin, peu importe, on se rend service entre collègues, pas vrai ? Tout ça pour dire que le mec se met à table direct et nous explique qu'il a volé la bagnole pendant une virée à Bastia, qu'il s'amusait avec depuis deux ou trois jours et il nous donne tous les détails de l'accident. En gros, il était farci, il roulait à tombeau ouvert et boum, la bagnole des petits Italiens est arrivée en sens inverse. Il a pris deux ou trois ans, je crois.

— Trois.

— Voilà. Je suis allé au procès, j'ai fait ma déposition. J'étais content d'apprendre qu'il s'était goinfré du ferme, et pour pas mal de temps. Ça en fait un de moins, non ? Et après ça, fin de l'histoire.

— Et Weiskopff ?

— On lui a dit de tenir sa gamine. Elle avait quinze ans, putain. Pour lui c'était foutu, il était déjà cramé. Mais elle…

— Est-ce que tu te souviens si ce M'Barek a été signalisé ? Il n'y a aucune photo de lui sur le TAJ. »

Il gonfla ses joues et laissa échapper un bruit semblable à un pet.

« Les gars de l'IJ sont cons mais pas à ce point. Pourquoi ils ne l'auraient pas fait ?

— C'est une bonne question. J'en ai une dernière : est-ce que Weiskopff habite toujours dans le coin ? »

La migraine ne me quittait plus depuis que j'avais refermé la porte du taudis où survivait Weiskopff. Il m'avait ouvert après dix coups de sonnette, barbe et cheveux emmêlés. Son appartement encombré de bouteilles vides, de journaux fanés et de vieux cartons de produits pharmaceutiques puait la pisse et la sueur. Il m'avait précédé dans le long corridor qui menait à un séjour aux volets clos, s'était vautré dans un fauteuil défoncé posé au milieu de la pièce où une colonie de chats avait pris ses aises.

L'ancien médecin rayé de l'ordre devait peser dans les trente-cinq kilos et sa peau ressemblait à du parchemin collé à même les os de son crâne. Mais, entre deux crachats dans un bol à céréales posé sur l'accoudoir du fauteuil, il avait réussi à articuler suffisamment de mots pour me donner le tournis, puis cette migraine qui me tapait derrière le front depuis que j'avais repris la route en fin d'après-midi.

La Saxo ronflait dans la montée de Bocognano. Je passai Vivario puis Venaco en essuyant la sueur grasse qui collait à mon front. Arrivé à Corte, j'hésitai un moment avant de prendre la déviation pour rejoindre la ville et boire un verre. J'écrasai l'accélérateur et dépassai la ville endormie, le cerveau à dix mille tours minute.

Me souvenir des dates.

Les mots de Rochac à Katz et Dormoy : *« Vous pensiez que c'est le genre de flic incapable d'additionner deux et deux ? »*

Racler les fonds de tiroir de ma mémoire, faire coïncider l'espace et le temps.

2003, M'Barek provoque un accident mortel. Il est interpellé chez Weiskopff puis incarcéré à *Ajaccio*. De la coke est retrouvée dans le Touareg qu'il conduisait.

Le Touareg est flambant neuf, il a été volé dans la région de *Bastia*.

2005, M'Barek est condamné à trois ans de prison ferme.

La même année, Buonomo se trouve en taule à *Ajaccio* pour l'affaire du cadavre transporté dans le coffre de sa bagnole. M'Barek et lui se trouvent au placard au même moment, au même endroit. M'Barek est un dealer qui monte et Buonomo, un petit toxico qui se branle en s'imaginant caïd.

2006, M'Barek est de nouveau condamné. Port d'arme. Peine de principe alors qu'il est récidiviste. Entre les murs, il retrouve Buonomo, toujours à *Ajaccio*.

2007, rebelote : M'Barek tombe pour stups. Séjour express en taule. Encore à *Ajaccio*, où Buonomo n'a pas fini de tirer sa peine.

Depuis, plus de nouvelles de M'Barek.

Arrivé sur la quatre-voies, je décrochai mon portable et appelai Rochac. Pas de réponse. Je lui laissai un long message où je lui expliquai tout.

Puis je lui donnai l'adresse où il pourrait me retrouver.

41

Elle se tenait les bras écartés, les mains cramponnées à la console, tournant le dos aux dizaines de photos qui résumaient sa vie.

« Ça n'a tenu à rien, Sonia. Juste un petit morceau de papier plié en quatre à l'intérieur duquel un ami a inscrit un nom. Tu aurais pu le trouver dans la poche de mon pardessus, le faire disparaître. Je ne me serais même pas souvenu de son existence. »

Elle secoua la tête, le regard baissé.

« La photo, Sonia. Elle a disparu. Lorsque je me suis réveillé ici la dernière fois, j'ai grillé une clope en faisant un petit tour. J'étais heureux. J'espérais que tu ne m'en voudrais pas pour l'odeur de tabac. Depuis que j'ai remarqué que tu avais enlevé une photo, une seule photo parmi toutes celles que tu aurais pu déplacer ou ranger dans un tiroir, c'est moi qui ai une dent contre toi.

— Je t'en prie.

— Tu sais de quelle photo je veux parler. Celle où tu poses devant un Volkswagen Touareg millésime 2003 avec le mec aux bouteilles de champagne. Ta période fiesta, came et alcool. Et grosses bagnoles. »

Elle sanglota, ramena une main vers son visage. Son solitaire avait disparu.

« J'ai retrouvé la photo du même 4×4 en une du journal. 25 juillet 2003. Mais l'accident remonte au 23. Le mec en casquette avec ses deux bouteilles de champagne à la main s'appelait Mimoun M'Barek et il fournissait beaucoup de camés à Ajaccio. »

Elle leva vers moi son visage balafré de mascara.

« Après tes frasques ici et ton épisode marseillais, tu as migré à Ajaccio pour te faire oublier. Et tu as rencontré Mimoun. J'ai parlé cet après-midi avec un ancien médecin complètement rincé. Il m'a vanté la qualité de sa came. Vous alliez le ravitailler de temps à autres, quand Mimoun t'emmenait faire la tournée de ses clients. Tu te souviens ? »

La silhouette de Sonia s'affaissa. Elle me paraissait minuscule, presque la taille d'une enfant de huit ans. Ses genoux se plièrent et elle glissa doucement, le dos à la console.

Je voulus tirer une cigarette du paquet glissé dans ma poche. Mes mains tremblaient trop. J'avais besoin d'un verre. De plusieurs verres.

« Je ne risquais pas de le reconnaître, Mimoun, avec sa casquette enfoncée jusqu'aux yeux : sa photo a disparu des fichiers de la police. Et même si je l'avais eue sous le nez, comment le détroncher quinze ans plus tard sur un lit d'hôpital, la gueule couverte de bandages ? »

Une longue plainte monta de la gorge de Sonia, un gémissement à déchirer le cœur le plus dur. Je fis un pas vers elle.

« Je ne te parle même pas de son cadavre à l'Hacienda, tellement défiguré que même toi, tu n'aurais pas pu faire le rapprochement.

— Je t'en supplie…

— M'Barek s'est accusé et il est parti au trou mais c'est toi qui conduisais le Touareg ce soir-là. Tes opérations de chirurgie esthétique n'ont rien à voir avec tes bobards sur la peur de vieillir. Tu as été pratiquement défigurée dans l'accident, on voit très bien l'impact de ta tête contre le pare-brise sur la photo du journal, à la place du conducteur. »

Je passai ma main dans mes cheveux, la retirai trempée.

« Quand tu es revenue ici des années plus tard, M'Barek était déjà devenu Mohamed Cherkaoui et il avait déménagé à Bastia. Personne ne pouvait faire le lien parce que c'était juste un Arabe de plus et qu'ils se ressemblent tous, pas vrai ? Il est venu te voir, tu as payé ta dette en finançant sa boîte, c'est toi-même qui me l'as dit. Tu l'as présenté à Massa, tu lui as confié des chantiers, c'était ta manière de rembourser. Les gens comme toi sont persuadés qu'avec du fric, on peut toujours tout arranger. »

La main levée péniblement, Sonia implorait une trêve.

« Mais Cherkaoui voulait toujours plus. Il a commencé à te taxer en menaçant de se répandre à propos de l'accident. Bien sûr, c'était prescrit mais ça aurait été drôlement mauvais pour ton business. Tu lui as filé encore plus de fric, tu t'es occupée de sa gamine, tu as trouvé un job à sa femme. Il s'est calmé un petit moment puis il s'est mis en tête de mettre Massa à l'amende. C'est pour ça que Massa t'a plastiquée, pas pour de pseudo différends commerciaux à la con. C'était son message : tiens ton toutou en laisse, remets l'Arabe de service à sa place. Mais Massa ignorait votre passé commun. Pour lui, Cherkaoui était juste un emmerdeur que tu lui avais présenté. C'était donc à toi de régler le problème. »

Sonia releva son visage, un masque tordu.

« Tu n'as pas réussi. Cherkaoui est allé trouver Massa, ils se sont battus, tu l'as appris. Ta situation devenait intenable. Massa t'a rappelée et t'a sommée de trouver une solution. Tu as pris la décision d'en finir avec Cherkaoui et de solder vos comptes. »

Le regard de Sonia était tourné vers l'entrée du double séjour. Elle pleurait à présent, sans chercher à retenir les larmes brunes qui tachaient son sweatshirt.

« S'il te plaît », dit-elle.

J'ouvris la bouche pour lui répondre avant de comprendre qu'elle ne s'adressait pas à moi.

42

Sans ses lunettes aux verres fumés, Lou Girardi faisait plus âgé. Il apparut sur le seuil du salon, un bras toujours en écharpe et un 11,43 dans sa main valide. Il le pointait sur ma poitrine.

« Relève-toi, ma puce, dit-il à Sonia d'une voix infiniment douce. Tu veux aller prendre un verre d'eau dans la cuisine pendant qu'on parle ? »

Sonia se redressa, lentement. Elle monta les trois marches du double séjour comme un automate.

Du canon de son arme, Lou me désigna le canapé.

« Avant ça, dit-il, enlève ton imper et fais un tour sur toi-même. OK. Merci. On va essayer de ne pas en arriver au pire. Tu vas me tourner le dos, prendre ton calibre avec deux doigts et deux doigts seulement, le pouce et l'index. Voilà, c'est bien. Dépose-le à tes pieds. Ensuite, tu contournes le canapé et tu t'assieds de l'autre côté. »

Il paraissait épuisé, les joues creuses, le regard cerné. Je m'assis au bord du sofa, coudes sur les genoux.

« Change de position, dit Lou d'une voix posée. Cale-toi contre le dossier du canapé. On en a pour un petit moment. »

Je pris une inspiration.

« Tomasi, pas vrai ?

— Quel con, celui-là. Et un con peureux, en prime, les pires. Quand tu l'as quitté cet après-midi, il s'est dit qu'il avait trop parlé et il m'a passé un petit coup de fil.

— Il est au courant ?

— De rien. Trop stupide. Mais il m'a dit qu'il avait mentionné l'épisode des Stups dans l'affaire M'Barek.

— À l'époque où tu y bossais. En 2003. »

Lou acquiesça.

« M'Barek te faisait croquer ?

— Là, tu me fais de la peine, fils. L'histoire, c'est plutôt que je l'avais en main. Il tontinait pour nous. C'est ce qu'il a toujours fait, même ici. Surtout après que je lui ai fait avoir ses foutus papiers.

— J'ai compris après coup. Tout à l'heure, lorsque je remontais d'Ajaccio en essayant de me remettre les idées à l'endroit, je me suis souvenu du petit hommage de Lernier au commissariat pendant ton pot. De grosses affaires. Toutes entre 2005 et 2007, la période où M'Barek a effectué trois séjours en taule. En 2007, tu as été nommé à la Crim de Bastia et tu l'as emmené dans tes bagages. Il pouvait encore servir. Il suffisait de lui trouver un nouveau nom. »

Lou opina.

« Tu es un flic doué, fils. Je ne me suis jamais trompé là-dessus. Un flic rongé par ses démons mais un flic doué. »

Il s'approcha, rajusta la sangle de son écharpe de sa main valide.

« Cette saloperie me scie l'épaule, ça fait un mal de chien. »

Il fléchit les genoux, se pencha sans me quitter des yeux et tenta de ramasser mon arme en oubliant qu'il n'avait qu'une main valide. Il se releva, une moue navrée sur le visage.

« J'ai le cerveau ramolli. Ce doit être l'âge. Sonia ? Tu peux venir récupérer un truc s'il te plaît, ma puce ? »

Sonia apparut, il lui montra l'arme à terre.

« Mets-le en sécurité, chaton. Merci. Tu peux retourner dans la cuisine, je te ferai signe quand nous en aurons fini. »

Lou appuya une épaule au mur. Une mimique de douleur tordit ses lèvres. Son canon était toujours pointé sur moi.

« Je ne sais pas si tu te souviens des articles à propos de la mort de Saul, le père de Sonia. Non ? Je vais te raconter la vraie version. Les journalistes ont écrit qu'il était mort sur le coup d'une hémorragie et d'un arrêt cardiaque. C'est faux. Il a mis presque un jour avant de partir. Onze balles dans le corps. Il s'est battu comme un lion. Saul était un sacré bonhomme, avec un courage hors du commun. On était ensemble dans l'infanterie de marine, je crois que Sonia t'a raconté. »

Il poussa un long soupir.

« Tout le temps de son agonie, je ne l'ai pas quitté. Je lui tenais la main, je lui promettais qu'il s'en sortirait et qu'on retournerait pêcher tous les deux dans la Restonica, le genre de foutaises qu'on est censé raconter à un vieil ami en train de passer l'arme à gauche. Mais Saul ? On ne pouvait pas embobiner quelqu'un de sa trempe. Alors, sur son lit de mort, il m'a demandé de la fermer et il m'a fait promettre une chose. Ce n'était pas de le venger, il était beaucoup trop malin et trop digne pour me mettre dans une galère noire avec un serment pareil à respecter. Non. Il m'a simplement demandé de prendre soin de Sonia, de faire en sorte qu'il ne puisse jamais rien lui arriver. La suite, tu la connais. Quelle ironie, pas vrai ? Un poulet des Stups dont la filleule tombe à la renverse dans un océan de came. »

Lou cligna des yeux. Il paraissait au bord de l'effondrement nerveux.

« Quand je suis arrivé sur les lieux de l'accident, ce soir-là, cet enculé de M'Barek s'était déjà réfugié chez Weiskopff en abandonnant Sonia. J'ai organisé les secours et fait en sorte d'écraser le coup. Il ne fallait pas que le nom de la petite se retrouve en première page du journal. Puis je l'ai fait évacuer à Marseille par avion sanitaire. Je n'ai même pas eu à chercher M'Barek, il s'est livré tout seul en baisant la fille de Weiskopff sous son nez. Pendant que Sonia était sur le billard.

— La femme et la gosse de Cherkaoui n'y étaient pour rien. »

Lou hocha la tête.

« Dégâts collatéraux. Qu'est-ce que j'y peux ? »

Il se redressa, raffermit sa prise sur le pistolet automatique.

« Fils, beaucoup de choses vont dépendre de ce que tu vas dire, à moi et à d'autres personnes. Mais Dieu m'est témoin que si tes réponses ne me conviennent pas, je n'hésiterai pas à faire ce que je dois faire. Au point où on en est, plus personne n'a grand-chose à perdre.

— Ça vaut surtout pour toi.

— C'est une première mauvaise réponse », dit Lou.

Je cherchai du regard quelque chose à quoi raccrocher un vague espoir de me tirer d'affaire, un pied de lampe à lui fracasser sur le crâne, un bond à travers la baie vitrée, n'importe quoi pour gagner du temps à défaut d'en sortir vivant. Lou parut deviner mes intentions.

« Avant que toi et moi on ne tombe d'accord sur ce qui sortira de cette pièce, est-ce que tu as besoin de savoir quoi que ce soit qui puisse nous aider à prendre la bonne décision ? On joue cartes sur table.

— Je ne crois pas avoir menti. Pas à Sonia, en tout cas.

— Tu mens tout le temps. À commencer à toi-même. Va demander à ton ami Mustapha.

— Alex Luciani n'y est pour rien, pas vrai ?

— Qu'est-ce que je pouvais faire d'autre ? Tu brûlais. S'il s'était mis à table au lieu de jouer au dur pour couvrir son ami d'enfance, je n'aurais pas eu besoin d'en arriver là. Et je me suis rattrapé en te sauvant la vie quand Cherkaoui allait t'abattre comme un chien, près de la caravane.

— Tu t'es surtout servi de moi pour lui mettre le grappin dessus, l'amener jusqu'à l'Hacienda, le buter et maquiller son assassinat en suicide. Buonomo t'avait rencardé : Massa avait un chantier à proximité. Un indice de plus pour mettre tes collègues sur la mauvaise piste. »

Je fixai Lou.

« Buonomo ? Tu l'as recruté comment ?

— Ce n'est pas à toi que je vais apprendre la manière d'accrocher une merde comme lui. M'Barek me l'avait déjà balancé dans une ou deux affaires du temps des Stups, à Ajaccio. De toute façon, il avait le don de se trouver au pire endroit au pire moment. Un guignard professionnel, rien dans la tronche et rien dans le slip.

— Et le hasard a voulu que Massa l'embauche.

— Ne pas avoir de chance quand on est flic, c'est une faute professionnelle. Tu devrais savoir ça.

— Quand la situation a dérapé pour de bon, tu es allé trouver Buonomo pour lui expliquer que son vieux pote de prison Mimoun M'Barek s'appelait désormais Mohamed Cherkaoui. Et que c'était une balance.

— C'est à peu près ça.

— Il ne risquait pas de l'avoir croisé sur les chantiers de Massa, vu qu'il n'y foutait jamais les pieds. Mais l'affranchir à propos de Cherkaoui ne suffisait pas. Il fallait qu'aucune trace ne remonte à Sonia. D'où l'idée du deal avec Massa : en échange de 30 briques, Buonomo promettait de faire taire Cherkaoui. Massa ignorait le pourquoi du comment, il ne se doutait peut-être même pas que Buonomo comptait flinguer Cherkaoui. Il était obligé d'accepter. Soit il avouait à la Battue que son meilleur pote marocain le tenait par les couilles, soit il croyait Buonomo sur parole. C'est ce qu'il a choisi de faire.

— Il n'avait pas le choix, c'est différent.

— Et toi, tu tenais le lien entre les trois : le grand méchant Massa qui paie son employé ex-taulard Buonomo pour flinguer Cherkaoui le maître-chanteur. Et tu savais aussi que Buonomo ne se contenterait pas de menacer Cherkaoui de révéler son passé. Tu savais qu'il le tuerait. C'était même son ticket d'entrée dans la cour des grands. Enfin. »

Ni Lou ni moi n'avions prêté attention à la silhouette de Sonia, sur le seuil du double séjour. Elle regardait Lou.

« Tu te doutais que Buonomo tuerait tout le monde ? »

Lou se retourna. J'esquissai un geste, me retrouvai

avec le canon de son automatique dirigé sur le front. Lou haletait. Son visage était couvert de transpiration.

« Putain, fils. Ne refais… Ma puce, retourne à la cuisine. »

Sonia fixait toujours la nuque de Lou. Je pouvais entendre sa respiration à cinq mètres.

« Ce que Lou ne pouvait pas prévoir, Sonia, c'est que Buonomo se pointerait au petit matin chez Cherkaoui après une nuit à se bourrer la gueule et sniffer de la coke, qu'il foutrait en l'air tout son plan parce que les mecs dans son genre foutent toujours tout en l'air.

— Lou, répéta Sonia, est-ce qu'il a raison ? »

Lou suffoquait, le calibre tremblant au bout du bras.

« Ma chérie…

— Est-ce qu'il a raison, Lou, putain de merde ? »

Je me tournai vers Sonia, la mire du flingue de Lou suivit le mouvement.

« Écoute-moi, Sonia. Pour Lou, le risque était trop grand. Cherkaoui était totalement paumé, prêt à jacasser à n'importe quel moment, pour quelques billets ou par pure vengeance. C'est le problème avec les anciens pauvres : ils ont une excellente mémoire et ils détestent revenir en arrière. Lou a pris la décision en toute connaissance de cause. Dis-lui, Lou, que c'est toi qui as flingué Buonomo sur la Route des crêtes. Du repos en famille sur le Continent, mon cul. Deux balles dans la tête et le pognon dans le coffre, pour corroborer les infos de Luciani à la PJ. Parce que tu savais que c'était un agent infiltré, pas vrai ? Tu n'avais pas les détails de l'opération Altore mais un vieux flic comme toi finit toujours par savoir ce qui se passe en coulisse. Avec le fric dans le coffre de Buonomo et les tuyaux de

Luciani, on remontait directement à Massa. La boucle était bouclée. »

Lou se leva. Il grelotait. Le 11,43 pointait mon thorax, puis ma tête, puis mon thorax.

Dans le dos de Lou, Sonia avec mon automatique entre les mains.

« Samia et Lia. Pourquoi ? Lou ? »

Lou jetant un coup d'œil par-dessus son épaule :

« Ma puce… »

Et le silence explose, un long sifflement dans mes tympans au moment où deux ombres glissent dans le jardin, prolongées par la forme noire et longue de fusils d'assaut.

Le luxueux salon se met à palpiter sous une lumière bleue venue du dehors. La porte d'entrée cède au premier coup de bélier, la voix de Rochac crie « Par ici ! » et Sonia tire sans toucher Girardi, tire encore et bondit en arrière, heurte le mur derrière et ne bouge plus. Lou se redresse, une balle le touche au côté et l'envoie bouler. Deux autres coups de feu claquent contre les montants de la fenêtre. Un fusil à pompe aboie, les photos de la console sont balayées. Je plaque mes mains sur mes oreilles. Une averse de verre brisé s'abat sur mes épaules. Le vent s'engouffre par la baie vitrée. Les deux ombres du jardin font irruption dans la pièce.

Puis le silence.

Je lève les yeux. Lou Girardi suffoque, adossé au mur. Il cherche du regard le corps de Sonia et quand il le trouve, se met à pleurer doucement alors que les combinaisons noires s'approchent de lui. Il enfonce le canon de son pistolet automatique dans sa bouche et sa tête est rejetée en arrière dans un claquement étouffé.

Rochac se tient à l'entrée de la pièce. En gilet pare-balles, un pistolet mitrailleur à la main. À travers un écran de fumée, les pointeurs lasers de la BRI se croisent, balaient la pièce, dessinent dans l'obscurité une toile d'araignée rouge, lumineuse et mouvante.

43

Dans la dernière version du cauchemar, la petite Lia Cherkaoui la remplaçait sur le pont du ferry. La gamine se retournait vers moi et une lueur intense dissolvait le paysage, les falaises blanches de Bonifacio écrasées de soleil, l'îlot de la Maddalena au loin. La fillette souriait.

Les fantômes ne disparaissent pas avec le temps, ils deviennent sans cesse plus nombreux. Paola Mosconi et Marie-Catherine Turchi, David Buonomo, Mohamed Cherkaoui. Sonia aussi. Une enquête interne détermina l'origine du tir qui lui avait ouvert la poitrine : la balle provenait d'un fusil de la BRI. Évacuée à la Timone, elle se trouvait aux portes d'un endroit qu'elle cherchait à atteindre depuis longtemps.

Lou aurait peut-être dû venger son ami Saul Mattei et se laver les mains du destin de Sonia, l'abandonner à ses angoisses et se contenter de son boulot de flic. La culpabilité l'avait dévoré au point de le pousser à prendre la pire décision de sa vie. À présent, il avait rejoint le camp des fantômes. On l'enterra chez lui, au village. Pas mal de flics se demandèrent s'ils devaient assister aux funérailles et quelques-uns seulement firent le déplacement. Le ministère tenta de maquiller l'affaire puis se décida à publier un communiqué bidon sur l'air de « On ne pouvait pas savoir », fermez le ban.

Markov ne fit plus jamais parler de lui.

Janek ne répondait toujours pas au téléphone.

Pendant une semaine, Bastia fut envahie d'envoyés spéciaux des chaînes d'info continue : « Breaking news, regain de violence en Corse, nos experts décryptent la situation d'une île pas comme les autres. » Ils avaient interrogé les mêmes élus qu'à chaque fois, les mêmes « spécialistes », les mêmes consciences autoproclamées d'une île qui perdait la sienne.

Rochac s'était octroyé quelques jours de congés, qu'il passait sans surprise derrière son bureau, histoire de rattraper son retard de paperasse. Je m'étais enfermé chez moi avec un stock de bouteilles de Colomba et une pile de bouquins. Une ou deux fois, j'ouvris la boîte à chaussures rangée sous la table du salon dans l'espoir d'y trouver une réponse à une question qui ne se posait plus depuis longtemps : parfois, quelque chose d'injuste arrive et personne ne peut y trouver d'explication.

J'avais retrouvé les Homicides simples dix jours plus tard pour résoudre une affaire suspecte, un nonagénaire qui vivait seul dans un appart du centre-ville et s'était emmitouflé sous trois couvertures pour se faire sauter la tête avec un fusil de chasse. Suicide caractérisé. Le vieux bonhomme, que ses enfants ne visitaient plus trop alors qu'ils habitaient deux pâtés de maisons plus bas sur le boulevard Paoli, avait griffonné son testament sur le dessus d'un carton à pizza laissé en évidence sur la table de la cuisine.

Après ça, j'avais trouvé le courage de rendre visite à Mustapha. Un médecin de garde m'avait confirmé qu'il avait quitté l'hôpital et s'en sortirait avec quelques semaines de convalescence. « Il est sympa, ce mec : il a fait livrer deux caisses de champagne à tout le service », avait précisé le toubib.

Le temps semblait s'être contracté. Pendant une seconde, j'eus la sensation de me retrouver quinze jours auparavant, lorsque j'avais poussé la porte du bar pour la première fois. Je trouvai mon ami dans la même position, assis sur un tabouret derrière son comptoir, captivé par la diffusion d'un sujet d'actualité. Face à la caméra, un avocat cintré dans un costume impeccable répondait aux questions d'un journaliste de la télévision régionale.

« Les récents développements montrent que mon client est la victime d'un complot ourdi par ceux-là mêmes qui prétendent aujourd'hui le priver de son outil de travail. La réussite de François Massa a suscité des jalousies, c'est bien là le nœud de cette procédure judiciaire inique intentée contre lui. » Autour de l'avocat, sur les marches du palais de justice de Bastia, plusieurs élus et d'importants chefs d'entreprise de la région arboraient des mines déterminées. « Et je peux vous dire, continuait l'avocat, que nous tous ici disposons d'éléments très solides qui démontrent non seulement l'innocence de mon client dans un dossier absolument vide, mais prouvent en outre qu'il est la victime de menées souterraines diligentées par des officines barbouzardes… »

Mustapha leva la télécommande, coupant le sifflet à l'avocat. Devant lui, posée sur le comptoir, une bouteille de bière voisinait avec deux téléphones portables dernier cri. Une machine à sous clandestine avait fait son apparition, posée sur une table près de la porte des chiottes condamnées.

Il tourna la tête dans ma direction, cligna des yeux. Dans la pénombre, son visage ressemblait à un masque de carnaval. Un énorme hématome tendait sa peau sur toute la partie gauche. Des traces de griffures étaient encore visibles sur son front et une attelle en plastique couleur chair recouvrait son nez tuméfié.

Après m'avoir fixé un instant, il reporta son attention sur l'écran suspendu au mur en face de lui, au-dessus d'une table où des joueurs avaient abandonné leurs paquets de cartes et leurs jetons jaunes et rouges sur un tapis de jeu élimé.

« Le héros est de retour, on dirait.

— Je peux avoir une bière ?

— Sûr, mon ami. Heineken ou Heineken ?

— Colomba, si ça ne te dérange pas. »

Il se déplaça derrière le comptoir, se pencha en retenant une grimace de douleur, fouilla dans les caissons réfrigérés et en sortit une bouteille de Heineken qu'il fit glisser sur le faux marbre du comptoir. Il me tendit l'ouvre-bouteille en levant sa main gauche toujours bandée avec une moue d'excuse.

Je décapsulai la bouteille, refusai d'un geste le verre qu'il s'apprêtait à poser devant moi. La bière était à peine tiède.

« Tu as trente secondes ? demanda Mustapha. Je voudrais aller pisser de la lave. »

Il traversa le comptoir en sens inverse, ouvrit la porte donnant sur la cour intérieure. Lorsqu'il revint, ma bouteille était vide.

Il me sourit. Froidement. Il portait un dentier.

« Je ne veux plus que tu m'adresses la parole. Plus de souvenirs d'école. Terminé. Et tu ne remets plus les pieds dans ce bar. Jamais. »

Mustapha s'appuya aux étagères derrière lui.

« Je suis assez clair ?

— Les choses changent sur cette île, tu ne crois pas ?

— Pas tant que ça, on dirait. L'Arabe avec les Arabes. Chez les voyous. Le flic du bon côté de la barrière. »

Je tournai les talons. Juste avant de franchir la porte pour retrouver la pâle lumière du jour, je lui jetai un dernier regard.

— Ex-flic. J'ai donné ma démission ce matin.

J'abandonnai Mustapha derrière le comptoir de son bar rempli de ténèbres, un endroit aussi sombre que nos âmes.

Dehors, la pluie n'avait pas cessé.

L'auteur tient particulièrement à remercier Agnes Obel (pour ses albums *Riverside*, *Last Night Tales*, *Citizen of Glass* et *Aventine*) et Pyotr Tchaïkovski (*Liturgie de saint Jean Chrysostome*) pour avoir accompagné l'écriture de ce livre. Qu'Anne-Sophie Stefanini, attentive et bienveillante éditrice, Laurence Barrère, efficace attachée de presse, trouvent également ici la marque de ma gratitude, comme Anna Grossmann, dont les observations pertinentes et la présence ont considérablement facilité la rédaction de cet ouvrage. Enfin, l'auteur serre amicalement les mains de Laurent Chalumeau et Philippe Jaenada, le premier pour ses conseils avisés, résumés par l'axiome *Shut up and write*, le second pour rien de particulier à part ses mails, parmi les plus drôles qu'il lui a été donné de lire. L'auteur tient à préciser que, lui-même excepté, aucun animal n'a été maltraité pendant le processus d'écriture.

DU MÊME AUTEUR :

La Femme sans tête, Grasset, 2013.
Les Invisibles. Une enquête en Corse, Lattès, 2018.
Banditi, Lattès, 2020.

PAPIER À BASE DE FIBRES CERTIFIÉES

Le Livre de Poche s'engage pour l'environnement en réduisant l'empreinte carbone de ses livres. Celle de cet exemplaire est de :
350 g éq. CO_2
Rendez-vous sur www.livredepoche-durable.fr

Composition réalisée par Soft Office

Achevé d'imprimer en février 2020 en Espagne par
Liberdúplex 08791 St. Llorenç d'Hortons
Dépôt légal 1re publication : mars 2020
LIBRAIRIE GÉNÉRALE FRANÇAISE
21, rue du Montparnasse – 75298 Paris Cedex 06

13/3748/1